池田浩士〈象徴〉論集

文化の顔をした天皇制

増補改訂版

社会評論社

［増補改訂版］文化の顔をした天皇制●目次

■序にかえて

それぞれの反天皇制を!

ある日の他愛ないエピソード

1 芥川賞を狙うP子の習作帳より

エエッ、ほんとですか?!——

と、Q君は持ち上げかけたコーヒー茶碗を胸の高さで止めたまま、目を丸くした。

もちろんよ、ウソ言ったってしょうがないでしょ?

でも、ニッポン、戦争負けて、すっかり民主主義の社会になったんじゃないんですか? 有名なゲシュターポ、秘密国家警察、日本ではトッコーって言いましたっけ、あれもなくなったはずだし、治安維持法ていう悪法も廃止されたって、ぼく、大学の世界史で習いましたよ。

日本だって、中学や高校で、そう習うわよ、そりゃあ。

じゃあ、そうなんでしょ?

それが、そうじゃないのよ。

なぜ？

なぜって言われると困っちゃうけど、とにかくそうなのよ。そうなんだから、しかたないでしょ？

わかりませんね。ぼくには。

あたしにだって、わからないのッ！

というわけで、Q君との会話はいつもここで行きどまりになっちゃうんです。だいたいQ君ったら、オバさんの義弟か何かが日本人で、ここ三年ばかり東京で暮らしてて、日本語がちょっとくらいペラペラだからって、たいした日本ツウみたいな気でいるらしいけど、こんな問題、いくら説明したって理解できるはず、ないのよね。あたしのまわりの中流日本人にだって、うまく説明しきれないのだもの。


〔欄外の書き込み〕芥川賞をとるくらいの作品では、会話が行きづまるとそのままスムーズにベッドシーンに移行しなければならない。とくに、相手が外国人の場合は、絶対にそれが必要。でも、あたしの作品は、テーマの深刻さが売りモノなのだから、マジな路線を貫徹するほうが効果的かも。とにかく、がんばらなくっちゃ！

もとはと言えば、新聞やなんかが、在位六十年だの歴代最長寿だのって、書き立てるから、こちらが迷惑するわけ。日本は主権在民のはずだのに、なぜ天皇一家の襲名何十周年だけ、縁もゆかりもない国民が祝わされなくちゃならないのか、理解できない――というのが、Q君の言い分。そんなことないわよ、暴力団なんかだって、何代目親分の襲名六十周年となれば、警察のキドータイなんかも豪勢に動員してサ、周辺一帯にバッチリ交通規制なんか敷いちゃって、やっぱし黒塗りの外車なんかつらねて、ふだんは家庭内暴力なんかでツッパッちゃってる若い連中までが、ネクタイなんかしめて、最敬礼で並ぶじゃないさ——とあたしが教えてやっても、ヨーロッパ人ってアタマかたいから、暴力団なんとか組系なんとか会なんとか一家と、元祖宅急便大和組北朝系神武東征会天皇一家との関係が、どうももうひとつピンと来ないらしいのよね。

それに、日本には天皇制はひとつっきりじゃなくて、左翼天皇制なんて言葉もあるくらいだから、右からじゃなくて左から革命をやるんだと言ってる人たちのなかにも、ヒロヒト一家の精神はバッチリ根を張っちゃってて、あたしみたいな文学少女はもう絶望なのです。だって、新聞なんか見ると、なんとか同盟なんとか派の下部活動家、なんて書いてあるでしょ。革命党に上部と下部があるんなら、天皇制とおんなじよね、まったく。ほんとに色んな天皇制が乱立しちゃってるのが日本社会なのです。

〔欄外の書き込み〕　敬愛する文芸評論家のH・I氏（といっても、文芸評論家志望のボーイフレンドだけど）にここんところを読んでもらったら、これは一生懸命革命を志している人たちにたいする中傷だとの誤解を招きかねないおそれがないとは言えないから削除すべきだ、と注意された。ほんとは残念だけど、少し削除することにした。

乱立気味の天皇制社会のなかでも、やっぱし元祖であり本舗であり独占企業としてリッパに黒字経営が成り立ってるのは、本家天皇一家の天皇制らしい。なぜかというと、それ以外の中小天皇制の場合には、そんなものを認めなくても、そんなものにケチをつけても、おちょくっても、また逆にそれを支持しても信仰しても、愛しても独占しても、それは結局のところ個人の自由で、個人の思想・表現・信教の自由は民主憲法で保障されている。それに対して本家天皇一家の天皇制にケチをつけると、たちまち黒装束の兄さんたちが装甲宣伝カーをガリガリ鳴らして（正確には、装甲宣伝カーの一〇〇〇ホンを超える拡声器をガリガリ鳴らして）駆けつけてきて、生命も自由もいっさい保障されないのだ。黒装束の兄さんがたが自分たち内部の対立抗争に忙殺されて、本家天皇一家にたいする不敬の言動を気づかずに見落しても、ご近所の市民のみなさまは見逃してくれない。いまの本家天皇が「人間宣言」というものをやった直後、昭和二十四年つまり一九四九年の四月に出版されたソノモノズバリ『小説天皇』という題名の小説の「序」のなかに、つぎのように書かれているが、これは、元祖天皇ジルシの不滅の人気の秘密を物語っていると言っても過言ではないのではないだろうか。書き抜いておこう。

「……天皇が人間であることは当然すぎるほど当然である。人間であつたからこそ、二千幾百年もの長い間（このオジサマは、一九四九年になってもまだ皇紀二千六百九年というのを信じてたわけ――P子註）、われわれと血のかよふ歴史をつくつて来られたのである。しかもその肉身を超えた〈皇位〉といふ抽象観念、政治上の統治権力すらもはるかに超えたこの徳操の観念、を国家の象徴とし、あこがれの中心として将来も敬愛することは日本人の高い道義的教養でなくてはならぬ。日本人はこゝから発足して、たがひに相はげまし、相たすけて、重畳《ちやうでう》してくる苦難のうちに新しい文化と運命を創造していかなければなるまい。」（長田幹彦『小説天皇』、あのカッパブックス本舗の光文社発行）

あたしたち全共斗以後世代は、中そねが「戦後政治の総決算」とか言い出す以前の日本には戦後民主主義というものがあった――という歴史認識を持たされてきた。いや、戦後民主主義は全共斗のころすでに解体させられていたのかもしれないけれど、とにかくあのイヤらしいヘドの出そうなゾッとする口もとを醜悪にゆがめて中そねが言うからには、中そねの憎悪を浴びる戦後民主主義というものは歴史上たしかに存在していたのだ――と、あたしなんかもごく自然に考えちゃうわけ。ところが、さにあらず。戦後民主主義の輝かしい初期のころ、ういういしい再生の気がみなぎっていたとばかり思われている（だって、あの朝鮮戦争さえ、まだ始まっていないのよ、一九四九年四月といえば）そのまっただなかで、こんな序文をつけた小説が堂々と発売されて、しかもなんと、初版からわずか三カ月もたたないうちに、九版も版を重ねてるんだもの。

〔欄外の書き込み〕 H・I氏から借りてきたこの本は九版だけど、たぶんもっと版を重ねたものと思われる。あんまり人気が高かったので、同じ年の十二月には、予定外だった『小説天皇』第二部が急遽《きゅうきょ》刊行された。これ、もちろんH・I氏の受け売り。H・I氏って、あの頼りなさそうな見かけによらず、意外とガクがあるんだから。でも、ボーイフレンドとしてはもうひとつだけどね。

このオジさまがちゃんと書いてるように、本家天皇を「国家の象徴とし、あこがれの中心として将来も敬愛」し、「こゝから発足して、たがひに相はげまし、相たすけて、重畳してくる苦難のうちに新しい文化と運命を創造して」きたのが、つまり戦後民主主義の時代と呼ばれた一時代だったわけ。だから、戦後政治の「総決算」というのは、なにも、すっかり清算してゼロにしちゃうという意味なんかじゃなくて、読んで字のとおり、最終的な収支勘定《かんじょう》をきっちりつけるということで、大幅な黒字だったからこれを元手にしてさらに事業を拡大しようじゃないか――というのが、つまり中そねの言い分なわけよね。それを、戦後民主主義を全否定することだ、なんて受けとってるのは、戦後民主主義バンザイの愚鈍なサヨクの人たちだけなのです。だって、戦後民主主義と呼ばれる時代が何によって可能となり維持されることができたか、それをちょっとでも考えれば、戦後民主主義のことを手放しでプラスに評価することなんか、できるはずがないじゃありませんか。マルベニコスと呼ばれた進出企業のフィリッピン支配者との癒着が示しているような、第三世界への進出と収奪と生活破壊・文化破壊・人間破壊がなければ、戦後民主主義は高度経済成長と同じく、そもそもありえなかったのですから。教科書にちゃんと正しく（！）書かれているとおりの「進出」によって日本が戦前・戦中にやったのとまったく同じことを、戦後も堂々と進出によってやりなおしやりつづけたからこそ、戦後民主主義の時代がありえたわけでしょ？

　そして、『小説天皇』のオジさまがちゃんと書いてくださっているように、この新たな進出と発展をその出発点において、その根底において支えてきたのが、「象徴」であり「あこがれの中心」である本舗天皇とその神武東征会靖国一家。装甲車に「皇誠会」だの「大日本皇道精神普及本部」だの「尊皇革命行動隊」だの「国賊中核派撲滅決死隊」だの「靖国伊勢巡り日の丸パック・ツアー企画室」だの「国体を北方領土で！　一億人署名推進本部」だのと書いて、軍艦マーチと海征《うみゆ》かばと君が代をガナリ立て、日の丸を垂れ流して走りまわっている黒装束や戦闘服の兄さんたちなんかより、中流国民のほうが、よっぽどキモに銘じてそれを知ってるわけ。総本舗天皇制のエライところは、キモに銘じてそれを知ってる中流国民が、それを知ってても別に罪の意識というか負い目というか、自分のやってることについての自意識をいだかないで生きていける、ってところにあるのね。だって、戦争中の苦しいときに天皇ジルシが心とからだの支えだったのと同じように、敗戦後の苦しい時代にもやっぱり支えだった――って、ちゃんとあの『小説天皇』のオジさまもおっしゃってるじゃないの。一九六〇年の安保闘争って呼ばれる混乱だって、元祖お嬢さまと本家皇太子との結婚《ブライダル》ショーとナルちゃん誕生のおかげで革命にまで至らずに無事平和に終わったのだし、いままた世界恐慌の絶望的動乱期が日本の破局を予示しはじめると、ちゃんと旧称ナルちゃんこと元祖ヒロノミヤの嫁になるお嬢さまさがしという明るくほほえましい話題で未来に光明が投げかけられて、そのうえ涙がこぼれるほどうれしくありがたいことには、人民共和国（社会主義人民共和国ではないので、念のため）の中国（正確には、中華）までもが、天皇か皇太子にぜひ謝罪と贖罪のためにではなく観光と遊山のために来訪してほしい、と要請してきて、アジアは一つ、一衣帯水、世々代々大東亜共栄の理想実現に向けて、万世一系の中流国民に勇気と希望を与えてくれるのです。

アーア、もうイヤんなっちゃった。きょうはこれでおしまい。P子ウンザリ。以下余白

2　残り少ないテレフォンカードでQ君が日本人Y君に語った言葉

アーモシモシ、ハロー、いえちがいます。そうじゃない。あ、そうそう、そうです。いいえ。じゃ、もう時間がないから、むつかしい天皇制のはなし、またこのつぎお会いしたときにしましょう。え？　いえ、そういう意味ではないですけど、あなたたち日ッ本人、べつに天皇制のこと考えなくても、ちゃんと無事に一週間ぐらい暮らして行けるでしょ？　だから、むずかしい話、このつぎまでおあずけね。ハイチャ。

3　日本人Y君からP子への電送文《テレックス》

天皇制のことを考えたが、考えれば考えるほど訳《わけ》がわからなくなるので、もうやめる。しかし、ただやめるわけにはいかないから、さしあたりこれだけはやめるべきだという点を、書きとめて送ることにする。

イ、「内なる天皇制」論。――一時流行のきざしを見せたが、これほど不毛なものはない。説明略。

ロ、制度としての天皇制と、人間としての天皇（およびその一家）とを区別して考えるべきだ、という論。――この論は、「人間」として国民のまえに現われるからこそ天皇と天皇制は日本人のなかに深く根をおろすことができている、という現実を見逃している。「美智子サマはオカワイソウダ、オイタワシイ」というタグイの同情、共感は、皇太子妃美智子、旧姓正田という「平民」皇妃だけに限って寄せられるものではない。昭和天皇の妻にたいしては、その新婚当時、「これまで皇太子妃は華族令嬢のなかから選ばれてきたのに、良子《ながこ》サマは皇族の出でいらっしゃるから、何かにつけてゴ苦労が多く、大変お気の毒」という世論があった……と、きみが引用している長田幹彦の『小説天皇』にも記されているではないか。

ハ、天皇は「人間宣言」によってはじめて「人間」となったのであって、それ以前は神だった、というとらえかた。――これは前項と関係する問題だが、「御真影」が飾られていた時代にも、じつは天皇および天皇一家は、一朝事あるごとに、国民の前に「人間」として現われたのである。太平洋戦争中の新聞を見れば、裕仁がどれほど骨身をけずるような苦労をして戦争遂行の陣頭に立っているかが、赤裸々に報道されていたことがわかる。「神」ならば、坐って呪文でもとなえていれば、労せずして戦いに勝つことができるのであって、人間だからこそ、夜の目も寝ずに努力を重ねなければならないのだ。その報道を見て、国民は、「もったいなくも畏《かしこ》くも陛下がこれほど御苦労なさってくださり奉っているのに、我々が怠けていてはオソレ多い。がんばらなくっちゃ！」という気持になるのである。これは、進出企業のモーレツ社員を単なる巨大機構の歯車のひとつとして位置づけるのが間違っている、という問題でもあるだろう。「ふたたび戦前戦中のような天皇神格化を許してはならない！」という視点で天皇制をとらえることは、戦前戦中にも天皇がそなえていた「人間天皇」の側面を、看過することになると同時に、戦後の「人間天皇」の本質をも、とらえそこねることになる。つまり、天皇制を「人間天皇」という観点からとらえることは、天皇自身の戦争責任、戦後責任を明らかにしていくうえでも、それを支える「国民」の責任を明らかにしていくうえでも、不可欠だろう。

二、戦後民主主義期における天皇制および天皇の責任を、無視ないし軽視すること。――いわゆる戦後民主主義の時代は、天皇の免罪と、「象徴」としての天皇制度によってこそ、可能となったのである。戦後民主主義時代というものが、第三世界とのどのような関係によって裏付けられていたかは、きみもノートに書いていたが、一口で言えば、戦後民主主義の時代は、明治以後の百二十年の天皇制時代のひとこまなのであって、その時期だけ天皇制日本が途切れていたわけではないのだ。

ホ、天皇制の問題を、革命諸党派の政治課題にゆだねておくこと。――政治問題と取り組むのは政党や政治組織の仕事なのだから、天皇制というような高度に政治的な問題は、まず、あるいはもっぱら、その種の諸党派が担《にな》うべきである、というような考えは、まさに天皇制そのものの思考様式だろう。自分自身の運命を、権限や能力をもった他者にゆだねてしまうことこそ、天皇制のもっとも基本的な構造原理である。政党（革命政党）や党派が天皇制との関連で問題にされなければならないのは、いわゆる党内天皇制（革命党の権力機構《ヒエラルヒー》が天皇制の権力構造と似ている、等々）というケチな問題のゆえにではなく、むしろ何よりもまず、党というものが、ともすれば人民の運命の代行者となってしまう――という問題のゆえになのだ。「天皇陛下万歳！」「陛下に申しわけない」という心情構造と、党にたいする忠誠心とは、自分自身の心と身体と（そして友人や仲間との連帯と）によって自分自身の運命を選びとっていくかわりに、有能で有力な他者にそれを代行してもらうことへの、当然の代償、謝礼である。みずからの運命の重さをそっくり他者にゆだねてしまえば、その他者がその運命をどう処理しようと、文句は言えないわけだ。陛下のために死ぬ、のは当然のことなのである。

ヘ、天皇制の問題を考え、また実践するとき、もっぱらマジメにやること。――これが最悪の誤りだ、と思う。前項のように、自己の運命を代行者にゆだねる、という思考・心情・実践は、つまるところ、悲劇の方向を突っ走るのである。深刻な問題だから深刻にのみ対処する、というのは、それだけでもすでに、相手の土俵に呪縛されている証拠にほかならない。そして、これまでの歴史が示しているかぎりでは、天皇制と政治党派は、これにかかわる（あるいはこれに包摂され、あるいはこれを支える）人間をマジメ人間にさせることによって、言いかえればその人間からユーモアを奪い去ることによって、生存と支配とを貫徹してきたのである。悲壮ではない政治党派、悲劇を末路に用意しない天皇制——これは、形容矛盾でさえある。〔これを読んだP子の独白——Y君、きっと党派のヒトに何かウラミがあるのね。これじゃまるで、ロシア革命や中国革命やフィリッピン革命や日本革命の偉大な歴史を全部まるごと否定しちゃうことになっちゃうじゃない？ Y君のまわりに出没してる諸党派がナッチャない、ってことは、だからって政治党派一般の存在理由を全部否定する理由にはならないことぐらい、ジョーシキでしょ。ほんとに短絡思考なんだから。〕だから、西武資本文化的なパロディやギャグではないユーモアをどのように自分たちのものにしていくかが（いまのところさしあたりユーモアとは無縁な政治党派の自己変革をもふくめて）天皇制に流動化をひきおこしていく一歩になるだろう。

ト、略。

チ、『風流夢譚』の位置で立ちどまること。——ユーモアの点で、天皇制に至近距離まで肉薄した最初で最後の試みは、深沢七郎の小説『風流夢譚』（一九六〇年十一月号『中央公論』）だった。しかし、この地点で立ちどまることは、いまではすでに、できない。なるほどこの小説では、一方的に天皇とその一家が斬《き》られているだけでなく、その天皇一家を支えてきた自分自身にたいする糾弾と自己否定もまた、きっちりと描かれていた。六〇年安保闘争が文学・思想表現に与えたインパクトの最良の結実がここにあることは、否定できない。にもかかわらず、『風流夢譚』以後の歴史は、さまざまな運動や闘争をつうじて、われわれの視線をもっと別のものにまで届くものに変えたのである。『風流夢譚』にはまだなかった他者の契機――天皇制の歴史の客体、あるいは非主体として生きさせられ、あるいは殺された存在が、いまのわれわれにはすでに見えはじめている。

リ、天皇制の進出の客体、つまり第三世界の人びとを、単に天皇制の被害者としてのみとらえること。これは、六〇年代末の闘争のなかで獲得された加害者意識の、一種の倒錯形態である。たしかに、かつての東南アジア、いまではさらに地球上のあらゆる第三世界にまで進出をとげた日本天皇制は、進出地域の人間と文化と自然とを、根底から変形し破壊し収奪してきた。しかし、それらの地域に生きる人びとは、では、もっぱらこの進出の客体であり被害者でしかないのか？　そうではない。かれらは、さしあたりいまどのような生き方を強《し》いられているにせよ、本質的には、みずからの運命をみずから選びとっていく主体でもあるのだ。日本天皇制は、かれらをひたすら労働力として、あるいは購買者として、あるいは消費者として、あるいは天皇制への客員参加者・共演者として、要するに資源としてしか見ていないかもしれない。だが、この人的資源（人材）は、かならずいつか、遠くない未来に、天皇制を破局に追い込む契機のひとつとなって立ち現われ得るのだ。こうした主体としてのかれらを見ず、もっぱら侵略の被害者としての側面しか見ないとしたら、反天皇制の試行は、天皇制自身の属性たる皇国史観（歴史の主体からのみ単線的に描かれる歴史観）と軌を一にすることになるだろう。

ヌ、天皇制を日本独自のものとして、その独自性にあくまでもこだわること。――これは、もちろんある意味では必要な視点だろうが、この視点は、ともすれば中曾根的「日本学」の掌上にとどまりかねない。中曾根的・新京都学派的「日本学」が、「熱帯農学」や「アフリカ学」とセットで持ち出されてきていることに注目すべきだろう。日本独自の天皇制は、その天皇制にとっての決定的な他者の視線を媒介しないかぎり、とらえることはできない。収奪ぬきの、排除と選別と同化ぬきの天皇制など、およそありえないからだ。

ル、天皇制にとってのこうした他者を、第三世界だけにさがし求めること。——じつは、このほうが気楽なのである。遠い連帯は、となりで生きている人間との連帯よりも、容易であることが多い（もちろん、この一般論を乗りこえるような、すばらしい遠い連帯を実現している運動が現にあることは、特筆されるべきだが）。天皇制にとっての絶対的他者、包摂困難な他者は、日本の現実のなかにも生きている。当然のことだ。これらの人びとと連帯すること。これらの人びとの存在を意識化すること。日常の生活感覚のなかに、生活実感のなかに、これらの存在をしっかりと組み入れること。いくつかの実例——裕仁処刑を計画して果たさなかった「東アジア反日武装戦線」。寄せ場の現実をわれわれの日常に食い入らせる映画『山谷《やま》——やられたらやりかえせ』の製作と上演の過程で露出してきた天皇制の実像と、それにたいする運動の形成。「いじめ」キャンペーンによって（「いじめ」によってではなく）排除・抹殺されようとしている生活スタイルと人間関係。以下略。

以上、とりあえず次回の討論会のためのレジュメとして記しました。お元気で。

4　電話局の公衆ファックス窓口で Y君の電送文を受付けた電々職員の話

ヤンなっちゃうよ、まったく。係長のやつ、あのお客さんの原稿、警察に届けろ、って言いやがってさ。そんなの、おかしいだろ、ってオレが言って、職場集会要求したんだ。ヤンなっちゃうのは、届けろっていう意見、係長や管理職ばっかじゃないんだな、これが。ヒラの、組合員ンなかにも、天皇制についてだけは別だ、通信の秘密ってのは、こういう公共の利益とかかわる重大な問題に関しては適用されない、って言うやつがいるんだから。昼休みだけじゃ結論が出なくて、あした夕方、あらためてやることになってさ、オレ、その集会で、問題提起ってのかな、なぜ警察に届けるべきでないか、という演説をやらされることになっちゃってさ。きょうは徹夜で天皇制のこと勉強しなきゃならないんだ。まあ迷惑といやあ、ひどい迷惑だよ、あのお客さん。せっかくいままで組合にも入らずにネアカでやってきたってのに。でもまあ、面白そうな問題だし、ちょうどいい機会だから、がんばってみんなにわかってもらおうと思ってるんだ。だいたいオレ、あのヒロノミヤってガキ、ヘドが出るほど気に食わないんだ、ほんとに。あんなやつが、おれが年とって死ぬときまで、皇太子だ天皇だってのさばってやがることになるのかと思うと、ここはひとつ、がんばらなきゃ。

（一九八六・三・二二記。『破防法研究』第五四号）

I

戦前・戦中の文学表現にあらわれた〈天皇〉

はじめに

以下の文章は、一九八一年四月に「京都〈天皇制を問う〉講座実行委員会」主催で行なわれた討論集会での発言記録である。この集会では、牧師の横川澄夫さん（私にとっての天皇制――こわくなかった天皇制）、一九二六年生まれで昭和天皇の時代にすっぽり包まれて生きてきた河崎洋子さん（女性の立場から）、精神科医の竹村隆太さん（精神障害者に対する迫害と天皇制――精神科医の立場より）の三者から、それぞれ自己の体験にもとづく発題がなされ、それにもとづいて参加者のあいだで長時間の討論がかわされた。「こわい／こわくない天皇制」という問題や、「天皇を断頭台へ送れ、となぜ日本人は言いきれないのか？」という在日韓国人青年の問いかけをめぐって、多くの意見が出され、さらに、独文学者でキリスト者の和田洋一さんからは、戦中・戦後の時期のみずからの意識の推移、転向と抵抗のかかわり、当時のマルクス主義者への批判をもふくむ反省など、やはり体験者としての提言が行なわれた。わたしの発言は、こうした討論にもとづいて、体験しなかった人間の立場からなされたものである。

1　中野重治の天皇制批判——「五勺の酒」

(1)『アカハタ』の天皇観への批判

さきほどから討論のなかで、〈怖い天皇制〉と〈怖くない天皇制〉、あるいは天皇を断頭台に送るべきだといえるか、というふうな問題が出てきましたが、それについてはもう戦後すぐに、いくつかの考え方が公けにされ、議論をよび起こしていたのです。

御存知だと思いますが、すでに数年前に亡くなった小説家であり詩人である中野重治という人が、一九四七年、『展望』という雑誌の一月号に、「五勺の酒」という有名な中篇小説を発表しています。四七年の一月号ですから、すでに四六年、つまり日本の敗戦の翌年に書かれていたわけですが、この小説のなかで中野は、ある中学校の校長になった男が五勺の酒に酔ってごたくを並べている体裁、友人にあてた手紙のような形をとって天皇制の問題を語らせているのです。五勺の酒で酔っ払うというのは、よほど酒に弱いのかもしれません。が、とにかく半分酔っ払った状態で愚痴を並べているという設定になっているので、どこまでが作者中野の本心を代弁しているか、そしてどこまでがその校長先生が戦前からひきずってきている自分の古い考え方を表現したことになっているのか、その辺がよくわからない作品ではあります。

その校長先生というのは、もう人生の四分の三、ないし五分の四が終わってしまった年代の人という設定になっています。戦前・戦中を生きてきて、戦後を迎え、いわゆる戦争協力者としての公職追放にもならずにひきつづき教員をしているという人なんですが、その戦前には、東大に新人会という左翼的な学生組織ができた時に、父親が警察署長だったために敬遠されて入会できなかったという体験をもっている。さっきクリスチャンであられる和田洋一さんがいわれた「日本のコミュニストはえらいんだと思った」というふうに人に思わせた左翼運動の、いわば萌芽期に加わる機会を失ってしまい、そのまま自分の教え子を戦争に送りだしてきたという人なんです。で、中野重治自身は、新人会のメンバーとして戦前の左翼運動に参加し、共産党員になって、逮捕され獄中で「転向」したあと、戦後は再び共産党に入りまして、翌年か翌々年には国会議員になり、とにかくそのころ党員としてすでに活動を始めていたのですが、この「五勺の酒」のなかで、この老校長に、主として戦後の日本共産党の天皇に関するとらえ方にたいする不満をぶちまけさせている。

ちょうどその先生が校長をしている中学校にも青年共産同盟ができて共産党が合法化されるし、天皇がいわゆる「人間宣言」というのをしたり、さらには憲法が発布されて憲法論議がさかんになっていくという状況のなかで、かれは、生徒たちと教師との立場が転倒していくというひとつの大きな激動期を自分で体験するわけです。生徒のほうはどんどん賢くなって、教師のほうはことごとく生徒に教えられ、たしなめられたりするという状況が、この中学でもおこるわけです。ところがこの校長は、そういう生徒、教師を言い負かしてどんどん乗りこえていくこの新しい青年たちに非常な信頼と共感をもちながら、一方では、それではだめだ、このような若い生徒のやりかたでは絶対に天皇制というものを覆すことができない、という思いをいだいている。そしてかれは、共産党員の友人にあてた手紙のなかで、「共産主義者が足りぬために日本人全体が足りぬ」という言いかたをしている。この「足りぬ」というのは、古い校長先生の言葉ですから、及ばないという意味と頭が足りぬという差別的な言葉と両方含んでいると思いますが、共産党が馬鹿だから日本人全体が馬鹿なんだ。本当は共産党がどんどん引っぱっていかなければいけないのを後手後手にまわっている、という批判をすでにこの時しているわけです。

で、どういうふうに共産党が「足りぬ」かといいますと、たとえば憲法発布が行なわれた時に、それについて共産党は『アカハタ』でいろいろな記事を書くんです。が、その新しい憲法は、戦前戦中と同じように天皇が「聖断」を下すという形をとり、それを御前会議がおしいただいてできている。なのにその過程を、どうして共産党ははっきりと批判して、その問題性を国民に知らせないのか、というふうに校長先生は言うわけです。これは、いま日本の憲法は押しつけ憲法であるというふうな批判があるわけですけれども、それと全く逆な面からの押しつけ憲法論であるわけです。つまりアメリカが与えたということではなくて、天皇が与えたという形を依然としてとっている日本の新しい憲法、これは押しつけ憲法以外の何物でもないと……。

さらには、「人間宣言」を天皇がやった時に、『朝日新聞』が、皇族の臣籍に降下されて云々という記事を載せ、『アカハタ』がそれを引用したことがあるんですが、それを校長先生が読んでまた腹を立てるわけです。つまり、「臣」というものがあり「君」というものがあることがまだ依然として前提となっているから、臣籍降下、つまり家来の籍に降りてこられたというふうな発想が依然として生きている。しかもそのことの問題性を『アカハタ』は何ひとつ批判できていない、と。その校長先生は、天皇及び皇族の臣籍降下に関しては、そもそも天皇が人間にまで上昇するということをおいて天皇制の廃絶はありえない、つまり降下ではなく天皇が人間へと上昇させられるということが実現されなければならないと言うわけです。

この辺のところが、先程の断頭台に送るべきかどうかということにも関わってくる問題だと思います。たとえば『アカハタ』の論調に代表されるような共産主義者の見方にたいする校長先生の批判としては、人間として天皇をみていないということがひとつあります。かれ自身は、「満洲国皇帝」の溥儀《ふぎ》と会見した時の天皇であるとか、まだ摂政であった時にイギリスを訪問したときの裕仁のフィルムであるとかを見た時に、非常にみじめな、「日本人として恥かしい」という感じをもつわけです。この辺は、中野が本当にそう思うのか、校長があの猫背で機械じかけの人形のようにピョコッピョコッと歩いていく天皇を見てそう感じたのかちょっと分けにくいんですが、とにかく、自分は恥かしいと感じることができるけれども、そのとき天皇自身は恥しく感じてはいけないわけです。だから恥かしいという気持さえ持つことのできぬ人間、最低限の人間的感情すらいだいてはいけない人間というのは一体何だろうか、というふうに校長先生は考える。

また、いま天皇誕生日に出てくるように、何か行事があったり、憲法発布を記念したりして天皇が国民の前に姿を現わすような時に、敗戦直後でも国民がばあっと参拝にいって、旗をふったり、万歳をいったり、天皇が手をふったりという場面があるわけですけれども、それが終わった後に、そこに参加した国民というのは帰る家があるわけですね。もちろん家がない人もいるわけですけど、とにかく帰る所がある。天皇にも帰る所がある。その時に、われわれには、自分たちの帰る家というのが思い描けるわけですね。では、天皇というのは家に帰ってどうするのだろうと校長先生は考えつく。そこには、もちろん皇后も皇太子もいるわけです。いろんな人がいるわけです。そこに帰って、今日はどうだったなあとか、変な奴が横にいたなあとか、そういうことを天皇は話すのだろうか、と校長先生は考えてしまうんですね。そういう話を天皇の一家はできないのではないか。つまり帰っていく家庭というものが天皇にはないのかもしれないということになり、こういうふうな文章を書くわけです。「つまりあそこには家庭がない。家族もない。どこまで行つても政治的表現としてほかそれがないのだ。ほんとうに気の毒だ。羞恥を失つたものとしてしか行動できぬこと、これが彼らの最大のかなしみだ。個人が絶対に個人としてあり得ぬ。つまり全体主義が個を純粋に犠牲にした最も純粋な場合だ。どこに、おれは神でないと宣言せねばならぬほど蹂躙された個があつただろう」と。

中野重治がこの作品を書いた動機は、いろいろあるでしょうが、ひとつには、さきほどから何回か問題になっていたように、敗戦によって神としての天皇はなくなったというのだけれども、本当にそれがなくなったんだろうかということがある。もうひとつとしては、天皇を絞首刑にすべきであるとか、天皇の戦争犯罪が云々とかいうことは、共産党をはじめとして、共産主義にいわばシンパシーを感じていた若い頃の先生のまわりでも議論されていたわけですが、確かにその主張は正当かもしれないけれども、そういった時に抜け落ちてくるものがあるのではないかということ。つまり、そういって天皇をもし絞首刑にしてしまっても、今度は別の形で天皇制——名前は変わったとしてもそういう制度が生まれかわり生きつづけていくかもしれないという可能性。こういうことを中野重治は、おそらく敗戦の直後に校長に語らせざるを得なかったのかもしれない。

で、こういうふうに批判点を語らせていく、「皇族だろうが何だろうが、そもそも国に臣なるものがあつてはならぬ。彼らを、一人前の国民にまで引きあげること、それが実行せねばならぬこの問題についての道徳樹立だろうではないか」と。共産党の『アカハタ』は、天孫民族だと言うならば、臣籍降下などと言わないで、国民から奪いとった米と金をもってとっとと高天原に帰ってしまえ、と書いたわけですが、それに関しても、「天孫人種は高天原に行つてしまえ。それは頽廃だ。天皇制廃止の逆転だと思うがどうだろうか。『アカハタ』がそれだから、中学生などがいい気になつてふふんと鼻であしらい、その実いつまでも、せいぜい民主的天皇に引きずられて仰ぐものとして心で仰ぐことになるのだ」と。つまりこんな言い方で問題を洗い流してしまうことによって天皇制がもっている様々な問題が見えなくなり、みんなが鼻であしらうことによって抹殺してしまったかのように錯覚しながら、心ではその民主的な天皇を依然として仰ぎつづけていくという、そういう危惧を校長先生はもっているわけです。そしてこの危惧というのは、今のわれわれから思えば、全く現実として現在にまで生きつづけているということができると思います。

(2)「天皇処刑論」が見落とすもの

後の話と関連することなので、もうひとつ中野重治が「五勺の酒」のなかで言っているポイントをお話しします。『アカハタ』等々で、当時くり返し、天皇というのは代々「妾腹《めかけばら》」で生まれてきたという言葉が現につかわれているわけです。たしかに日本の皇室では、皇室典範によって男でないと皇位継承権がないということから、いわゆる正妻が男子を生まない場合には、天皇一家が絶えてしまうことになりますから、ここ数百年間ほとんどの天皇が「妾腹」であるという事実はあるわけです。そして戦後共産党は、それを戦前戦中の天皇制イデオロギーの根幹になる万世一系制とのかかわりで批判するためもあって、「妾腹の天皇」としてキャンペーンしたわけです。これに対しても、この校長先生は非常な怒りをたたきつけるんですね。大体、「妾腹」という言い方を共産主義者がするとは何事か。たしかに「妾」というのはさげすまれる存在かもしれないけれども、「妾」になったのは一人のこらず女性なんだ、というわけですね。要するに、抑圧され、そうしなければ生きていけないぎりぎりの所へ押しこめられている女性が、「妾」なり、「売春婦」なりという生き方を強いられたとして、それをどうして共産主義者が非難するのだ、ということがひとつ。さらに校長先生はもうひとつ、いわゆる「妾持ち」、つまりその亭主の方をも否定し去るだけでは問題はかたづかない、その「妾持ち」がなぜそうなったのかというところまで共産主義者は目を届かせなければならないんだ、と。天皇制を頂点として、日本の「国体」を支えてきた家族制度のしがらみのなかでは、男ですらも「妾」をとるという形でしか恋を実らせることができなかったという社会があるではないか、というわけですね。こういう批判を、共産主義者ではない校長先生が、共産主義者たちの天皇制批判に対して向けていくわけですね。

ところで、ぼく自身が最初にこれを読んで感じたのは、中野重治もこの校長もたしかに心の優しい人かもしれないが、天皇の人間的存在に同情するならば、当然それよりもっと先にわれわれが思いを寄せねばならない人間的存在があるはずだ。たとえば、日本における被差別部落の人びと。あるいは在日朝鮮人、在日中国人、被爆者といった人たちについて中野重治はまず第一に思い描いて、この問題が解決してから天皇の人間性を思いやるがいい、ということでした。しかし、この古い校長先生の考え方と、今のわれわれにも通じるような多くの問題を含んだ中野重治の作品は、その不明瞭さにもかかわらず、さきほどの討論からも明らかなように、その後の天皇制、とりわけいま今後の天皇制を考えていくうえで、不可欠な前提になるような問題提起でありつづけていると思います。

つまりこの作品のなかで中野重治が言いたかったことのひとつは、天皇の人間性ということをもちだすことで、天皇制ないしは天皇というひとつの象徴によって抑圧されてきた人びとの目からもその抑圧の歴史のゆえに失われてしまいがちなものを、しっかりおさえておきたいということだったと思います。さきほどから、たとえば在日朝鮮人の青年には天皇を断頭台に送れと言う根拠があったという言い方をされた方がありましたが、それは最も人間としての存在を奪われてきた人間にしか言えないことであり、たしかに絶対に正しいことである。天皇のような存在を生きつづけさせることと比較すれば、どんな方法をもってでもそれを抹殺することの正しさというのは断固主張していいことである。さきほど若い人がいわれたように、ロシア革命はツアールの血を一滴も残すなといって抹殺し、これは絶対に正しかった。ところが、その正しさのみを追求した時に見えなくなってしまうものが、被抑圧者の側にもあるのではないかということ。つまり、そのような絶対に正しいことがらを、天皇制という制度のなかに組みこまれてしまってそれが見えなくされている人びとにどうやって届けるか、という問題が残るのではないかと思います。

さきほどから、(天皇を抹殺せよと言えない年代に対して)ズルイという言い方がなされました。ぼくは、これは常に、あとから生まれてきた人間が先に生まれた人間にたいして当然してもいい糾弾だと思います。ただ、ズルイと言う時に、ズルイ生き方を強いられた人の、いわば心のひだのひとつひとつのなかに入りこんでいかない限り、その糾弾というのは単なる言葉の糾弾になって、相手のこころを獲得することはできない。その言い方では、どうやってズルくない生き方を一緒に捜していくかというところへ、相手を追いやることはできないのではないかと思うわけです。

たとえば、六〇年安保が締結される時に、それにたいする反対から国民の目をごまかすために、はっきりとしくまれた芝居として皇太子と正田美智子の結婚があった。これはひとつの事実ですね。ところが、そういう事実にもかかわらず、大多数の「国民」は、正田美智子という「庶民」の娘が皇太子と結婚したことを、いわば芸能人の結婚式と同じように喜んだ。そして浩宮が生まれたわけです。その頃ぼくは大学生で、この結婚のもつ政治的もくろみや、天皇の孫が生まれたことがどのように今の支配体制のなかで利用されているかについて、いろんな人に話す試みを友人たちと一緒にしてみたんですが、その時にかえってくる答えの非常に多く、とくに母親たちの答えは、確かに日本の皇太子は馬鹿でもあるし悪いことをするだろうけれども、子供には罪がない。そしてその子供は、皇太子の子供であろうが、「乞食」の子供であろうが、かわいさには変わりがない、というものでした。もちろんぼくは、皇太子の子供にたいしてかわいいなどと死んでも思いたくありませんが、それでも「子供のかわいさには変わりがない」というその感情は、ある意味では極めて人間的な当然のものかもしれないと思うわけです。つまり、まだ何も自分の意志で事柄を行なっていない子供に責任はないという、そして子供というのは様々な可能性を秘めているということを含めてかわいいものであり愛すべきものであるという、これはその通りであるわけです。だが、一方では、皇太子の子供も「乞食」の子供もかわいさには違いがないと認めてしまうことこそが、中野重治の気にしていた民主的天皇というものを支えているんだという指摘もできる。では、その指摘と、子供のかわいさには違いがないという認識とどちらが強いかというと、ぼくはほとんど絶望的に、子供のかわいさには変わりがないといういわゆる常識的な健全な判断の方が圧倒的に強いのではないか、と考えてしまうわけです。ですからますます、制度のなかではたす機能としてのみ天皇制をとらえるのではなくて、中野氏がいったような人間としての天皇を見ることで、「素敵だわ」とか「かわいそうだわ」とかいう感情の次元にまで切りこんでいける天皇制批判というものはどうしたら可能だろうか、と考えざるをえないのです。

2　戦前・戦中の文学表現と天皇

(1)　文学表現にあらわれない天皇

戦後、中野重治は、思想を隠す必要がなくなったのでどんどん作品を発表し、一九四七年一月からほぼ十年間に三十篇以上の短篇を書くわけですが、そのほとんどといっていいくらいのものが天皇制の問題を扱っています。また、深沢七郎の『風流夢譚』や、このまえ完成した大西巨人の『神聖喜劇』、あるいは野間宏の多くの作品に至るまで、戦後の日本の文学作品で天皇制と対決した作品は枚挙にいとまがなく、これをひとつの軸にしてきたとさえ言えるくらいです。

それではこれにたいして、きょうのタイトルにそって、一九四五年八月以前の、広い意味での日本の文学表現のなかで、天皇はどのように描かれてきて、天皇制の問題とのどのような対決が試みられてきたのかを見ていきたいと思います。——実際、見ていきたいと思ったわけです。ところが実は、きょうのタイトルには、ぼくがこれを調べられなかったという意味においてではなく、看板に偽りがあるわけです。「戦前、戦中の文学表現にあらわれた〈天皇〉」と題名をつけたからには、すぐこの作品のなかには天皇はこういうふうに描かれていますというような答えを、ぼくが当然出すと思われるかもしれませんし、まあ、そういう例もないわけではありません。

たとえば、一九一二年、要するに明治四十五年であり大正元年である年の九月十三日に明治天皇が死に、その日の夕方にあの陸軍大将の乃木希典が夫婦で割腹し「殉死」するわけです。明治天皇の死というのはものすごいキャンペーンがはられ、乃木大将の殉死というのは、明治大帝の「偉大さ」や、明治の時代に日本が「世界の一等国」に成りあがったことの意味というものをまったく好都合に支えたわけですが、そのかれが死ぬ時にいわゆる辞世の句を読んだわけですね。

神あがりあがりましぬる大君の
　みあとはるかにをろがみまつる

つまり、天皇は神であるわけですから、羽衣伝説の天女が天へ帰っていくように神様にもどって天に登ってゆき、その御跡を自分ははるかに拝むという、何のことはない歌です。もうひとつは、

かしこくも慕ひまつらん天津日の
　かけりしみちを只一すぢに

要するに、もったいないことだけれども、天皇が天に昇っていった後をひたすらに慕って自分も

死んでいきましょうという歌らしく、天皇と自分との関係というものを非常に直接的に表わした歌なんですね。この他にも、乃木という人は、忠臣と君とのあいだの本当に心暖まる物語みたいな短歌をいっぱいつくっているわけです。

ところが信じられないかもしれませんが、一九四五年までの文学作品において、日本の古代、中世を題材にとった歴史小説的なもの以外で、明治以降の天皇が直接、あるいは自分の考慮の対象として、登場するという例は絶無に近いわけです。もちろん、兵隊が天皇陛下万歳をとなえたてまつって倒れた、などということはあるわけですが、天皇の問題がテーマになったり、主人公の回想のなかに天皇が出てきたりというのはほとんどないわけです。

すこし極端な例をあげますと、敗戦の二年前、昭和十八年の夏に、『辻詩集』と並んで『辻小説集』というのが発行されています。これは、文学報国会の小説部会の発案で、原稿用紙一枚ずつに日本のほとんど全作家といっていいくらいの小説家が書いたものを集めた本で、全部で二〇七篇はいっています。表紙にも扉にも勇ましい軍艦の絵が描いてあって、そのなかで、谷崎潤一郎、太宰治、坂口安吾から宇野千代、円地文子にいたるまで、二〇七人の人が、日本の戦争に協力するというはっきりした意図のためにこの作品を書いているわけですが、なかに面白いのがあるので読んでみます。

「水雷艇日本少年号」

父が第四師団の衛戍病院長をしてゐた時の事だから、日清戦争の直後だと思ふ。大阪偕行社付属小学校の生徒だつた私は、或る日、受持の藤林先生から、こんど、全国の小学校の生徒が、毎月一銭づつ出し合つて、日本少年号といふ水雷艇を造つて海軍へ差上げる事になつたから、みんなも出すやうに、とすすめられた。家へ帰つて話すと、母は笑ひながら、実は家でもお父様の月給から、毎月一割づつ建艦費に差上げてゐるので苦しいんだよ。でも、一銭ぐらゐなら好いよ、と承諾してくれた。私は嬉しかつた。自分達の水雷艇が出来ると考へただけでも、日本の海軍がすつかり自分たちのものだ、といふ気がしたからである。毎月の建艦費のために、母は生活を切り詰めるのに、随分、苦労したらしい。だが、日露戦争における主力艦十二隻の活躍にも、それが何処かで役立つてゐるのだと思ふと、母の苦労は断じて無駄ではなかつたのだ。

こういう訳のわからない小説があるわけですが、これを書いた人は、江口渙というつい最近に死ぬまで日本共産党から離れなかったプロレタリア作家であるわけです。このなかには、今のわれわれには読みとれる、本当の意味でおもしろい精一杯の抵抗があります。たとえば、母と「私」の対話にはいっさい現在の戦争が出てこないわけです。一九四三年の時点なのに、です。ところが、このようなものも含む二〇七人のなかで一人くらい天皇のことを言っているかというと、誰一人、一言も言っていない。そのくらい徹底して、天皇というのは日本の一九四五年以前の文学作品のなかからは姿を消しているわけです。

では乃木大将は何だったのかといいますと、象徴的なことに乃木にとって天皇というのは非常に近かったんですね。国民にとって、天皇というのは、近かったか遠かったかという判断は別として、およそ文学的な表現になるものではなかった。しかし、乃木大将にとっては、自分の文学的な表現、かれの大和魂であるところの和歌＝大和歌のなかに表現されるべき存在であった。先程から、在日朝鮮人の青年には「天皇を断頭台へ」というだけの根拠があると言われてたわけですが、それがちょうど乃木のなかに逆の表われ方をしているんだろう。つまり、非常に天皇制の体制に近く、これが生きがいになっていたような人間にとっては、これは、自発的に文学のテーマに成りえたわけです。かれの生き方そのものがそうだった。

けれども、ほとんど総ての国民にとっての天皇というものは、人間や社会を描くはずの文学の表現、あるいは自分の内面を描くはずの文学の表現のなかからは完全に姿を消す存在でしかなかった。天皇制から恩恵を受けたかどうかという話がありましたが、そう言われた人も、恩恵を受けたということすら知ったのは戦後長くたってから後であり、戦前戦中には、恩恵を受けているかいないかという疑問すら思い浮かばなかったのではないでしょうか。そして、それと同じことを日本の文学作品は全く如実に示しているのではないかと思います。つまり、陰で悪口を言うこともあったという話もありましたが、その悪口も、今われわれが天皇のことについて語る重さを、かえって当時はもっていなかったのかも知れないということです。

（2） 子供向けの本と天皇

ところが、子供向けの本においてはどうであったかというと、たとえば、一九二七年（昭和二年）から二八、九年までの間に、あの菊池寛が監修をして、『小学生全集』という本が文芸春秋社から出ました。今でいうと、ポプラ社とか学研から出ている全集に相当するようなもので、小学生を対

天皇陛下
皇后陛下
天覧台覧の光栄を賜はる

秩父宮家　梨本宮家
高松宮家　朝香宮家
澄宮殿下　東久邇宮家
北白川宮家
伏見宮家　竹田宮家
山階宮家　閑院宮家
賀陽宮家　東伏見宮家
久邇宮家　李王家
台覧の光栄を賜はる

（図1）

象にしてグリム童話等々もはいっているんですが、一方では日本建国童話集とか、日本偉人伝とか日本一周旅行とかいろんなものがはいっている。そのなかには『明治大帝』という巻も特に設けられ、明治神宮の宮司がわざわざ筆をとっているんですね。そして、このシリーズはとても面白くて、ギリシア神話であろうがイソップであろうが全集全部の巻頭に必ずきれいな模様でかこまれた扉のページがあり、そこに「天皇陛下　皇后陛下　天覧台覧の光栄を賜はる」と大きな活字で書いてあって、そのあとにずらずらと名前がならんでいる(図1)。まず初めの三つだけ別格扱いで秩父宮家、高松宮家、澄宮殿下とあり、それから一行あけて、伏見宮家、山階宮家、賀陽宮家、久邇宮家……と書いてあり、最後にひとつ李王家と書いてあるんです。朝鮮の李朝ですね。このように、大人向けの文学表現にはほとんど天皇が登場しなくても子供向けの本のなかには非常に意図的にとりあげられているんですね。

そして、さらに教科書には、これはもう強烈に現われてくるわけです。いくつもの段階でいわゆる国定教科書が作り直されてきたわけですが、ここにある資料は、一九〇一年(明治三十四年)に発行された尋常小学校用の国語教科書です。その巻二の中に、「テンノーヘイカガ、キュージョーカラ、オデマシニナリマシタ。アノリッパナミクルマヲ、ゴランナサイ」であるとか、「ケフハ、テンチョーセツデアリマス。オチヨサン、キミガヨノショーカヲウタヒマセウ」とあります。巻四には、「けふは、十一月三日の朝よ。……みかどのお生れあそばした……天ちょーせつよやよやよや」とか「くわんぺいしき」(観兵式)があります。巻六には、「紀元節とは、わが国第一代の　神武天皇様が、御位につかせられた日でございます」とあります(図2)。同じ巻の第一章は、なんと

「東京見物のあんない」というグッとくだけた内容なのですが、もちろんこの見物コースは、ただちに第二章の「靖国神社」につづいているわけです。巻八では、第一課「わが国体」で天照大神が出てきて、「御代々の　天皇の、かならず、御血すぢの御方々より立たせられるるも、同じく、大神の御思召しにしたがひ奉らるるなり。……我等は、かかるめでたき国体を永遠にたもちて……、ますます、国の光を世界にかがやかさざるべからず」とあります。

(3)「見えない」天皇制

これを見ると、要するに、天皇という一人の独立した人格としての人間に近い存在から、日本の国体の頂点に立つ天皇へと理論づけを行なっている。つまり、人間として出しておきながら、やがてそれを神様の絶えたことのない血筋というところへ結びつけていくことに、ぼくとしては興味があったわけです。これは先程の、人間としての天皇というものがめったに日本の文学作品に出てこないということと、ちょうど裏表の関係にあると思います。教科書のなかでは、最終的にははっきりと神話のなかへと、つまり現人神にまつりあげていくんですが、神様というのは、神の人間性を描くものでない限り、文学作品のテーマとしてはありえないんですね。たとえば、ヨーロッパの文学においては、神はテーマになりえている。キリスト教文化圏における文学表現のなかでは、中世の終わり以後、一貫して、ほとんど神との対決といいますか、神の問題が文学表現を支えるほとんど唯一の大きな裏づけになってきているわけですね。神が死んだのだから人間が神になるという、あのドストエーフスキーの主人公の思想に至るまで、あるいは、その後のニーチェであるとか、二十世紀の遠藤周作

祝

今日は、二月十一日であります。家ごとに國旗を立てて居るのは、紀元節を祝ひたてまつるしるしでございます。

紀元節とは、わが國第一代の　神武天皇

位　苦

樣が、御位につかせられた日でございます。

神武天皇樣は、はじめ、日向《ヒウガ》の國においでなさいました。

そのころ、東の國には、わるものどもがはびこって、人民を苦しめて居ましたゆゑ、天皇樣は、御自分で、大將となって、御せいばつにお出かけなさいました。

天皇樣は、みちみち、わるものどもをおう

新國語讀本 卷六　六十九　株式 普及舎 版

（図2）

君代　御

だい五　くわんぺいしき

にはかにおこる「君が代」のらっぱのひびきに、あを山れんぺいじょーは、しづまりかへりました。

もったいなくも、　天皇へいかは、御馬にめされて、立ちならんでゐるへいたいの前を、おまはりなされました。

新國語讀本 巻四

始

御そばちかいところから、がくたいのおんがくが始まりました。

あれ、今、へいたいは、いくつかのれつにわかれて、じゅん

十三 株式普及舎藏版

（図3）

とかに至るまで、様々な神の不在をも含めた神の問題というのは、人間が一人の人間として自分の存在を確かめるための、ひとつの不可欠なきっかけとしてテーマになり続けてきている。ところが、これと非常に大きな対照をなして、明治以降の日本の神である天皇というのは、そういうテーマとしてどころか、あらゆる一切の人間に関わる問題としては登場していないわけです。

この理由としては、当然、上からの圧力、たとえば不敬罪といったものがあります。上から押しつけられた沈黙であっただろうと思う。といいますのは、この教科書のなかでも、たとえば巻四の「くゎんぺいしき」のなかで、「もったいなくも、　天皇へいかは、御馬にめされて」というのがありますが（図3）、ここのところで読点と「天皇へいか」との間があいていますね。点があるからあいているのではないことは、前後を見てもらえばわかると思います。一九四五年以前では、治安維持法などにかかわる様々な裁判の記録、起訴状、上申書、論告・求刑、判決などをみても、例外なく天皇という言葉は上を一字分あけて印刷されているわけで、そういう形でも、上から天皇というものを普通の人間とは違う存在として押しつけたということは、これは明らかなんです。

けれども、一方では、そういう押しつけを総て頭の上で通過させてしまった、下からのミコシをかつぐ民衆というものが当然存在している。天皇という言葉の上を一字あけるという形での天皇の神格化が、ミコシをかつぐ人間の存在を相手にしてのみ進められているということは、当然なことなのです。これは先程から出された、「何故日本には抵抗運動が起こらなかったのか」という問題と、もしかすると関連してくるかもしれません。その時に同じように引きあいに出されたドイツやイタリアのファシズム体制のなかには、いわば独裁者の天皇に相当するヒトラーなりムッソリーニがいたわけですが、この人たちは、国民の前に自分の姿をさらすことをもって人心を把握するという支配形態をとったんですね。たとえば、ヒトラーのエピソードのなかに、鏡をみて演説する時の身振りを練習するというのがしばしば出てきます。かれは、演説する自分が大衆の目にどのように見えるかという事を最大の関心事のひとつにしていた。つまり、現実に目の前に存在しているひとりの人間としての自分をアピールすることによって、ファシズム支配を貫徹していくという方法をとったんですね。だがこれは逆に言うと、大衆のなかにも、非常に多くのヒトラーないしはナチスの幹部にまつわるデマ、ゴシップが流れるわけです。非常に人間くさいゴシップが、大衆のなかに流れこむ余地がある。ところが日本の場合、中野重治が「五勺の酒」のなかでやはり書いているのですが、明治天皇は一度も写真をとらせなかった。「臣民」は、御真影という形でしか天皇の姿を見ることができなかった。そのくせ、中野が書いているところによると、神武天皇の肖像というのは、その明治天皇の顔に似せて描かれたわけです。そのうえなんと、今度は逆にこの神武の顔に似せて、見たこともない明治天皇の姿を描く画家まで出てきた、というのです。そして、天皇がやってくると、ずっと向うに車が見える頃からそれが見えなくなるまで、国民は頭を下げていなければならないのです。つまり、生きた人間としての天皇の姿を国民からは見えないようにすることで、日本の天皇制というものは貫徹される。こういうことも、日本の小説のなかに天皇が登場しないということと、非常にうまく対応していると思います。

今、われわれの前では、『微笑』など様々な週刊誌等々で、天皇家のゴシップというのはかなり目玉商品として流れてきています。美智子以後、様々な皇室のロマンスであるとかいう形で、われわれには天皇が一生懸命みえるようにさせられているような気配があるわけです。これはちょうど、芸能界のタレントが売りこまれるパターンと同じようにみえるんです。が、それによってわれわれは、戦前戦中の先輩たちよりも天皇の姿が見えるようになっただろうかというと、むしろ全く逆であるわけです。つまり、タレントのゴシップというのは、いくら目にみえてもわれわれの生き方と関わるものではありえない。同じように、天皇家のゴシップが写真、フィルム等々によって浸透させられると、近くなったかに見えながら、実はわれわれとは全く関わりのないものになっていくんですね。ちょうど芸能人たちがTVに登場するのをわれわれが見る時と同じように、そういう心理現象というのがうまく定着させられてしまったのではないか。タレントというものから、見えないカリスマ、あるいは見る意志すらも持たなくさせるカリスマへと、天皇一家というものは祀りあげられる過程がすでに終わっているのかもしれないと思うわけです。

「見える/見えない」という問題が、やはり天皇制をこれから考えていくうえでも重要になるのではないかと思います。戦前における天皇というものを考えてみますと、たとえば、朝鮮から連れてこられた人たちにとっては、これは毎日向かいあうことによってしか生きていけないものであった。非国民といわれた人たち、共産主義者、一時期の一部分のキリスト者にとっては、まさに自分の全存在を支配する、これと対決することなしに生きていくことはできないものであった。にもかかわらず、圧倒的多数の国民にとっての天皇というのは、全一支配をしている存在であるにもかかわらず、ついに一度も本当に自分の生き様に関わる問題としては存在しなかった。少なくとも、全く見る必要はないし、見えない存在であったと言えると思います。そういうことが今、われわれの間でも再び、すでに起こっているのかもしれない。一見天皇がよく見えるようでいながら見えない。

たとえば、今、関西地方の小学校などで修学旅行に伊勢へ行くことがあり、実は小学六年のぼくの子供も行ったんですが、もらってきた日程表のなかに「外宮内宮参拝」と書いてあるんですね。驚いて質問状を担任の先生に出したんですけれども、何の気なしに職員会議で通してしまった、問題があるのかもしれないが、そのまま参拝という言葉を使ってしまった、というように先生は釈明されていた。そういう状態にあるのではないだろうかと。象徴的なことには、資料(一九一九年=大正八年の尋常小学校『国語読本』のなかにも、兄と父が両方とも別々に伊勢まいりしてお互いに知らせあった話があり、一番最後に「参拝をすましてから、二見浦を見に行つて、おみやげに貝細工を買つた。こはさないやうにして持つて帰る」と書いてあります。戦前の天皇制下における伊勢まいりと、今もわれわれの子供たちが行っている伊勢まいりと、全く同じ形態をとっているわけですね。つまりこの時代ですら、伊勢神宮に参るということは、あとで二見浦でおみやげに貝細工を買って帰るということでしかなかったんです。そういう意味では、伊勢まいりという意味も、われわれの時代に何ひとつ変わっていない。せめて「見学」という言葉を使わなければならないはずの教師が、もしもキリスト者が、あるいは神をもたない人たちがその子供たちの間にまざっていた場合に参拝というのはいったいどうなるのかといった問題も含めて、全く見えなくなっている。日教組に入っている小学校の教員にも、見えなくなっているということがある。日本の天皇制は、見えないことによって、つまり非常に個別的な生きた肉体と血液をもった、そして様々な汚いものをおなかのなかにもった人間として絶対に見えてこないということを唯一の支えにして、生き延びてきていると言えると思います。ですから無関心というのは、天皇制を熱狂的に支援する右翼の人たちよりも、もっと天皇制にとって糧、養分になることだと思います。

それでは今、われわれに何ができるのだという処方箋は、もちろんぼくにはありません。ただ、たとえばＴＶに皇室の時間というのが登場したら、それを最大限に利用することによって、人間としての天皇というものを発見していく営みというのは、家庭のなかの対話においてもできるわけですね。さきほど、浩宮が生まれた時の話で子供は誰でもかわいいのだというようなことを言いましたが、あんな子供はこういう歴史的なワルサをしているから一緒に殺せといってしまう前に、浩宮のかわいさとは何なのか、自分のまわりの子を、そして「乞食」の子を、かわいいと思う時にその何をかわいいと思うのか、それを具体的に明らかにするという対話を、少なくともわれわれはすることができる。つまり、天皇制を制度として歴史的に把握することの重要さには疑いがないのだが、それと同時に、生きた人間としてわれわれの前にありながら決してわれわれの生活に直接結びつく存在としては見えないものとして天皇をとらえること、そして当然その時には、天皇が見えないわれわれにもう一つ見えないものがあるということを一緒に話しあうべきではないかということです。

というのは、われわれに天皇が見えない時に、一方で天皇にも見えないものは当然あるわけですね。かつて、いわゆる御召列車が京都駅にさしかかる時、東山トンネルを抜けるなかで天皇の乗っている車両のブラインドがすべて降ろされた時代がありました。京都駅に入る手前に東九条の被差別部落の家並みがあって、いまの新幹線からは見えにくいのですが、それができるまえの在来線からは、手にとるように見えたからです。天皇はそれを見ることができなかったんですね。当然、天皇には見えないものがある。見えないものがある天皇をわれわれは見ることができる。天皇には、絶対に東九条を見ることはできない。しかしわれわれにはそれを見ることを許されない天皇の姿は見ようと思えば見えるんだという構造が一方ではある。が、もう一方では、見ようと思えば天皇が見えるときに、もう一つのものを見ない限り、天皇は見えないということが当然あるだろう。それは先ほどからくり返し出されている、つまり天皇制によって最も抑圧された人間、日本でいえば、数の多さではなく、被差別部落の人びと、在日朝鮮人、あるいは様々な「障害者」を見ないかぎり、われわれには天皇が見えないという構造があるだろうということです。

いずれにせよ、その両側にむかってわれわれの眼を獲得していかねばならないのだが、それが自分だけで停まるとしたらほとんど無意味である。その際に、たまたま何かのきっかけがあって他人よりもほんの一瞬早くそういうものを見る必要性に気づいた人間が、そうでない人間たちに訴えかける言葉というのは、少なくともわれわれの場合、天皇を断頭台に送るべきだという言葉ではないのではないか、とぼくは思うんです。つまりそういう言葉は、われわれが語った場合、あらかじめそういう言葉に同意している人にしか届かないんですね。そうではなくて、たとえば浩宮のかわいさというところにまでわれわれが「降りて」いって、見えない天皇の人間として存在というものを発見しようとする時に、今われわれの隣りにおりながらわれわれがまだ語っていない人たちへと響いていく言葉が、発見できるのかもしれないと思うのです。

もちろんその時に、ここにおられるキリスト者の方々、あるいは左翼的な人たちの総てはすでに知っておられる通り、天皇への対し方というのは、見えない偶像というものを自分の生き方のなかに許すのかどうかという、そういう生き方と根本においてつながっているわけです。それが思想であれ、神であれ、一方的な関係としてしか従属できないような神であり思想であるとすれば、天皇の人間としての存在というのはついに見ることができないだろうと思います。そういう言葉をどうして発見していくかというのはぼくにとっても今後の課題なんですが、ただ、戦前・戦中の経験というのを、戦前・戦中に生きていなかった人間が話すことにも何らかの意味があるかもしれないと考えて、あえて、戦前・戦中に様々な生き方をしてこられた方々を少なからず含んでいるこの場で話をさせていただきました。

（一九八一・四・二六　「天皇誕生日＝祝日」糾だん　天皇制を問う4・26討論集会）

解放としての侵略

戦争文学におけるアジアと日本人

1　日本の近代化とアジア

（1）　どこに目を向けてきたか？

まず最初に、一九二〇年代から三〇年代、そして、いわゆる十五年戦争の時代、それからまた、敗戦後に新しい戦争の準備が着々となされているときに、いろいろな方法で戦争に反対する実践的な活動や、あるいは、思想的な営みを通じて活動してこられたクリスチャンの方々を多く生み出した同志社で、きょうお話しできるのは、心の底から大変うれしく、ありがたく思っております。ぼく自身はクリスチャンではありませんし、信仰というものをもたない人間ですけれども、そういう意味で、きょうは、ここで話をさせていただけることを大変ありがたく思っています。時間が一時間半というわけですので、具体的な実例を挙げながらいろいろお話しする余裕があまりないわけです。なぜわざわざこんなことをいうかといいますと、本当は、具体的な文学作品を具体的に見ていくなかで、日本人が戦争という体験を重ねる過程でアジアの人びとどのように出会ってきたかということを、作品に即してひとつひとつ具体的に明らかにしていく必要があるわけですね。ですから、もしも皆さんがまだお読みになってない文学作品があれば、当然詳しく引用しながら、具体的に話を進めなければならないんですけれども、そのようにする時間がありませんので、もしかすると、抽象的に聞こえる部分があるんではないかと思うんです。で、そういう部分について、もしも皆さんが関心をもってくださったとすれば、お手元にコピーをしていただきました簡単な参考資料を列挙したものがありますので、ご自分でぜひ見ていただきたいと思います。このうちのあるものは、今、手に入れるのが非常に難しいですけれども、その作品に触れるときに、どういう形で一番手に入りやすいかということも、ちょこっと註として申しあげようと思ってますので、関心のおありの方はぜひご自分で、こういう文学作品に触れていただければ大変うれしいと思います。

　しばしばこういうことがわれわれの周りで言われるわけです。それは何かというと、日本は明治維新以来、今日までほぼ百二十年の間、もっぱらヨーロッパや北アメリカ、いわゆる欧米先進国といわれる文明圏、文化圏を見て、それに追いつけ、追い越せ、というのをスローガンにしながら、ひたすら近代化を遂げてきた。そして、肝心の一番近い隣人たちが生活しているアジアを、いわばないがしろにしてきた。そして、日本のいわゆる反体制運動といいますか、明治以後百二十年にわたる資本主義的な、あるいは、軍国主義的なといってもいいかもしれませんけれども、そういう社会の歩みに対して批判的に対抗し、そうではないような自分たちと、そして、人びとの解放をめざして運動を進めようとする人たちも、やはり、たとえばイギリスであるとか、ドイツであるとか、アメリカ合州国であるとか、あるいは、とりわけ日本の場合、共産主義の祖国といわれたソヴィエト・ロシアですね、そういうところを手本にして運動を進めてきて、アジアの民衆の姿というものを、反体制的な、あるいは、左翼的な人びとでさえ、とかく見失ってきた――という言い方がされてきました。そして敗戦後、とくに一九六〇年代後半以後の、いわゆる新左翼運動と呼ばれたものが日本における反体制運動の中心になっていく過程で、初めて、これは文化から政治まで、われわれの目でアジアをもう一度キチンと見直す、あるいは、ちゃんと見ていく、そういうふうな試みが途についたばかりである、と。近ごろは、いわゆる文化運動をやっている人びとでも、たとえば、「水牛楽団」とか「黒テント」という芝居のグループ、あるいは、このまえ京都で相次いで公演しました、いわゆるアングラ劇場といわれるような「風の旅団」であるとか、あるいは、「夢一族」であるとかいうふうな芝居のグループでも、朝鮮をはじめとする東南アジアの民衆の運動や、東南アジアの人びとが抱えている問題、それと日本とのかかわりの問題に、切実な目を向けるようになった。ようやくわれわれは、アジアへの目を獲得しているんだ――というようなことがしばしば言われるわけですね。

ところが、ご年配の方はもう、わたしのような若輩が今さら言うまでもなくご存知だと思いますけれど、それはやはり、非常に一面的な、ある意味では、ウソの歴史観だというふうに思うわけです。というのは、明治維新以来、日本という国、社会は、一方で欧米先進国といわれる文明国を見ながら、しかしもう一方では、それにおとらぬ非常に熱烈なまなざしをもって、アジアの地域を見てきたわけですね。そしてこれは、明治以後の日本の、いわゆる文学作品、フィクションにすぎない文学作品を読み直してみると、はっきり分かることなんです。ぼくらは、しばしば学校で習う文学史のイメージで、日本の明治以後の文学を考えるときに、たとえば、夏目漱石であるとか、森鷗外であるとか、永井荷風であるとか、みんなヨーロッパ、アメリカへ留学した作家たちの、いわゆる大文豪の作品を日本の明治以後の文学の中心的な道すじ、つまり、大道であるというふうに見がちです。けれども、そういった大文豪といわれている人の本の読まれた量よりも、比べものにならないくらい圧倒的に多くの読者をもっていた作家たちというのは、ほとんど今、中学や高校、大学で習う文学史からは消されているわけですけれど、そういう真の意味での大衆的な作家たちの作品を読んでみると、詩にしろ、小説にしろ、ドラマにしろ、これは欧米先進国といわれるところへ向けたまなざし以上に、アジアに向けたまなざしといいますか、ヨーロッパ先進諸国によって抑圧搾取されているアジアの民衆を、共に解放していくという大冒険譚、大冒険物語、これが圧倒的に多くの読者を獲得してきたのです。本当の意味での、日本における代表的な文学作品の一つの道筋がここにある、ということにわれわれは気づくわけです。

かつて明治の十八年、一八八五年に、福沢諭吉が有名な『脱亜論』というのを書きました。つまりこれは、読んで字のごとく、アジアを脱却することが日本の近代化にとって必要である、という主張です。ヨーロッパに目を向けて近代化を遂げてきたと普通いわれる日本の明治以後の歴史の歩みというものを、最も端的に、はっきりと、しかも、最初期に公式化した画期的な仕事であるわけですね。『脱亜論』での福沢諭吉の論旨というのは、要するに当時の言葉でいえば、支那や朝鮮や南洋諸国のような、そういったアジアの、いわゆる後進的な地域の運命、ヨーロッパの事実上の植民地になっているような、そういう運命に日本も陥りたくなければ、日本はアジアときっぱり手を切って、欧米先進資本主義国に学んで近代化を遂げるべきだという、こういう論旨であるわけです。そしてご承知のとおり、福沢諭吉というのは、そういう趣旨に従って弟子たちを養成して、日本の資本主義的な社会勢力の中軸を担う人びとを、教育を通じて作り出したわけですね。

(2)『満韓ところぐ』の夏目漱石

一番最初にお話ししました、日本は先進諸国をみて近代化を遂げてきた、と普通いわれる側面、疑いもなく実在した一つの側面、これが福沢諭吉によってはっきりと宣言されていた。福沢諭吉が『脱亜論』で掲げたその理念というものを、日本は確かに実現してきたという一面ですね。これはどうしても見逃すことはできないだろうということをまず一つ確認するために、福沢諭吉を採り上げたわけですが、もう一つ、同じような趣旨で夏目漱石が、理論としてではなくて文学作品として、福沢諭吉の精神というものをやはり唱えているわけです。これは、福沢諭吉よりも十五年後の一九〇九年、明治四十二年の秋に『朝日新聞』に連載された『満韓ところぐ』という作品です。これは非常に面白い本で、岩波書店版『漱石全集』の第八巻『小品集』に入っています。読まれた方も多いかと思いますけども、ごく簡単に言いますと、夏目漱石というのは、ご存知のとおり一九〇〇年から一九〇三年にかけてロンドンに留学してるわけですね。そこでかれは、帰国してから一気に噴出してくる文学作品の、いわば土台をロンドンの生活のなかで作っていく。これは周知のことですが、ロンドンでの体験が、初めて近代的な自我、「私」——封建的な集団のなかに埋没した人間ではなくて、近代の自立した個人——がぶつかるさまざまな悩み、そういったものを、日本の文学のなかで最も早く、しかも、最も明らかに表現した漱石の仕事のきっかけのひとつとなった、というふうに一般に考えられているわけです。ところが、じつは夏目漱石にはもう一つの外遊体験がある。これが先ほど言いました一九〇九年、つまり、ロンドンから帰って六年後に、南満洲鉄道株式会社の総裁であった中村是好という人に招待されて、一九〇九年、明治四十二年の九月二日から十月十七日まで、ちょうど一ヵ月半にわたって「満洲」、今の中国東北地方ですね、および朝鮮半島の旅をしたことがある。帰ってすぐに『朝日新聞』に連載した旅行記が、『満韓ところ〴〵』という作品です。夏目漱石は、もう一つの外国体験を、しかもロンドンでの体験と非常に対照的な体験をここでするわけです。ロンドンでは、夏目漱石は非常なコンプレックスにさいなまれて、まさにウツ病になっていくわけですけれど、『満韓ところ〴〵』の紀行文を読めば一ぺんに分かるんですが、漱石は、ここでは非常に洒脱なのびのびとした気分で、いわば上から見下ろす鳥瞰図的な視線をもって旅をします。「満洲」、これは仮に満洲といっておきますが、具体的にいえば、大連、旅順、そして、当時奉天といわれた瀋陽、炭鉱のある撫順、そういったところを旅して回るわけですが、その満洲の風物、人間というものを極めて洒脱に、そして、おそらく夏目漱石のもっているユーモアというものを、ふんだんに駆使して描いている。ところが、これを今読んでみると、実におぞましい作品なんです。読まれた方はお分かりのとおり、どういうふうにおぞましいかというと、これはもう、具体的に言わないとどうにもしようがないので、具体的に申しますと、冒頭に近い部分で、船に乗って大連の港に着くところの描写があります。大連の埠頭に船が着くときの表現というのは、次のようになっている。

「船が飯田河岸《かし》の様な石垣へ横にぴたりと着くんだから海とは思へない。河岸の上には人が沢山並んでゐる。けれども其大部分は支那のクーリーで、一人《ひとり》見ても汚ならしいが、二人寄ると猶見苦しい。斯う沢山塊《かた》まると更に不体裁である。余は甲板の上に立つて、遠くから此群衆を見下《みおろ》しながら、腹の中で、へえー、此奴《こいつ》は妙な所へ著いたねと思つた」云々。

こういうふうな語り口というのは、『吾輩は猫である』や『坊ちゃん』でご存知の、非常に洒脱な夏目漱石の語り口です。しかし、ここで描かれていることというのは、つまり、「クーリーというのは一人見ても汚ならしいが、二人寄ると猶見苦しい。斯う沢山塊まると更に不体裁である」というふうな、漱石自身の見方にほかならないわけですね。次に続けて、

「其中《そのうち》船が段々河岸に近づいてくるに従つて、陸《をか》の方で帽子を振つて知人に挨拶をするもの杯が出来て来た」云々と書いてあって、

「船は鷹揚にかの汚ならしいクーリー団の前に横付になつて止まつた。止まるや否や、クーリー団は、怒《おこ》つた蜂の巣の様に、急に鳴動し始めた。其鳴動の突然なのには、一寸胆力を奪はれたが、何しろ早晩地面の上へ下りるべき運命を持つた身体《からだ》なんだから、仕舞には何うかして呉れるだらうと思つて、矢つ張り頬杖を突いて河岸の上の混戦を眺めてゐた」云々。

しばらくすると迎えのものがやってきて、ホテルへ馬車で行くと言います。

「河岸の上を見ると、成程馬車が並んでゐた。力車も沢山ある。所が力車はみんな鳴動連（かれがいうところのクーリーたちですね）が引くので、内地のに比べると甚だ景気が好くない。馬車の大部分も亦鳴動連によつて、御せられてゐる様子である。従つて何れも鳴動流に汚ないもの許であつ

た。ことに馬車に至つては、其昔日露戦争の当時、露助《ろすけ》が大連を引上げる際に、此儘日本人に引渡すのは残念だと云ふので、御叮嚀に穴を掘つて、土の中に埋《う》めて行つたのを、チャンが土の臭を嗅いで歩いて、とうとう嗅ぎ中《あ》てゝ、一つ掘つては鳴動させ、二つ掘つては鳴動させ、とう〳〵大連を縦横《たてよこ》十文字に鳴動させる迄に掘り尽したと云ふ評判のある、——評判だから、本当の事は分らないが、此評判があらゆる評判のうちで尤も巧妙なものと、誰しも認めざるを得ない程の泥だらけの馬車である」と書いてあるんですね。こういうふうに、たしかにそれ自体、読めば面白いですね。こっけいでユーモラスな表現です。ところが、大連港埠頭の上に集まっている中国のクーリーと呼ばれた労働者、港湾労働者や、あるいは人力車、馬車をなりわいにしている労働者たちに対する見方というのは、これは今のわれわれからすれば、差別的な目という以外の何ものでもない。そういう目で中国人を見るんですね。そして、挙句の果てには、「露助」（露助とちゃんと書いてあります）が日露戦争に負けたときに、大連を引き払うときに、日本人にくれてやるのはシャクだからというので、土の中に埋めていったその馬車を、「チャン」（これは片かなです。チャンというのはもちろん「チャンコロ」と昔いったあのチャンですね）が、地面を嗅いで歩いて、そして、一つ掘り当てては鳴動させ（鳴動っていうのはクーリーたちがうるさく鳴動していたのと引っかけて）、二つ掘り当てては鳴動させ、ついには大連の町を縦横無尽に鳴動させるまでになった。そのくらいの馬車だから、何とも汚いことこの上もないという、そういう見方をする。

　確かに夏目漱石から見れば、あの中国の東北部、当時満洲とすでに呼ばれていたあの地域というのは、確かに汚なかったんでしょうね。そして、労働者たちは汚なかったし、そのうえ何いってるか分からないわけですから――夏目漱石は、英語はできたけれども中国語ができたかどうか、漢詩は読めても作れても、実際に話を聞くということは、当時の日本の知識人である夏目漱石も、おそらくできなかったと思いますが――それが「鳴動している」という表現とつながっている。これは何回も言うように、夏目漱石独得のユーモラスな表現である、絶妙の描写である、と言えばそれだけのことですね。しかし、われわれが今から読むと、当時、おそらく『朝日新聞』に連載されたのを見て、日本の読者たちが笑ったのと同じ笑いをわれわれは笑うことができないのですね。これはおそらく、夏目漱石の責任というよりは、当時の日本が中国の民衆をこのようにしか見ることができなかったという問題でしょう。ロンドンへ行けば、ヨーロッパの近代と拮抗する、十分に太刀打ちしうるだけの日本の近代の悩みというものを、改めて掘り起こすことができた夏目漱石が、大連の港に着いたときも、そして、一ヵ月半の「満洲」および朝鮮半島の旅行をするなかでも、ついにそういう糸口さえも見つけることができず、旅の全過程で、ひたすらかれは、中国の民衆、朝鮮の民衆に対して、同じ視線を貫きとおすわけです。そして、奉天（今の瀋陽ですが）で人力車に乗ったときには、その人力車というのがせっかく日本製なのに、そこで人力車を引く中国人や、それから後に、かれが朝鮮半島で見た朝鮮人たちは、実に粗雑な引き方をするというので、ものすごく腹を立てる。「人力《じんりき》は日本人の発明したものであるけれども、引子が支那人もしくは朝鮮人である間は決して油断しては不可《いけ》ない。彼等はどうせ他《ひと》の拵へたものだといふ料簡で、毫も人力に対して尊敬を払はない引き方をする。海城といふ高麗の故跡を見に行つた時なぞは……仕舞に朝鮮人の頭をこきんと張付けて遣りたくなつた位残酷に取扱はれた。……其引き方の如何にも無技巧で、たゞ見境なく走《か》けさへすれば車夫の能事畢ると心得てゐる点に至つては、全く朝鮮流である。余は車に揺られながら、乗客の神経に相応の注意を払はない車夫は、如何に能く走《か》けたつて、遂に成功しない車夫だと考へた。」

こういうことが得々として出てくる。こういう表現が、あの当時としては優れたと一般にいわれた表現であり、そして、今の文学史のなかでも、われわれが「優れた」という形容詞を付けるのが普通になっている夏目漱石の、その漱石の中国・朝鮮体験記であるわけです。これが事実ですね。つまり、福沢諭吉の『脱亜論』というあの理念と、夏目漱石がそういうふうな理屈を書くまでもなく自分で体現していた理念というものが、やっぱり同じもんだというふうにぼくは思う。それはしばしばいわれる、日本がひたすらヨーロッパに目を向けてきたという言い方を裏付けているわけですね。だからこそ、今、この秋から『脱亜論』の福沢諭吉が一万円で、そして、『満韓ところどころ』の夏目漱石が千円札になるというのは、日本の百二十年の歩みの果ての、非常に象徴的な事件だと思います。

しかしわれわれは、そこで立ち止まってしまうことはできないだろうというのが、先ほどから話しかけているもうひとつの観点の問題なのです。実は福沢諭吉や夏目漱石に見られるとおり、ひたすらヨーロッパに目を向けて日本は歩んできたといわれているわけですけれども、われわれの先人たち、あるいはわれわれ自身は、それとつり合うほどの重いまなざしというものをアジアに向けてきたということを、もう一ぺんあえてここで立ち止まって考えてみたいと思うのです。非常に象徴的なことには、夏目漱石は一カ月半の旅行のなかで、しょっちゅう「満人」とかれがいうところの、中国東北地方の住民たち、そして、朝鮮人と出会いながら、ついに、かれらの表面だけではない、本当の姿というものを見るだけの視線の深まりが実現できなかったんですね。それと同じようなことが、百二十年の間、ヨーロッパではないアジアに目を向け続けたわれわれにも、やっぱりあったんではないかと思うんです。

(3) 大東亜共栄圏構想を支えたもの

で、われわれは今、ようやくアジアに目を向けるようになってきている。――われわれ自身がそういう言い方をしばしばする。確かに今、たとえば、文化の問題を考えるときにも、そして、日本のみならず世界の将来を考えていくときにも、日本がヨーロッパや北アメリカだけに目を向けている時代というのは、とうに過ぎているんだということは、誰でも認めざるをえない。そして、文化運動をやっている人も、政治運動をやっている人も、一九六〇年代からのちは、いわゆる第三世界といわれるあの領域に、激しく目を向けるようになった。そして事実、たとえば、文学の領域だけとってみても、今、邦訳されている文学作品のなかで、何が一番面白いかといえば、これはたとえば、集英社のような出版社から出ているのがシャクなんですけども、ラテンアメリカの文学というのが一番面白い、というのは、これはおそらく主観的な好き嫌いということは当然あるにしても、ある程度客観的に認めざるをえないと思うんですね。集英社から出ている全集『ラテンアメリカの文学』――集英社というのは、ご承知のとおり、保母さんが園児を殺したという疑いで、今、裁判が続けられている甲山《かぶとやま》事件に関して、保母が犯人であるという警察・検察側の前提のもとに書かれた、清水一行という男の『捜査一課長』という推理小説を刊行して、そして甲山事件の真相を明らかにする運動、つまり、保母さんのぬれ衣を晴らす運動を続けている人たちの抗議にもかかわらず、集英社は文庫本に、その『捜査一課長』を入れてしまっている。そういうことから、集英社の本に関する不買運動というのが行なわれているんですね。ぼくもそれに連帯したいと思うんですけども、ラテンアメリカの作品を読もうとすると、集英社の作品を買わざるをえない。これはなんとも残念でくやしいことなのですけれど、ラテンアメリカの文学作品そのものは、たしかに、本当に面白いのですね。生きいきとした文学作品が生まれるのはどういう社会なのか、ということをはからずも明らかにしている。たとえば、ロマン派の時代のドイツであるとか、十九世紀後半のロシアであるとか、そういうふうな社会がなぜすぐれた文学作品を生んだのか、ということを暗示してくれているわけですけども、こういう一つのエピソードも含めて、いわゆる第一世界、第二世界の人間が第三世界と呼ぶ、アジア、アフリカ、ラテンアメリカというのが、人類の未来にとって最も大きな鍵を握っている、ということは誰しもが気づいている。ただし、それに気づいているのは誰しもであって、今のこの第一世界、第二世界の政治体制に反対する人たちだけが第三世界の重要性を認めているんではない、ということが問題なのだと思うのです。

たとえば、NHKでも、「アジア映画祭」ってやりましたね。これは確か、今年の冬から春にかけてのことでした。ぼくも全部見たんですけど、やっぱりものすごく面白い。本当ならばNHKにやらせるのではなくて……と、ぼくは非常に残念だと思う気持ちを捨てることができない。それから、アジアの人びと、あるいは、ラテンアメリカ、あるいは、アフリカの人びとといっしょに新しい文化を模索していきたいと思うときに、ぼくらというと非常におこがましいんですが、ぼくは除いてもいいんですが、われわれと仮にいいますと、その人びとがささやかな試みを続けているときに、たとえば文化庁は、「環太平洋文化圏構想」というものすごいでかいプランを立てて、新しい大東亜共栄圏の文化構想をちゃんと練っている。今の第一世界、第二世界の側に目を向けて近代化を遂げてきたといわれる日本は、こういうふうに、常にアジア、アフリカ、ラテンアメリカへの目というものを、キチンともっている。これは何も今始まったことではないのです。たとえば、これは一つの歴史的な資料としていえば、一九四一年に、つまり、昭和十六年に南方問題研究所という半官半民の研究所が『南方問題と国民の覚悟』という分厚い資料を出しています。なぜ一九四一年の段階で南方問題というのが問題になってきたかというと、これは一九四〇年、つまり、昭和十五年の七月から四一年の七月までの一年間続いた第二次近衛内閣、近衛文麿ですが、あの近衛内閣が、初めて大東亜共栄圏構想といわれる「東亜共栄圏」の理念を提起したわけです、政策として。それが一九四〇年から四一年にかけてだったんですね。したがってその時期に、大東亜共栄圏という名前で、アジアの全域が、日本の近い将来の政治、政策と不可分のものとして、国民の前に浮かび上がってきた。もちろん言うまでもなく、それ以前から中国に対する関心と並んで、つまり、北進論といわれている日本の中国大陸への関心、これは満洲、シベリア、モンゴルを含みますが、それと並んで、有名な南進論という未来像が当然あったわけですね。それが具体化されたのが、一八九五年に日清戦争で日本が勝って台湾を領有したときからで、南方というものが、そして、広くは南洋というものが、日本の生活の具体的な視野のなかに入ってきたわけです。それが一九四〇年から四一年にかけて、初めて大東亜共栄圏という構想となって、中国大陸以外の、あるいは、中国大陸の南端を含む、それから、第一次大戦に日本が勝ってドイツからぶんどった南洋諸島、今、日本の新婚旅行、あるいは、レジャーのメッカになっているミクロネシアの島々、マリアナ、パラオ、マーシャル、カロリンの諸島、ああいうところが日本の領土になることによって、南進論というのが具体化されていく。それで、第二次近衛内閣に至って、大東亜共栄圏という非常に広大な、今でいうところの環太平洋文化圏の構想となっていったわけです。この大東亜共栄圏は、オーストラリア、ニュージーランドまで、自分たちのいわば版図として、自分たちの大東亜共栄圏の領域として含んでいたわけですから、文字どおり環太平洋文化圏で、それが日程に上ったところで、この『南方問題と国民の覚悟』という本が出される。

これは非常に面白い本で、どうして面白いかというと、しばしばわれわれが、なぜ日本が大東亜共栄圏というものを打ち出したんだろうかということを考えるときに、分からない部分があったのが、見事に氷解していく、解決されていく、そういう論理の展開がなされています。しばしばわれわれは、大東亜共栄圏構想の裏付けとして、アジアに対するヨーロッパ、アメリカ列強の抑圧、植民地支配という現実を思いうかべますね。これが第一ですね。したがって、第二に、アジア人自身が、欧米列強の支配から自己を解放していかなければならないという、そういう展望。こういう二つの要素があって、そしてそれに加えて、日本がアジアにおける唯一の非植民地国であり、近代国家である、当時なりの産業工業国家である、という第三の要素によって、日本が大東亜共栄圏の盟主たるべき責任を引き受けなければならない、とされる。この三点が大体一般に大東亜共栄圏の理論的な裏付けとして、われわれに理解できることだと思います。

ところが、『南方問題と国民の覚悟』という南方問題研究所の本は、それだけでは国民は納得しない、というところへ一歩踏み込んでいった。そして、もう一つ別の理由をつけ加える。そこにはこのように書かれています、「日本民族の使命とか、人間の歴史の進展とか云ふ大きな立場からものを見る事」、これが重要なんだ、と。

「いつたい日本の国は如何にして創《つく》られたか？ 日本人とは——大和民族とは、どんな人間なのであるか？」という問題を立てるわけです。いわば文化人類学的にといいますか、そういうことにまで考察を進めていく。そして、次のような結論をここから出していくんですね。「日本人はゲルマンとかラテンとか云ふやうな単純な民族ではない、今日、世界中の学者がいろ〳〵な研究を行つても、まだこの正体がハッキリしたとは云ひ切れない程の複雑な構成をもつた民族である。全亜細亜のいろいろ《(ママ)》な種族の血が入り混つて出来てゐるのである。国史の伝へる天孫降臨によつて〈天孫民族〉がその中心となつてゐる事は判るのであるが、その他に北の大陸からも南の島からもいろ〳〵の種族が入り込んで天孫民族と融合してゐる。」——これは非常に面白い説ですね。当時の歴史では、天照大神の命令でニニギノミコトが高天原に天降って、天孫民族が日本を統一したといわれているわけですね。天孫神話というのが正史であるわけです。それが日本の正式の国の起こりであり、歴史の真実とされていた。学校でそう習ってきた。ところがこの理論というのは、これに反するわけです。ある意味では矛盾するわけです。それで、その矛盾を取り繕うために、括弧してこういうふうに書かれています。「かうしてこの万世一系の　天皇を戴く無比の国体の下に、世界に類のない団結力をもつた国家を作り上げたのである。」——つまり日本というのは、天孫民族の単一国家ではない。（これは中曾根よりよっぽど歴史的に正しいですね。中曾根は、日本は幸いなことに単一民族だ、と広島でほざいたわけですから。）多民族国家なんだけれども、それが天皇によって統一され、団結してきた世界に類のない民族だ、という。これはある意味で非常に正しい歴史観ですね。それから、次のように、さらに踏み出していく。「日本が亜細亜で唯一の一等国であり、実力をもつてゐるから、それだけで日本を東洋の盟主とか東亜の指導者とか云ふのではまだ充分ではない。日本人は全亜細亜民族の一致団結の標本であるから、すべての亜細亜民族の血を全部その身体の中に融合した形でもつてゐるから、全亜細亜の各種族に対して、みんな血縁者として口を利くことが出来る立場であるからと云ふ歴史的な意味をこれに加へなければ充分ではないのである。」

これはおそらく、ものすごく説得力があるんですね。つまり、アジアの全種族の血縁者として口をきくことができる民族、したがってこれは、アジアの統一の、いわば象徴的な存在なんだ。したがって大東亜共栄圏というのは、日本しか中心になれないのだ、ということをかれらは言うわけです。こういうふうな理屈というのは、とかく今までぼくらが大東亜共栄圏というものをもう一ぺん考え直してみるときに、ちょっと見逃されてるわけですね。もっぱら日本というのは、いわば近代国家であるという、そういう実力、力、そういうものに頼って、おごった自意識でもって、結果としては、アジアの民衆に暴力で対してしまうことになる。つまり、自分たちこそがアジアにおける唯一最大の近代国家であって、そして、欧米と対抗する力をもつ。現実に物理的にも文化的にも力をもっているから、アジアの盟主としてふるまおうとして、結果としてアジアの人びとを踏みつけにするようなことになってしまう——というふうに、日本のアジア侵略を総括することで、はたして正しいのだろうか？　むしろもっともっと善意といいますか、あるいは柔軟な意思、日本はアジアの全種族と血縁なんだというような論拠を、改めて確認しておく必要があるのではないか。ナチスの神話が血の純血神話であったとしたら、日本の侵略神話は、このように混血神話であったということですね。このことをもう一ぺんとらえ直しておく必要があると思うんです。

今までお話ししてきたことは、大東亜共栄圏という構想が打ち出されたときにはっきりと明らかになったアジアへの視線というもの、これがそれ以前からもあったのだ、ということとの関連でも、考えてみなければならないでしょう。さっき言いました明治以来の大衆文学、今ではもう歴史から消されている大衆文学のなかにあったアジア解放の理念が、新たな大東亜共栄圏イデオロギーのなかで、血縁神話のなかで、どのように新しい生命を獲得していくか、という問題です。たとえば、源義経が平泉の藤原家の領地で死んだというのはウソで、ジンギス汗になったという、よく知られた神話があるわけですけれど、それと同じように、西郷隆盛が西南の役で死んだというのはウソであって、かれはフィリッピンに落ちのびて、フィリッピンの独立運動の指導者になった、そして、フィリッピンの独立運動から、さらに全アジアの解放闘争——このときははっきりと日露戦争が迫ってますので、今日と同じように、ロシアが仮想敵国になっていますが——ロシアをはじめとする列強からアジアを解放するための、そういう大民族解放闘争の指導者になった、という熱血大ロマンを、押川春浪という人気作家が書いているんですね、実際に。それは孤立した一つの例ではなくて、そういうふうな、アジアの解放をテーマにした作品というのは、明治から太平洋戦争に至る半世紀以上の間に、それこそ掃いて捨てるほどつぎつぎと書かれ、読まれ、なかでも青少年に読まれている。夏目漱石みたいな、ああいうふうな作品だけが日本文学ではないということなんですけども、そういうアジアへの関心、しかも、日本がひたすらアジアを支配するんではなくて、アジアをアジアの諸民族と共に解放していくという、そういう夢、これが、ヨーロッパ先進国に見習い、追いつき、追い越せという、日本の近代化の夢とはっきりと並んで存在していく。その夢が、第二次近衛内閣の大東亜共栄圏政策によって、政治的な具体性を与えられ、真の意味で現実的な生命を吹き込まれたのだ、ということを押さえておきたかったわけです。だから、夏目漱石や福沢諭吉の非常に差別的なアジア観だけが、われわれの先人のアジア観ではなくて、むしろ日本人というのは、アジアのあらゆる民族と血縁なんであって、だから、かれらの解放を共に闘わなければならない。しかし、すべての血が入り混ってるんだから、すべての民族に兄弟として、肉親として、口をきくことができるのは日本なんだという、いわば四海同胞的なイメージ、日本の右翼のある人びとが掲げた四海同胞というイメージが、実は日本の近代化というものを裏打ちしてきた重要な要因だったということ、これをやはり押さえておく必要があるだろうと思うのです。

2 『麦と兵隊』はどこまで現実を描いたか？

(1) 従軍作家、火野葦平

しかし、今のわれわれからみれば、このようなアジア観というのは、夏目漱石の差別的なアジアへの視線とおっつかっつであるわけです、考えてみれば。西郷隆盛がフィリッピンの独立運動の指導者になったという、まさに他愛ないとしか言えないような文学、いわば一方的な夢でしかアジアの人びととのかかわりを考えることができなかった日本の文学というものは、ある意味では、「鳴動連」、「チャンコロ」、「チョーセン」というふうな、そういう差別的な目でしかアジアの人びとを見ることができなかった夏目漱石と、実はおっつかっつですよね。なんら現実性といえるような現実性をもたないと、われわれからみれば批判することができる。それがやがて、一九三一年九月の九・一八事件、いわゆる満洲事変の勃発と、そして、一九三七年、昭和十二年七月の、いわゆる日支事変、日華事変、日中戦争、これの勃発によって一気に日本の文学表現は、そして、その文学表現を生み出した日本の、いわゆる国民のアジアに対する目は、一気に深まりをみせていった。そのような夢物語でもなく、そして、汚いというふうな差別的な目だけでもない非常に具体的な目で、アジアの民衆を見ていくことができるようになったわけですね。そうせざるをえない現実的基盤が与えられた。これは戦争のおかげですね、いわば。これは誤解しないでほしいんですけども、たとえばアメリカのベトナム戦争で、アメリカ人がアジアへの認識を深めたというふうに言うとしたら、とんでもない話だと思いますので、たとえば日本が、日中戦争、中国侵略によってアジアへの目を深めた、なんてことは言えることではないんですけど、事実の一面として、アジアというものが自分の生命、具体的な生活と直接かかわりあっていることを、イヤでも直視せざるをえない、そういう日常が中国大陸侵略、それも経済侵略を越えた軍事侵略によって生まれてきたというのは事実であるし、そして、それをいち早く表現した一人は、どなたもこれはご存知の、火野葦平という従軍作家であったわけです。

火野葦平は、一九〇七年、明治四十年、ちょうど夏目漱石が満洲旅行をする二年前に当たる一九〇七年に生まれて、一九六〇年に亡くなっています。火野葦平というと、芥川賞をとった『糞尿譚』という汚い作品、ま、いい作品なんですけど、あるいは、きょうここでお話する『土と兵隊』以下の戦争三部作といわれるようなもの、あるいは、『花と竜』という、映画にもしばしばなってる作品、あるいは、『革命前後』という作品によって知られているわけですけども、火野葦平という人は、実は初め労働者運動にたずさわるわけですね。一九二〇年代後半、昭和の五年ごろから一九三〇年代前半、ちょうど満洲事変が起こるころまで、かれは沖仲仕をやりながら、つまり、港湾労働者をやりながら、たとえば、沖仲仕のゼネストのリーダーになったり、さまざまな労働者運動を実際にやるわけです。そういう沖仲仕の生活と闘争をやって、そして、一九三二年に捕まって、転向の上申書に署名して釈放されるわけです。それから一九三七年、日支事変といわれた日中戦争の本格的な開始の翌々月、一九三七年九月に応召、つまり、召集令状がきて、かれは中国戦線に送られていくわけです。そして、その年の十一月の、有名な杭州湾敵前上陸というのに参加して、中国大陸に足を踏み入れる。翌年の春二月だったと思いますが、応召する前に同人雑誌に発表した『糞尿譚』という小説が芥川賞になったことを、かれは前線で知るわけですね。こういう作家はいっぱいいるんです。自分が残してきた作品が、前線へ着いてから芥川賞になったということを知らされた作家ってのは、ぼくが知ってるだけでも三人はいますが、そういうふうな人の一人です。

かれが芥川賞になったことによって、軍部は方針をすぐに変えるんですね。かれを普通の兵隊にしておかないんです。ごく普通の歩兵だったのが、報道班に配属されます。報道班というのは、要するに日本のジャーナリズムに送るための従軍記事を書くスタッフのポストです。なかには、新聞記者や雑誌記者がいたし、職業的な作家もいたんですが、かれは中支派遣の陸軍報道部に配属されまして、伍長、下士官ですね、伍長として翌一九三八年五月、有名な徐州作戦という大作戦に従軍する。広大な三十里に及ぶ麦畑を、ずーっと馬と人が横切っていく有名な作戦があったわけですが、それに参加します。そして徐州作戦の結果が、かれの『麦と兵隊』という有名なルポルタージュ小説なんですね。『麦と兵隊』というのは、三八年、昭和十三年八月号の『改造』という雑誌に掲載され、すぐに翌月、九月に一冊の本として出ます。一冊の本として出て、たちまち、つぎつぎと品切れの書店が続出して、十五年戦争末までの間だけで、一二〇万部売れたといわれています。今だったら、ちょっと一ヵ月ぐらいすると一〇〇万部とか新聞広告に出てるけども、そんな時代ではないその時代に、一二〇万部の超ベストセラーとなり、有名なあの「徐州徐州と人馬はすすむ」という軍歌にもなって、そのためにかれは、のちに、一九四八年、敗戦後三年たってから公職追放に処せられます。進駐軍に。つまり、戦争に協力した罪によって、一九五〇年まで二年の間、公職に就けなかった。しかしかれは、それよりも先に、一九四五年敗戦と共に一つの文章を発表して、自分が今までやってきたことは確かに戦争に協力したんだ、という自己批判の文章を出して筆を折ってしまうんですね。かれはもう書かなくなる。追放解除になってから、また再び戦前戦中の自分を考える作品を書くことになりますが、それはまた後の話です。

(2) 限界突破の試み

この『麦と兵隊』という作品は、単行本になったとき、報道班の部隊の司令官であった高橋少佐というかれの上官が、あとがき「麦と兵隊所感」というのを付けて発行されている。ということは、つまり陸軍の報道班の趣旨に添って、ちゃんと公認で出された本なんです。だから、当然のことながら戦意高揚をもくろんで刊行されたわけです。つまり、日本の銃後の国民も、前線にこれから出ていく国民も、共に一生懸命戦うように、そういう意図で書かれている作品である——書かれているという語弊があっても、そういう意図で出されている作品だということは、これは疑いもない。ちゃんとお墨付きもあるんです、上官の司令官の。そういう作品であるがゆえに、戦後、この『麦と兵隊』をはじめとする火野葦平のルポルタージュ文学というのは、少なくとも戦争中沈黙した人びとや、あるいは、戦後新しい活動を始めた世代の人びとや書き手たちから、いっせい攻撃を受けることになります。戦後、『麦と兵隊』論争というに値するような論争があって、火野葦平に対する非常に激しい非難というものが集中した時期があります。火野葦平は火野葦平で、あれしかできなかったんだ、ということを弁明します。

ぼくは、その論争の経過というのを読んでみても、これは火野葦平の方にやはり道理があると思う。戦争中にものを書くということを、自分の仕事として引き受ける以上は、しかもそれが、日本の読者たちに伝えるためのものであるとすれば、火野葦平の『麦と兵隊』は、おそらく可能な極限まで書かれた作品だろうと思うのです。地下のパンフレットをもっぱら書くのであれば別ですよね。生命の危険と引き換えに地下パンフレットを、アングラ文書をひたすら書いて戦争に抵抗するというのは、一つの生き方です。しかし、職業作家、芥川賞作家が、自分の見たことを、それを体験していない人、あるいは、体験した人も含めてもいいんですけども、同時代の人びとに伝えて、少しでもそこの人びとに流動化を起こすという仕事を自分の仕事として引き受けたとすれば、おそらく火野葦平が『麦と兵隊』に書いたことが精一杯だっただろうと、ぼくはその時代を体験していませんけど、分かるんですね。これは誰が読んでも、おそらく分かると思うんです。それを、軍に公認された作品ではないか、たとえば、高橋少佐という上官のお墨付きをもらって書いた宣伝文学ではないか、と非難することに急で、戦争協力の罪状としてしか読めないということであれば、これはやっぱり、当時の時代を生きた人びとの心に届くような批判というのが、そもそもなされないということだとぼくは思うんですね。本当は、これはもっと具体的に、もっともっと詳しく話さないといけないんですけども、とりあえず簡単に言えば、まず、なぜぼくが、火野葦平の『麦と兵隊』という作品は表現者としてギリギリ一杯まで表現された表現であったと考えるのかというと、何よりもまず、当時の同じ時代の従軍作家たち、あるいは、報道部員といわれた新聞記者も含めてですが、その人たちのルポルタージュと比べて、比較にならないほど丹念に、戦争に携っているひとりひとりの人間に目を向けているからです。これは、この作品の最も大きな特徴ですね。これがいかに難しいかということは、当時、まさに湯水のように使い捨てられた従軍作家や記者たちの従軍作品というのを読んでみれば、よく分かるんですね。ちょうどチャンバラ映画を見てるのと同じように、たとえば、戦争の血わき肉踊る描写、あるいは、非常に月並みな兵隊の苦しみ、そして、敵への憎み、そういうものはあったとしても、ひとりひとりの人間に目を向けるということは、ほとんどできていないわけです。これは残念ながら。それをやった珍しい作品が、やっぱり『麦と兵隊』という作品だっただろう。

もちろん、かれは日本の作家であり、しかも、下士官として、報道部員として、「国」の方針に添った文章を書いてるわけですから、それしかできないわけですから、当然のことながら、中国というのは敵であるわけです。日本というのは正義であるわけです。これは当然のことですね。したがって、たとえば中国人を見るときには、「これらの歯がゆき愚昧の民族共」というふうな表現がしばしば出てきます。実際、かれの作品に登場する中国の民衆というのは、非常に愚鈍で蒙昧で、のろのろしていて、そして、自分の国が戦場になっているのに抵抗もできなくて、ただメソメソと泣いている。それに比べて日本の兵隊は、妻子を国に残して、非常に苦しい戦場で、しかもよその国で、日夜苦労を重ねながら、これは言葉が悪いんですけど、ぼくの言葉でない当時いわれた言葉だと思って聞いてほしいんですが、非常に雄々しく闘っている。そういう日本の兵士と対照的に、中国の民衆たちは描かれる。かれらは非戦闘員です。つまり、家を焼かれ、村を追われた婦女子たち、あるいは、老人を中心とする非戦闘員ですが、非戦闘員すらもゲリラの一員であったということは、もちろん火野を含むかれら従軍作家には見えないですよね。そういうことがありえたということは、当時の火野葦平には見えない。だから、そういうふうに具体的に愚昧な蒙昧な民族として、まず、これは描かざるをえないですね。形容詞を付けるときに、中国人たちのことを、非常に立派な民族であるなんてことをいったら、そこだけ削除されますから。ところがその愚昧な民族が、具体的にどういうことをしているかということを火野葦平は書いてしまうのです。

「これらの歯がゆき愚昧の民族共は、彼等には如何にしても理解出来ない一切の政治から、理論から、戦争から、さんざんに打ちのめされ叩き壊されたごとくに見えながら、実際にはそれらの何ものも、彼等を如何ともすることの出来ないやうな、鈍重で執拗なる力に溢れて居る。あちらでもこちらでも競争のように手洟《てばな》をかみすて、洟《はな》のついた手を衣服になすりつけて拭ひ、又折角やつた伝単《でんたん》(宣伝ビラのことです)をこれ幸ひと洟をかんで棄てる眼くされの農夫を眺めて、私は敵《かな》はんなと思ひ、笑ひだしてしまつた。」

つまり、まずひとまず愚昧な民族といっておいて、その愚昧さを具体的に書くわけです。そのなかで、日本人がやった宣撫のビラですね、日本人がいかにおまえらの味方か、と書いてあるビラを読みもしないでハナかんじゃうのね。そういうことをキチンと書いていくわけです。そういう描写が至るところに出てくるわけです。そうすると、日本は一体何やってるのか、読んでる方では、分からなくなっていくわけですね。何のために戦争やってるんだ。日本では、ぼくも子どものころに歌を聞いたことありましたけれども、「ありがとう、ということを支那では多謝《トーシェ》と申します。キャラメルおいしい、多謝多謝」とかなんとかいう歌があるわけですね。グリコのキャラメルか何か持って行ってたわけですから。つまり、日本の兵隊というのは、中国の子どもたちにとっても、「ありがとう」と感謝すべき存在、いわば解放者であるはずなのだ。これが日本に宣伝されていた虚像であるわけですね。それなのに、こういうふうに、ビラでハナをかまれてしまう。そして、何ものをもってしてもかれらを動かすことができない。そういう愚鈍な民衆というのを描くことによって、日本の兵隊が救い主だと思われてるなんてのは、実はありえないということが、この作品を読んでいくとだんだん分かってくるわけです。しかし、もちろん日本のやってることが無意味だ、などということは絶対に一言も書かれていないわけですね。それでいて、そういうふうに中国の民衆の生活が描かれるなかで、家を焼かれた民衆たちが、どのような生命力をもって、一方をたたけば、モグラたたきのように、もう一方で顔を出してくるかということが、読んでいくにつれてボーッと浮かび上がってくる。「誰も居ない所に横《よこた》はり、房々と実を結んでゐる広大な麦畑と、主の居ない土の家に残された幸福の赤紙（魔よけのように家に貼られているのです）とは、何か執拗に盛り上《あが》る生命の力に満ち溢れて居る。一家の繁栄と麦の収穫とより外には彼等には、何の思想も政治も、国家すらも無意味なのであらう。戦争すらも彼等には、ただ農作物を荒らす蝗《いなご》か、洪水か、旱魃《かんばつ》と同様に一つの災難に過ぎない。戦争は風のごとく通過する。すると、彼等は何事も無かつたやうに、ただ、ぶつぶつと呟きながら、ふたたび、その土の生活を続行するに相違ない。」云々というのですね。

日本軍は中国の民衆に対して、「良民」とそうでない「不良民」とを分けて――ちょうど、ベトナム戦争で「解放村」というのをアメリカが作ったように（まったく考えてみれば逆ですけども、柵を作って、ベトコンに侵入されないように囲い込んで、解放された良民の村なるものを、ベトナム戦争のときアメリカは作ったのですが）、それと同じことを、日本は中国でやっていたわけです。良民たちとそうでない不良民たちを分けて、良民は赤匪、共産主義の匪賊というものと切り離されるべき、かれらから守られるべき人間たちとして、隔離政策を実行していたわけですね。写真もいっぱい撮って、「日本軍と歓談する良民たち」とか何とか題して、日本本土の新聞にも載っけているわけです。だけどかれらには、そもそも政治も戦争も関係ないんだということを、良民も悪民もないんだということを火野葦平は繰り返し繰り返し書いていく。そしてやがては、中国人の顔、ある何とかという中国人の顔を見たら、それが自分の知ってる何君とそっくりだったのは驚いた、というようなことを書くわけですね。実はこれは、中国人も日本人と同じ人間ではないか、というような確認にとどまらない。これが重要なことなんですが、中国人を見ていくなかで、火野葦平は日本人をもう一ぺん見直し始めるのです。そして、日本の兵隊についての執拗な描写を繰り返す。日本の兵隊というのは、ものすごく勇敢でね、敵の弾も恐れず、悪い赤匪たち、共産主義ゲリラたちを掃討している、そういう正義の戦士だ、勇士だということが一般に宣伝されているんですけども、その日本軍の兵士たちというのは、実際どういう生活をしているのか。国では東北地方の農民が夜なべ仕事をしながら、ひたすら自分の夫や父親の生活を心配しているだろう。だから、自分は一生懸命書かなければならないと思った――みたいな決意表明をしながら、実は日本で心配している、その勇敢な兵士の苦しい闘いとは実際にはどういうものか、ということを書いてしまうわけですね。

「見て居ると、兵隊（日本人の兵隊）は馴れたもので、手際よく御馳走を拵へて居る。兵隊はこれがなかなか楽しみなものだ。苦しい行軍を続けて行く間に、兵隊は何時《いつ》でも、今夜はどんな所に宿を定めるか、どんな御馳走を作るかといふことを、しきりに考え、お互の間で相談するのだ。部落に着くと何はおいても兵隊がまつさきに探し出すのは鍋と釜とである。戦闘の次に重要な仕事は（戦闘の次とちゃんと書いてあるわけですが）御馳走を作ることである。今度は何をどんな風にして、どんなものを作るか、それは極めて制限された材料に依らなければならず、尻の暖まる暇もないほどの急行軍なので、兵站《へいたん》からの糧秣支給もなかなか円滑に行かず、途中で徴発する鶏や豚や羊を、砂糖や醬油や塩などの調味料も決して豊富でなく、寧ろ無い時の方が多い位で、然も、兵隊は長い間の訓練で、実に要領よくおいしい野戦料理を作る。弾丸の飛んで来る中でも、芋を掘りに行つたり、大根を引きに行つたり、料理番はなかなか忙しいといふわけだ。誰もいつぱしの料理人《コック》のごとく手付きがよい。大きな鍋で、大てい一箇分隊位仲間で共同炊爨《すゐさん》をしてゐる、楽しげな光景を見て、私は、自分が杭州湾上陸以来、常に分隊といつしよにしたこのやうに楽しかつた野戦の献立を思ひ出し、微笑を禁ずることが出来なかつた」云々。

　これを読んだら、おそらく、日本にいる家族たちはすごく安心したと思うんですね。日本の家族は安心しただろうが、それと同時に、勇敢で、敵弾をものともせず、まさに軍神となって闘う日本の兵隊のイメージではないイメージが、ここではっきりと描かれている。兵隊にとって戦闘の次に大事なのは、と言いながら、戦闘場面にもまして、こういうことがさかんに出てくるわけですね。これはやっぱり非常に優れた表現だろうと思う。当時の新聞、雑誌を見てみれば、日本の兵隊がいかに勇敢に闘い、いかに中国人から信頼されているか、ということばかりで満ちあふれているなかに、この火野の表現はあったのです。だから、一二〇万部売れたということは、決して戦意高揚という目的が達成されたということではなかったかもしれない、とぼくは思うわけです。あるいは、処刑場面が出てきます。中国の捕虜を処刑する場面ですね。そのときに、火野葦平は目を反らすわけですね。目をつぶるわけです。そして、処刑をされる前に柱に縛りつけられている中国人、これはゲリラである、という罪状を柱に打ちつけて、その前に縛りつけられている中国人に、これは写真もちゃんとそこに載ってますが、その中国人がいかに毅然としているか、ということを客観的にかれは描いてしまうわけです。中国軍というと、日本の兵隊みたいに勇敢ではない、もう捕まってしまえばヒーコラ泣いて転向を誓うというふうなものがいっぱいだったわけね、当時のルポルタージュや小説には。それがそうではなくて、非常に毅然として斬られていく、そういう中国の兵士をかれは描いてしまう。

（3）「目を反らす」表現

この作品のなかで重要なのは、中国の民衆の姿、そして中国兵の姿、これは民衆の一つのあり方であるわけですけど、中国の兵士の姿、これを見る具体的な目というものが、非常に深くここに描かれているということだけではないのです。それと同時に、それとちょうど背中合わせに、日本の兵隊、先ほど言いましたように料理するのが何よりうれしいという、そういう兵隊、そして、毅然とした態度で著者を感動させる中国兵を、残虐にも一刀のもとに首を切り捨てて、それを手柄にする日本の兵隊のもう一方の一面の姿、そういうものを書くことによって、日本人自身に対する視線そのものも、非常に深くなっていることが、この作品のきわめて重要な特徴のひとつだという気がするわけです。ただ単にアジアの解放者としての日本人像、たとえば、西郷隆盛が生きのびたどころか、そのうえフィリッピンに逃れて、フィリッピンの解放運動の指導者になったというような日本人像ではなくて、そして、夏目漱石のように、ふんぞり返った旅をして、中国の民衆を「鳴動連」というふうに差別的に決めつけて顧みない表現――自分自身、つまり、日本人自身にもしっかりと目が据えられていない、そういう描写――ではなくて、はっきりと中国の民衆を描く筆と、日本の兵士自身を描く筆との相互の深まりというのが相補い合って、この作品のなかには実現されているということが、この作品の感動と、この作品がわれわれに要求する高い評価というものにふさわしいというふうに、ぼくは今読んでも思うわけです。

ところが、この作品の限界といいますか、あるいは本質といいますか、そういうものを表わしている描写が最後に出てくるのを、見逃すわけにはいかないのです。これがまた、敗戦後問題になるわけですが、三人の捕虜が処刑される場面が、最後に出てきます。捕虜たちのうち将校だけは転向を誓うんですね。拝み倒して、自分はスパイになりますということを誓って、そういう中国兵を「帰順兵」というんですけど、将校だけは帰順していくのに、兵士三人は断固として屈服しないで、斬殺されます。処刑されていきます。処刑されるってことは、言葉としてははっきり書いてないんですけども、「奥の煉瓦塀に数珠繋ぎにされて居た三人の支那兵を四五人の日本の兵隊が衛兵所の表に連れ出した（表に連れ出すときはいつも首を切るんです）。敗残兵は一人は四十位とも見える兵隊であつたが、後の二人はまだ二十歳に満たないと思はれる若い兵隊だつた。聞くと、飽く迄抗日を頑張るばかりでなく、こちらの問に対して何も答へず、肩をいからし、足をあげて蹴らうとした

りする」というふうに書いてある。そして、最後の一行は、つぎのとおりです。つまり、全巻の最後ですが、

「私は眼を反《そら》した。私は悪魔になつてはゐなかつた。私はそれを知り、深く安堵した。」

これが『麦と兵隊』という作品の最後の一行です。つまり、処刑されるわけですね。そのときかれは、目を反らすわけだ、それを平然と見ているほど、自分は悪魔になってなかったんだ。それを知って深く安堵したというのが、『麦と兵隊』という一篇のルポルタージュ作品の最後の一行なんです。つまり、火野葦平ができたことは、実はこれだけだった。敗戦後、火野葦平の戦犯行為について批判した人びとは、これを引き合いに出して、火野葦平はでかいこと言ってるけど、これは要するに、現実を見ないようにして、現実から目をそらし、自分をごまかして、軍部のいうとおりに書き散らしてきたんではないか、ということを、火野葦平に対して批判するわけです。この批判自体は事実として当たっているわけです。かれはやっぱり、こういう最後の場面から目を反らすわけです。かれはそこに立ちはだかることもしなければ、その処刑に反対であるということを上官に向かって言うこともしなかったのですからね。しかしこれは、誰にもできなかったことだというのは、おそらくぼくは事実だろうと思う。もしやったとすれば、火野葦平が抗命行為のかどで何らかの処置をとられて、そして結果は、同じく三人の中国兵は首を切られたというだけの話ですね。ですから、火野葦平にはこれしかできなかったというのは事実だろう。しかし、その火野葦平は、こういうことを書くことによって、自分はせめて悪魔になってはいなかったということを、一二〇万人プラス・アルファの日本人に伝えたわけですね、これによって。つまり、もしもそこで、平然とその処刑を

見るなり、いわんやその処刑を自分で行なうなりということをしたときには、日本人、つまり、人間は悪魔なんだ、ということです。そしてかれが平然とそういう態度をとってそれを得々と描いたとすれば、それは当然であり、良いことなんだ、ということを、かれは一二〇万人プラス・アルファの人に伝えることになったわけです。こうしなかったことは、おそらく火野葦平が当時できたことのギリギリ一杯の行為であったと思う。

ただ、今もう一度そのことを考えるときに、事実に即して考えてみると、多分火野葦平は、かれ自身がもしも仮りにここで捕虜の処刑に反対しても、おそらく生命を奪われることはなかっただろうというふうには言えると思う。これは戦争に行かれた方は、体験なさってるかもしれませんけれども、日本軍の場合にも、そしてナチス・ドイツの軍隊でさえも、上官の命令に服さなかった場合、必ずしも直ちに処刑されたとは限らないのですね。ナチス・ドイツの場合でいえば、最も苦しい前線に配属されたわけです。将校であればヒラに落とされたうえでね。だから、確かに死ぬ確率は非常に強かった。しかし、直ちに処刑ということはなかった。日本の場合も具体的に知りませんけども、従軍作家である火野葦平、この人がそのときに、「待ってくれ」と飛び出したときに、ぶんなぐられたり営倉に入れられたり、あるいは、従軍作家の資格を奪われて、また前線送りになったりしたことはありえたかもしれないけれど、直ちに処刑されるということはおそらくなかっただろうと思うんですね。そのときに、かれが自分の生命を賭して、この三人の処刑に反対したとすれば、その結果が同じように三人の兵士が処刑されていったとしても、やっぱりぼくは、それは同じではないと思う。歴史が変わるということは、そういうことだと思うんですね。そのときに、何一つ変化はなかったにしても、このことがなかったのとあったのとでは、非常に違うだろう。それを見ている人間がいたわけです。そういうところで一歩踏み出せなかったのは、それは確かに、厳しい言い方をすれば、火野葦平の問題であったにはちがいない。しかし、火野葦平がそれをやらなかったということで、直ちに火野葦平を非難するのではなくて、もちろん歴史は繰り返さないわけですから、われわれがまったく同じ立場に立つなどということはありえないにせよ、今後われわれが、何らかの決断を強いられるときに、やはりわれわれの決断をする際の材料として、そういう火野葦平のなしえたこと、そして、かれにはできなかったけれども、もしかしたらできたかもしれないことというのはどこか、心に止めておきたいと思うのです。火野葦平を、今の目からみて批判するとか何とかじゃなくて、日本の戦争中の文学の最も優れた表現は、「目を反らす」ところまで止まっていたということ、このことがやっぱりわれわれの今の問題だろうと思います。

3　自己対象化の試みと挫折

(1)　二人の従軍作家——上田廣と石川達三

実は、今の文学史のなかではあまり顧みられていないけれど、火野葦平の作品に劣らず重要ですぐれた文学作品を、十五年戦争といわれる戦争は非常に多く生み出しているのです。なぜ今、そういうものがもっともっと読まれないのか、ということが、われわれの責任をも含めた問題でもあるわけです。たとえば、上田廣という作家がいます。一九〇五年に生まれて、つまり、火野葦平より二年早く生まれて、一九六六年に死にました。この人もやはり、プロレタリア文学の作家として出発して、転向して、中国の戦線に送られて、一九三八年の徐州作戦の前の杭州湾上陸作戦にも参加して、そして、中国の中部の戦線で兵士として活動するわけです。かれはやはり、火野葦平と同じように、作家として認められて報道班に回されます。火野葦平と並んで、「従軍作家」という一般名詞の代表的な作家になります。ところが、この人の作品で、実に、それまでの日本の文学にはなかったことが生まれるんですね。それは何かというと、中国人を主人公にする小説を、かれはひたすら書く。もちろん日本人を主人公にした作品も書いてるんですけども、たとえば、『帰順』という作品集、一九三九年八月に改造社から出版されてますが、これは一九三八年から三九年にかけて、雑誌、主に『中央公論』に発表された一連の短篇を収めたものです。そのなかには「鮑慶郷《パオシンシャン》」という小説があって、これは三八年八月号の『中央公論』に発表されています。そして、「帰順」という小説は三八年十二月の『中央公論』です。

つまり、昭和十三年ごろに、かれはつぎつぎと中国での戦争を主題にした作品を書いていく。そして、これらの作品は皆、中国の民衆を主人公にしたものです。こうして上田廣は、中国の民衆からみた日中戦争を書くわけです。もちろんかれは従軍作家ですから、日本の戦争の悪というものを書くことはできない。そのかわり、戦争が中国大陸を覆うことによって、中国の民衆がどのような思いと生活とを強いられざるをえないかということを書くわけです。もちろんそのときに、公式的には中国の軍隊自身が中国の民衆を圧迫していて、日本はその圧迫された中国民衆を中国の軍隊から救う役割を担って登場するという、こういう図式は変えることはできません。しかし、そうした制約のなかで、上田廣は中国の民衆の反戦的な感情、戦争そのものに反対する感情を執拗に書いていくんですね。だから、もともとよその国へ行って戦争をしてるわけですから、その戦争に中国の民衆が反対しているということは、これは屈折した形で戦争に対する批判を含まざるをえなくなる。しかし、かれも火野葦平と同じように、それによって自分が弾圧されることのないような、いわば精一杯ゲリラ的なイソップの言葉による表現を模索し続けることしか、しょせんはできない。この上田廣という人は、戦後、やはり事実上筆を折って、死ぬまでに小さな作品をごくわずか書いただけで死んでいきます。つまりかれは、自分が戦争のなかで書かざるをえず、しかも、書いた行為が戦争に間接的にせよ協力した、ということの責任をとっていくんですね。

そして、有名な石川達三の、これも有名な『生きてゐる兵隊』という作品があります。これは今、文庫本でも読めるわけですけれども。石川達三は一九〇五年、上田廣と同じ年に生まれてまだ生きてますね。この人も、一九三七年、日中戦争が始まってすぐに従軍していきます。そして、南京大虐殺前後に中国大陸にいて、『生きてゐる兵隊』というのを一九三八年、昭和十三年の三月に『中央公論』に発表します。今、『中央公論』のバック・ナンバーを置いている図書館に行ってみれば分かるとおり、この一九三八年三月号の『中央公論』は、バッサリとまんなかが切られた形で、つまり、ページが切り落とされた形でしか残っていない。つまりこれは、『生きてゐる兵隊』が直ちに軍部から発行禁止の処分を受けて、すでに刷り上がっていた『中央公論』は、この部分を切断し、切りとって配布することで販売を許されたためです。それで石川達三は、実におかしな話ですが、新聞紙法違反で起訴されます。逮捕され、起訴されて、裁判の結果は禁錮四ヵ月、執行猶予付きという刑を受けます。執行猶予三年ですから、事実上服役はしなかったわけですけれども、『生きてゐる兵隊』という小説は、一九四五年、敗戦後の秋に初めて国民の目に触れることになります。

この作品は、石川達三が自分で実際に見た中国戦線での日本軍の行動を書いています。冒頭、日本軍が占領した村に火の手が上がる。誰かが放火するわけです。日本軍に食糧を与えまいとして、日本軍に住むところを与えまいとして、村を焼き払おうとした放火の火の手が上がる。すると、そばをうろうろしていた中国人青年が容疑者として捕まります。通訳も満足にできないまま、かれが怪しいというだけで首を切られて、首は全部は切れなかったんですけど、肩からバッと血が噴き出すくらい首を切られて、田んぼのなかに蹴落とされてしまう。つまり、裁判抜きで首を切るという、そういうショッキングな場面から始まります。そしてやがて、そのあたりを占領した日本軍は、つぎつぎと家を襲って、いわゆる徴発といいますか、略奪をする場面がある。そして、ある家に一人の女性が隠れているのが発見される。その女性は非常に汚い格好をしてるんですけど、日本軍の兵隊はスパイではないかと、全部剝いでしまえといって、彼女をまっ裸にする。すると彼女は、ピストルを持っていた。したがって、彼女はスパイであると決めつけられる。それでもちろん、そこのところで二つの方法がある、日本軍にとっては。つまり、彼女を凌辱するか殺すか、あるいは両方一緒、凌辱した後殺すか、そのときはまだ南京大虐殺で明らかになったような場面は、そこには展開しません。彼女はスパイである。スパイだから、もったいないけど殺せというので、一人の将校が剣を抜いて彼女の乳房の下をひと突きして殺してしまうんですね。そして、そういうふうに殺した後に、次は日本軍の兵士たちの会話が続きます。どういうふうに続くかというと、天津をめざして進むことになっていて、「天津へ行ったら一つ思う存分遊んでくれるぞ」と一人が言うわけです。そうするともう一人が、「芸者をあげて、女郎買って、酒くらって……」と応じる。そして天津へ行ったら、どれだけ羽根をのばして遊ぼうかという会話のなかに、さっき殺した女性のことが混ざってきます。「しかし惜しいやつを殺した」、そういう会話もある。

つまり、人を殺すのと、これから歩いて、芸者をあげて、女郎買って遊ぶ話とが混然一体となって、日本軍、あの皇軍である、陛下の軍隊である日本軍の会話のなかで展開される。これは悲惨なものですね。そしてそれを聞いて、さっき女性を殺した男が回想にふける。かれは医学部出身なんですね。医学部を出た後、研究室でさんざん人を切り刻んできた。つまり、解剖とか手術とか。しかし、ああいうふうに生きている女を、まだ別に、彼女は死ぬ意志をもってもいなければ病気でもないのに、突き殺したのは初めてだとかれは考える。もちろん作家がそう書くわけですね。ところが、かれの結論はどうか。これはもしかしたら、当時、日本のインテリといわれたやつが、初めて中国戦線で人を殺して、その苦しみというものを味わう、そういう、いわば自己批判的な思考が描かれるのかもしれんぞ、と思いながら読んでいくと、ピタッと主人公の回想は終わって、現在の感慨が手短かに記されます。つまり、「さっき俺が殺した姑娘《クーニャン》は美人だったぞ。うむ。……生かしておけばよかったなあ……」というのがかれの結論のわけです。つまり、そういうふうな日本軍の兵隊というものを、つぎつぎと石川達三のこの『生きてゐる兵隊』は描くわけです。これはいま新潮文庫で簡単に手に入ります。ぜひ読んでごらんになるといいですね。

ところが、かれはこうやって精一杯書いた。もう極限を越えていたわけですね。したがってかれは弾圧され、かれのこの作品は国民の目に触れなかった。その後、かれは再び戦争にかり出され、従軍記者として、次には武漢作戦という作戦に従軍して、『武漢作戦』という本を書きます。これも『生きてゐる兵隊』と同じルポルタージュ形式の従軍記になっている。しかし、もはやここには日本の兵隊の現実に対する目も、そして、中国の民衆に対する目も一切ない。ただ単に武勇談ばっかりのルポルタージュになり果てているんですね。これこそ、石川達三という作家が戦後いかに下らない作品を書いたかということを考えるときに材料になるような、本当の意味での転向だった、とぼくは思います。つまり、ここにあるのはひたすら日本軍が勇敢に攻めて勇敢に闘う、そういうふうなイメージだけ、生きた中国人は一切登場しない。そして日本の兵隊も、具体的には何一つかれらの日常の生きかたを描かれていない。たとえば、火野葦平が書いたような実像としての日本の兵士は描かれていないですね。そして、この作品の最後の結論はどういうことか。「聖戦一年四カ月、広漠数万方里の大陸を席捲しつくして、いま武漢は陥落しようとしてゐた。支那四百余州は急所の止めを刺されようとして、炎々と燃えあがつてゐた。焦土作戦のきはまるところ、自国民をさへも戦争以上の苦難にたゝき落して、家を焼き橋を焼き私財を焼き尽さうとする地獄図絵であつた。大戸人家財産尽、小戸人家変砲灰！　蔣介石はこの惨憺たる風景を見すてゝ最後の飛行機にのり、火焰にけぶる漢口の空から奥地に向つて飛び去つた。……日本民族の躍進。三千年の歴史に一度もないほどの大軍をもつて、嘗てなかつたほどの広漠たる地域に戦火をおしひろげ、大陸の奥ふかくこれほど進んできたことは、東洋における日本民族の躍進といふべきものであつた」云々。

つまり、日本がやってることを、蔣介石のやってることに転嫁することによって、日本の戦争の、いわば武勇伝の締めくくりにしていくという、非常に惨憺たるものをかれは書いてしまったんですね。勝利のあとに残された日本軍の傷兵たちへの安手の思いやり、負傷兵のうえに平和と幸福が帰ってくるまで本当の勝利はないのだ、というような着眼はあっても、およそ中国の人びとへの視線など、これっぽっちもない。日本の戦争は、かれにとって侵略どころか、まさしく解放戦争にほかならなくなったということです。これが、いわゆる太平洋戦争へと突き進んでいく、昭和十年代の後半、つまり、一九四〇年代になってからの日本の戦争文学の平均的な姿です。だから、日中戦争の初期に、初めてアジアの民衆と直接戦争のなかで出会って深められたまなざしというのは、やがて大東亜共栄圏を実現するという、そういう大きな戦争へと拡大されていったときに、再び閉ざされていくというのが日本の戦争文学の道筋であったといえるでしょう。

(2) 敗戦後の苦闘——小林勝・梶山季之・田村泰次郎

そして、それが敗戦後の一時期に、再び取り戻されていきます。たとえば、若くして亡くなってしまいましたが、小林勝という朝鮮体験をもった作家。この人は『万歳明治五十二年』という小説を書いた。明治五十二年なんて、ないんですけどね、明治初年から数えて五十二年目に、朝鮮の民衆が、日本の植民地支配に対して立ち上がっていった。あの三・一蜂起ですね。そういう歴史を、朝鮮にいた日本人がどのように差別者として朝鮮人に立ちむかい、朝鮮人からどのように見られていたかということを描く作品を、小林勝という作家は書いたのです。小林勝の作品集は、白川書院から全五巻で出ています。さらには梶山季之。『赤いダイヤ』というような通俗小説もたくさん書いた人ですが、たとえば、『族譜』という作品があります。朝鮮の「家」の系図です。それを主題にして、創氏改名という、朝鮮人に日本の姓名を押しつける日本の植民地支配に対する朝鮮の民衆の抵抗を、日本人の側から描いた。これは韓国で映画化されて、さっきもふれたアジア映画特集のなかで、NHKテレビで放映されました。非常にいい作品です。そういうふうに、日本人のアジアに対する侵略と、そして、アジア民衆の日本人に対する対応とを描いた作品は、もちろん数少ないのですけども、単なる戦争の苦労を描いた、あるいは、原爆の悲惨さを描いた作品ではなくて、相互の関係、アジアの民衆と日本の国民との相互のかかわりを描いた作品というのは、数少ないとはいえ、敗戦後につぎつぎと生み出されました。

そのなかで、今、不当に軽視されているのが田村泰次郎という作家です。昨年(一九八三年)亡くなってしまいました、残念ながら。この人の『肉体の悪魔』『春婦伝』『蝗(いなご)』、この三冊の本に収められた作品、これは今では新本で手に入りませんけれども、そのうち何篇かは、文学全集にときどき収められています。図書館へ行けば必ずあります。敗戦後の肉体文学といわれた、ある意味ではエログロ文学に通じていくような、そういう新しい地平を切り開いた画期的な作家なんですけども、一方でかれは、自分の中国における戦争体験、なかでも、その戦争のなかで、「慰安婦」として、つまり、強制的に娼婦として、日本の兵士たちに凌辱されることを強いられた朝鮮人の女性たちのことを描いた『春婦伝』というすぐれた小説を書きました。一九四七年五月に発表されて、昔、角川文庫に入ってたんです。角川が今ではああいうふうになってしまって手に入りませんが。日本軍の将校は、日本の売春婦を相手にすることができた。しかし、下級兵士は朝鮮人の慰安婦を相手にすることしかできなかったという、そういう軍隊内の階級差別のなかで、ひとりの朝鮮人慰安婦が、日本の将校に対して反抗し、そして、彼女を愛した日本の一下級兵士と共に殺されていくという、そういう小説です。これは一九四八年、昭和二十三年に、池部良と山口淑子、あの現在の自民党参議院議員ですが、あの人とが主演して、『暁の脱走』という映画にもなりました。非常なベストセラーだった。つまり、そういうものがベストセラーになることができた時代があったわけですね、一九四七、八年の日本は。この小説のテーマは、朝鮮人の慰安婦からみた日本軍批判一般にとどまらず、「天皇というものを常に背中に背負っている日本人」という形で、その朝鮮人の慰安婦が口にする言葉によっても明らかです。そういう言葉によって、朝鮮人女性、しかも、日本軍の慰安婦であることを強制された女性のその言葉によって、天皇制を許容している日本人総体を批判した、非常に優れた稀有な作品です。敗戦直後には、こういうものが生まれたのですね。しかし、一体それが敗戦後の歴史のなかで、キチンと継承されてきたかというと、どうもそうではない。一方では原爆の体験というものが、日本の唯一の戦争体験であるかのような、あるいは捕虜の体験、シベリア抑留体験が、日本の体験であるかのような歴史というものが文学の領域のなかでも根付かせられてしまった。中国の民衆を見つめることによって、日本と日本人の姿そのものを見つめることができた火野葦平や上田廣、さらには、敗戦後の田村泰次郎の仕事というものが、すべてキチンと継承されないまま、今、改めてアジアというものが、まっ先に政府の側から、アジアの民衆とふれ合おうとか、やれ気くばりだの、思いやりだの、ふれ合いだの、くだらん言葉と結びついて、政府や企業の側からアジアへの目というものが宣伝されている。こういうふうな現実にわれわれはいるわけです。

(3) 解放と侵略とを結ぶ視点を

最後に一つだけ、どうしてこんな話をしたのか、ということをまとめてお話ししておかなければならないんですけれども、先ほども言いましたように、非常に強圧的な侵略という概念、そういうイメージで日本の十五年戦争、あるいは、明治以後のアジアに対するかかわりをとらえるんじゃなくて、アジアの民衆すべての血を少しずつもっているアジアの同胞としての日本人が、アジアのひとびとと共に自由と解放をめざす――というふうな理想こそが、あるいは、そういうイデオロギーこそが、日本の戦争を可能にしたのかもしれない、そういう側面を改めて考えてみたいと思うのです。これは、火野葦平の作品のなかにも非常にきわどく出てきている。つまり、ある中国人の顔を見て、日本人の顔を思い出した、これはアジアの「五族協和」から、今、笹川某が言っているような「人類みな兄弟」という意味での、いわゆる統合、統一、つまり、分断支配ではなくて統合していくやりかた、つまり、同じなんだ、みんな同じなんだという理念のもとに、結果として侵略をおこなっていくという道筋が、実は日本の十五年戦争や、それ以後のアジアとのかかわりを考える際にも重要だったんじゃないだろうかということを、戦争文学のなかのきわどい中国人に対する共感や同族感、そのなかからも読みとっていく必要があるんではないだろうか、というふうに思います。

そのことはまた、数年前から問題になっている教科書検定という問題で、日本の「侵略」という言葉を消して、「進出」という言葉に検閲がしてしまったことに対して、本当に真実を教科書に書く必要があるとすれば「侵略」と書くべきだ、という意見がありますね。これは、ぼくはあんまり賛成ではないのです。ぼくは、と偉そうなことをいいますけど、ぼくでなくたって、賛成でない人もいると思いますね。やっぱりあれは、「進出」と書いた方がぼくはいいんじゃないかと思うんのです。というのは、当時の歴史的な事実から即しても、日本は侵略するつもりで中国、朝鮮、東南アジアに進出したのではなかった、というのは、国民の意識に即していえば、これは事実だと思います。つまり今、多国籍企業を含めた日本の企業、商社マンを手先として、企業が第三世界に進出しているのと、そして、われわれが侵略だ、といって非難するあの一九二〇年代から三〇年代、四〇年代にかけてのアジア侵略とは実は同じだ、ということをわれわれがもう一度キチンととらえ直すためにも、進出といわれたものが何だったのかを明らかにすることこそが重要なのではないか。それをいいかげんに、結局は侵略という言葉が許されたからというので満足してしまってはならない。つまり、進出としてなされたことが、実は侵略であり、侵略どころか侵略戦争であったということを、もう一度キチンととらえ直すことの方が、今の進出が実は侵略であるということを、われわれが具体的に考えるうえでも重要だという気がするのです。

で、日本は十五年戦争をやった、と一口にいわれますが、日本が戦争をしたのは、実は歴史的事実としては、一九四一年十二月八日から四五年の八月十五日だけだったわけです。それ以前の一九三一年九月の九・一八事件、つまり、満洲事変も、一九三七年七月の日華事変も、すべて戦争ではなかったんですね。あれは事変であった。ましてや中国大陸への進出は、侵略ではなかった。日本がはっきりと天皇の名において戦争を始めたのは、これは歴史的な事実として、一九四一年の十二月八日である。そしてその戦争は、裕仁自身が詔書のなかではっきりと述べているように、「朕ハ政府ヲシテ事態ヲ平和ノ裡《ウチ》ニ回復セシメムトシ隠忍《インニン》久シキニ彌《ワタ》リタルモ彼ハ毫モ交譲ノ精神ナク徒ニ時局ノ解決ヲ遷延セシメテ」云々、つまり、引きのばしてきた。だから、これ以上、「斯ノ如クニシテ推移セムカ東亜安定ニ関スル帝国積年ノ努力ハ悉ク水泡ニ帰シ帝国ノ存立亦《マタ》正《マサ》ニ危殆《キタイ》ニ瀕セリ事既ニ此ニ至ル帝国ハ今ヤ自存自衛ノ為蹶然《ケツゼン》起ッテ一切ノ障礙ヲ破砕スルノ外《ホカ》ナキナリ」、つまり、自存自衛のために戦争をやるんだ。今まで我慢してきたんだ。つまり、自衛戦争をやるんだ、というふうに天皇が一声宣《のたまわ》って、それで太平洋戦争になった。日本人にとって、あの戦争は侵略戦争ではなくて、日本が包囲され、中国に対する米英の侵略がほしいままにされているなかで、これ以上耐え忍ぶことはできなくなった。これ以上耐え忍んだら、日本という国が滅びてしまうんだという声明を発して、戦争をしているわけですね。実は、これはウソだ、というふうな言い方で、あらかじめ固定させられている「侵略」のイメージにあてはめて、歴史を非常にうまくわれわれの目から整合的につくりあげてしまうようなことをしてはいけないんじゃないかと思うんです。むしろ、それが事実なんだ。その事実が一体どういう結果をもたらし、どういうふうな方向で歴史を動かしていったかということを考える必要があるのではないか。

そのときに、たかが文学表現にすぎない、ある意味では極めて非政治的な領域である文学が、どのように戦争のなかで、具体的にアジアの人びとを見ていたか、そして、そのアジアの人びとを見ることによって、進出ではない侵略の姿、進出だといわれているものが実は何であったのかということ、それをどこまで描くことができたのかということを、もう一度考えてみたいと思うのです。

今の東南アジア、アフリカ、ラテンアメリカに対する企業進出という、この現実のなかで、再び文学作品というのは、そのように具体的な人間と、そして今、進出とか援助とかいわれているものが、実はどのような現実であるのかということを描く、そういう課題に直面しているにもかかわらず、それがなされていないわけですね。残念ながら台湾の作家が、日本のキーセン・ツアーを描いたり、買春ツアーを描いたり、朝鮮の作家が、たとえば、金芝河が「日本人はかっこいい朝鮮との連帯とかいうんじゃなくて、日本の姿そのものをキチンと描いて、そしてそれと闘え」と指摘するのを座視して聴いているようなありさまです。今、日本の文学表現、そして、それを受けとる多くのわれわれが、今もう一度、ギリギリの極限状況というふうにいつも言われがちな戦争のなかで作家たちに何ができたのか、ということを具体的にとらえ直してみる作業というのを一緒に始め、続けなければならないんではないかと思うわけです。

もう少しうまく時間の配分をすればよかったんですが、引用が長くなって、後の方が押しつまった感じになってしまいました。どうも長いことありがとうございました。

（一九八四・七・四　同志社大学「水曜チャペル・アワー講演会」）

繁栄と解放の使者、日本人！

大衆文学にみる日本の侵略

欧米志向の背後にあるもの

何年か前、〈侵略〉か〈進出〉かをめぐって議論をよんだ教科書問題は、その後、真に深められないまま忘れ去られようとしています。それは〈進出〉を〈侵略〉に書きかえればすむような問題ではけっしてなく、私たちにとって非常に深刻な問題を含んでいたと思います。

〈進出〉であったか〈侵略〉であったかはひとまず別にして、日本の明治以来百二十年の近代化、発展の歩みが、外に向かっての成長・発展と不可分な形で進められてきたことは、誰も異論のないことだと思います。

その場合、日本の近代化は、ひたすら欧米の〈先進国〉をみて、それを手本に進められてきたということがよく言われます。議会制度はドイツにならい、法律はどこそこにならったというぐあいです。そしてそれに追いつき追い越すという思いが、日本の発展のバネになったというわけです。

第二次大戦後もやはりそうでしょう。すでに四十年になりますが、戦後は主としてアメリカの豊かさ、文化、機械力、科学、それから民主主義、そういうものを手本にし、アメリカに追いつき追い越せと努力することで、あの奇跡の経済成長をとげてきた。

とにかく欧米をまねることによっていいものを吸収し、ひたすらがめつく発展してきた。このことはしばしば強調されるわけです。たしかにそれは否定できないことだと思います。

しかし、このことが強調されることによって、われわれ日本人が、フッと見えなくさせられてきたことがあるんじゃないか。それはなにかというと、日本は欧米先進国を見るとき以上の真剣さで、アジアを見てきたということです。そして戦後は、とりわけこの十数年は、それがアフリカやラテンアメリカにも広がっていった。

そのことは、日本の近代化を進める側に立った人は、当時から知っていたんです。ところが、そういう近代化の過程に反対なり批判なりをつきつけようとした部分の方が、むしろそのことを見のがしてきたんではないかという気がするわけです。

たとえば、福沢諭吉は、『脱亜論』という有名な論文を書いて、日本はアジアのような植民地になってはいけない、欧米をみならって発展しなければならないということを、明治の最初に主張した。

夏目漱石は、封建的な人間関係からなんとかして抜けだし、近代的な個人となろうと努力し、日本の旧い因習にぶつかっては血を流していくインテリゲンチャの姿をえがいた。

それから新渡戸稲造という人は、太平洋のかけはしになりたいと言って、国際連盟の仕事につき、事務次長をつとめた。

いま三人をあげたんですが、実はこの三人は、最近切り換えられた紙幣のキャラクターですね。それはある種の論功行賞であり、日本の近代化のイデオローグとして改めてここで表彰されたわけです。

この三人をみるとき、われわれはすぐ、西欧の方をむいた、近代化志向の典型的な人びとだというふうにみてしまいます。ところがこれはちがうのではないか。

福沢諭吉という人は、あの『脱亜論』を書くときにも、中国の植民地化の過程とか、日本のアジア的な封建性の実態とかを、研究者として徹底的に調べあげた。

夏目漱石は、西欧的な、近代の自我というものをかかげる一方で、たとえば『満韓ところぐ〳〵』といった紀行文のなかで、中国人や朝鮮人を徹底的に差別する文章を書いています。

そして新渡戸稲造にいたっては、国際連盟の事務局に勤めるかたわら、東大の植民政策の講座の主任教授でもあった。

こういうことが象徴的に物語っているように、かれらは欧米に目をやると同時に、もう一方でつねにアジアをみつめていた。欧米を手本としながら、他方でアジアをかぎりなく差別し、蔑視していたわけです。

かれら自身は政治家ではありませんが、そういう見方が政治や軍事に適用されると、欧米に対しては一目おき、アジアは自分以下のものとみる。侵略の対象として、侮蔑の対象として扱うようになる。

アジアへの蔑視その一方で……

それだけであれば問題は簡単なんですが、実はそれにおさまらない問題が多分にあるわけです。たとえば頭山満《とうやまみつる》という右翼、筑前玄洋社の頭目がいます。かれがアジアを単に侵略と侮蔑の対象としてだけ考えていたかといえば、そうじゃない。かれはインドやフィリッピンの独立運動、それから中国の革命を支援した。弾圧を逃れて、それらの活動家、革命家が日本に亡命してきたとき、物質的、精神的支援をおしまなかった。右翼の頭目、天皇制ファシストたちが、前世紀の終わりから今世紀の初めにかけて、アジア独立運動を支援していた。それはいくつもの歴史的事実が明らかにしています。

それなのになぜ日本は、侵略あるいは進出という形でしかアジアに対することができなかったのか。あるいはいまも現に、アジアに対して、アフリカやラテンアメリカに対して、同じような形でしか対することができない、それはなぜなのかという問題を考える必要があると思います。で、ぼく自身は、文学の領域をさしあたり自分のテーマにしている人間ですので、自分のテーマを通して、この問題を手探りで考えてみたいと思います。

名前を聞かれたことがあるかもしれませんが、台湾の現代作家で黄春明（ホワン・チュンミン）という方がいます。『さよなら・再見《ツァイチエン》』という小説で日本にも知られている方です。日本に何度かこられて、ぼくも話をきく機会がありました。

そのときかれは日本語で話をされました。なぜ日本語かといえば、かれが生まれ育った台湾は日本の植民地だったわけです。いま五十歳ちょっとですから、かれが十歳か十五歳のころにはそうではなくなったんですが、お祖父さんやお父さんたちが日本語を話したり読んだりすることができるようになって、家庭でも日本語を使わされたために、かれも日本語を強制されて、家庭でも日本語を使わされたために、かれも日本語を話したり読んだりすることができるようになってしまった。

かれは日本の企業進出を問題にしました。憤懣やるかたない表情で、これがいちばん困るというんです。相手が軍服に銃をもって、軍事的に侵略してくるんであれば、自分たちも銃をもって立ち向かうことができる。ところが台湾で日本がやっている侵略は、台湾の民衆の生活を豊かにするという装いをもった侵略である。日本の企業が進出すれば、主婦たちにはパートの口ができ、お金がはいるようになる。これがいちばんタチが悪いということをかれは言った。

そうなんですね。豊かになる、そういう幻想に抵抗することのむずかしさは、ぼくら自身が日常的に実感しているとおりなんです。日本の資本主義は豊かになることの「ありがたさ」を日本の民衆におしつけてくるだけでなく、東南アジアでもアフリカでもラテンアメリカでも、そういう押しつけをやっている。

それは文化的な侵略にほかならないわけです。かつてのような軍事的な侵略、あるいはアメリカがいまフィリッピンであからさまにやっている政治的侵略、それらとはちがう形の文化的侵略なんです。その問題に、日本人としても、ちゃんと正面から取り組んでいかなければいけないんではないか。そこで今日は、その文化的な進出の問題を通して、日本の近代化とアジアとの関わりを考えていきたいと思います。

〈受け手〉をからめとる構造

文化における支配の構造というのは、支配者からすれば、押しつけたらおしまいなんですね。強制的に「お前たちにこれをやる」と言ったときに、「いや、イヤです。いりません」と言われてしまったら、あとは軍事的な、あるいは政治的な抑圧しか残っていないわけですから……。あくまで文化的な支配としてやりぬくためには、強制的な方法をとることはできない。

言い方をかえれば、支配の対象になっている人たちが、自分で選択するという形をとることによってしか、文化的な支配というものはなりたたない。「いや、そんなことはない。あれは押しつけだ」というようなことは理論としては言えても、日常の生活のなかではそれに対抗することができない。その例をひとつお話ししたいと思います。

ぼくはNHKのラジオ第一放送の大ファンなんですが、ラジオがなにをやっているかといえば、このごろは朝から晩まで聴取者参加番組です。「おはようラジオセンター」「ふれあいラジオセンター」「こんにちはラジオセンター」「こんにちは近畿です」というふうに、大きな時間帯をとって、アナウンサーとかタレントを中心に進めるんですが、それにいろんな形で聴取者が参加する。

NHKの場合、FMの番組編成が去年（一九八五年）変わって、クラシックの時間が少なくなったといって、ファンが文句をいっています。しかし、第一放送で、聞き手の参加番組がふえたということは、それとは比べものにならないほど重要だと思います。

まず電話での身の上相談、「うちの子がこのごろ万引をして困っていますが、どうしたらいいでしょう?」というと、どこかの医者か大学の教授かなんかが、それは親に問題があるんだ、なんてことをいう。

それから投書があります。「三十七歳の主婦です。下の子供が小学校に入ってようやく手がはなれました。いまわが家では庭の梅の花が一輪……」というようなことを投書するわけです。主婦が圧倒的に多いんですが、みんな〈わが家では〉というのが主語なんですね。〈私〉というかわりに、〈わが家では〉という。最初、NHKがそういうふうに書き替えているのかと思っていたんですが、そうではないんですね。自分のことを表現する欲求につきうごかされて投書する人たちが、自分のことを〈わが家では〉という言い方にあずけてしまっているわけです。

でも、電話をかけたり、投書をしたりすると、自分の声や文章が、ラジオで近畿なら近畿の一帯に流れるんですね。つまらない日常生活のなかで、自分の表現意欲を実現することに一つの喜びが見出されるわけです。ラジオを通して誰かに語りかけて、その語りかけている行為を自分で確認できるということに、非常な充実を感じるんだと思います。

なかにはなにか適当なことを書いて「ああ、あんなウソを書いたのに、まじめな顔をして読んでいる」と笑う人もいるかもしれませんが、大部分の人はそうではないでしょう。自己の表現としてそれを行ない、その表現の場をNHKがつくっている。

これは、文化の支配というものがどういう構造をとるか、典型的に示していると思うんです。そしてある意味では、明治以来ずっと、日本の民衆が自己を表現する仕方は、しょせんこんなものだったのではないかという気がするわけです。

ラジオの大阪放送局が放送を開始したのは一九二五年六月、日本の大衆文化が花開いた時代といわれる一九二〇年代のまっただなかです。そして人びとの生活のなかに入りこんでいった。

同じころ、大都市につぎつぎとデパートができます。デパートというのはただ買物にいくだけではありませんね。いま大阪の地下街とかファッションビルに行くのは買物だけが目的ではなくて、そこへ行くための服を着て、人波にもまれたり、人をみたり、人にみられたり、そういうことで行きますね。そういう文化の原型ができたのがこの一九二〇年代だったんです。

文学の領域でも、この二〇年代に注目すべき表現がでてきます。それは探偵小説です。で、今日はその探偵小説を題材に問題を考えていきたいと思っています。お断りしておきたいのは、これからいくつか作品をあげていきますが、それは当時たいへん多くの人に読まれたものです。とくに青少年の胸のなかに深くしみとおっていった。大衆に与えた影響ということでは、漱石、龍之介、鏡花など文学史上の〈大家〉にはるかにまさるわけです。

最初に探偵小説を本格的に日本に持ち込んだのは黒岩涙香です。かれは一八九〇年代からほぼ三十年間、『岩窟王』『噫《あゝ》無情』『白髪鬼』『幽霊塔』『鉄仮面』などの翻案小説をつぎつぎに日本に紹介しました。『レ・ミゼラブル』を『噫無情』、『モンテクリスト伯』を『岩窟王』と訳したのはかれなんですね。

かれは、翻案小説をつぎつぎ発表するときに、原作は探偵小説でもなんでもないのに、ぜんぶ謎を含んで犯人をあてる、そういう興味をもりこんだ探偵小説にしてしまう。それを自分が主筆をしていた『万朝報《よろず》』という日刊紙に連載するんですが、読者は、それまでの新聞小説のように一回読み終わって明日はどうなるだろうと期待してまた新聞を買いにいく、ただそれだけでなしに、自分で犯人を当ててやろうとするわけですね。作者によって、あるいは登場する探偵によって謎が解かれる前に、自分で犯人をあてようとする。ある意味で非常に積極的な読み方をするようになるんです。

「謎かけ謎解き」と「語りつぎ」

黒岩涙香は一九二〇年に死ぬんですが、ちょうどその年、あとをつぐような形で『新青年』という雑誌ができます。同じ題名の雑誌が中国で五四運動のころに出ますが、日本の場合はそれとは似ても似つかぬ大衆娯楽雑誌です。

この雑誌が急成長したのは、探偵小説というジャンルを目玉にしたからです。はじめはアメリカやイギリス、フランスの探偵小説、たとえばルブランとかディクソン・カーなんかを翻訳して載せていたんですが、そのうち日本人にも書けるはずだというんで、懸賞小説の募集をはじめます。最初の当選者の一人があの横溝正史であり、編集部に手づるを求めて作品を売り込んでいったのが江戸川乱歩です。夢野久作、小栗虫太郎なども、この『新青年』を舞台に作家として登場した。そして二〇年代の日本の大衆文化のもっともはなやかな領域として、探偵小説が急成長するわけです。で、この探偵小説という形式は、受け手の参加、読者の参加を挑発するうえで、非常に有効だった。読者のなかから懸賞募集によって横溝正史とか夢野久作とかの書き手を生みだしていく、これが一つのパターンですね。

そしてもう一つ、そうやって作家になった人たちが、今度は作家としてどういうふうに書くかというと、読者に一方的に作品を送りとどけるだけにとどまらなかった。非常にすぐれた表現者だったことの証拠だと思うんですが、かれらは自分の作品を中途でとめて、「さあ読者よ、材料はすべて出した。真犯人を当ててみたまえ」といって、懸賞を出す。これは欧米の推理小説作家もしばしばやっていることですが、二〇年代の日本の探偵小説はこれをくりかえしやった。

すると読者は、自分の楽しみとして謎を解くだけでなく、NHKに投書する人と同じように、自分の思った犯人を投書する。なかにはつづきを書く人まで出てくる。たんなる読者ではなく、表現する主体としての通路がつくられるわけです。

これはみごとに当たっているんですね。ロシア革命のころに民俗学の研究をしていたロシア・フォルマリストのひとりにシクロフスキーという人がいるんですが、かれは人間の自己表現のいちばん根本のところにあるものとして、謎かけと謎解きの心理、語りつぎの心理という二つをあげています。昔からの民話のモチーフがそうなっているし、近代の小説もそうだという研究を発表しています。

そう言われてみれば、ぼくらも無意識のうちにそれをやっているわけです。たとえば、保育園で保母さんが子どもたちを遊ばせるとき、なぞなぞあそびはもっとも基本的な遊びなんですね。それから語りつぎの遊びというものがあります。一人が「昔むかし、おじいさんとおばあさんがいました。はい、太郎ちゃん」というと、つぎの子が「ある日、おじいちゃんが海に行きました。つぎ花子ちゃん」「沖の方から大きなフカが泳いできました」というふうにつぎつぎに語りついでいくわけです。それが実は、人間の言葉による表現のもっとも根本的なところにある欲求だというわけです。それを保母さんは意識的にやっている。

『新青年』のこころみは、それと完全に一致しているわけです。まず謎かけと謎ときの関係を書き手と読み手のあいだにつくり、それから語りつぎのサイクルをつくる。これはぼくらが単なる受け手でない表現主体というものを考えるうえでも、非常に大きなヒントになりますね。問いを出し、問いに答える。答えに対して問いを投げ返していくような関係で、主体と客体、送り手と受け手の関係を流動化させていく。さらにはあるモチーフを出したときに、一人で完結させるのではなく、多くの作家が共同制作していく。

戦後の民主主義文学運動なり、社会主義文学運動のなかでも、共同制作が意識的に追求されたことがあります。すぐれた例として花田清輝とか長谷川四郎なんかによる『故事新編』という芝居がありました。それはまた江戸時代の町人文化であった連歌なんかにもつながっていくと思います。

そういう点からいうと、二〇年代の探偵小説は非常におもしろいところまで行った。いま流行の一九二〇年代論者が手をうってよろこびそうなナウいことがやられていたわけです。ところが、それが、そのことの意味が、三〇年代にはいると大きく変貌していく。

たとえば山中峯太郎という人がいて、『敵中横断三百里』『亜細亜の曙』といった代表作があるんですが、『亜細亜の曙』はいわゆる「満洲事変」の年、一九三一年に書かれ、そしてこの「亜細亜の曙」というのはたいへんな流行語にまでなるんですね。（次ページ図版は同書の扉絵）二〇年代の探偵小説は、三〇年代にはいると大半がSF小説、それも軍事科学小説に自己変貌をとげた。

そんなふうに言うと、いやそうじゃない、二〇年代末からの急激な軍国主義化に最後まで抵抗したのが探偵小説だった、探偵小説はそこで終わって、三〇年代にはいってからは歴史の変化に応じた新しい軍国主義小説が生まれたんだ、そういう説がいままでは一般的だった。そして「黄金の二〇年代、闇の三〇年代」ということが言われてきたわけです。

横溝正史、江戸川乱歩だけをみるとそう言えるかもしれない。夢野久作、小栗虫太郎もある意味ではそうです。小栗虫太郎はたいへん興味深い人で、かれは半ば軍事科学小説、半ばエログロ小説へと変わっていくんですが、今日はふれません。

ところが従来のそういう図式がなりたたないことは、たとえば海野十三という一人のキャラクターをとっても歴然としているわけです。かれは二〇年代のなかごろ、やはり懸賞小説で『新青年』に登場した人で、『電気風呂の怪死事件』というのが処女作です。電気でわかす風呂で人殺しが行なわれるという話です。この人は電気技師なんですね。『お話電気学』『やさしい電気入門』『テレビ入門』なんて本もいっぱい書いています。

だからかれの小説はもともとSF的要素がありました。たとえば「振動魔」という作品があります。振動が人体に与える影響を研究した結果、謀略を考えた男がいるんです。世間でいう〈不倫〉の関係になった女性が妊娠してしまった。その場合、ある波長の振動をおくると、それが子宮を刺

亞細亞《アジヤ》の曙《あけぼの》

西條八十 作歌

ああ崑崙《こんろん》の峯《みね》の雲《くも》、
今日《けふ》くれなゐの火《ひ》と燃《も》えよ、
ああ、淼々《べう〱》の揚子江《やうすかう》、
いまぞ血潮《ちしほ》の色《いろ》となれ。

眞紅《しんく》の曙光《しよくわう》かがやきて、
朝《あさ》は來《きた》れり、大亞細亞《だいアジヤ》、
古《ふる》き山河《さんか》の夢《ゆめ》を搖《ゆ》り、
目覺《めざ》めの鐘《かね》は鳴《な》りわたる。

眠《ねむ》りの間《ひま》に繫《つな》がれし、
重《おも》き鎖《くさり》を解《と》きはなち、
黄金《わうごん》の民《たみ》、鐵《てつ》の民《たみ》、
起《た》てよ、躍《をど》れよ、手《て》をとれよ。

歷史《れきし》は遠《とほ》し五千年《ねん》、
亞細亞《アジヤ》は聖《せい》の聖《せい》の鄕《くに》、
今日《けふ》西方《せいはう》に日《ひ》は落《お》ちて、
光《ひかり》は昇《のぼ》る東《ひがし》より。

（寫眞は大揚子江）

激して流産をおこすというんです。で、かれは彼女と会うたび密かにその機械をもっていく。ところが当の本人が死んでしまうんですね。なぜかというと、かれは結核で肺に空洞があった。子宮の振動数と肺の空洞の振動数がちょうど同じだったというんです。それで病気が一挙に進行して、かれは天罰てきめん死んでしまった。

隠れた主題「アジアの解放」

そういう作品を書いていた人が、一九三八年には『浮かぶ飛行島』を書く。太平洋の制海権をねらう米、英、それにソ連、要するに西洋列強に対して、日本が物質力で対抗すれば負けるに決まっている。日本はまだ遅れた小さな国である。そのとき西欧列強の太平洋制覇を阻止する唯一の可能性は、画期的な科学技術を使った画期的な新兵器、それをつくりだすこと以外にない。それは科学技師としての海野十三の信念でもあったわけです。

そこでかれは、「浮かぶ飛行島」という名をもつ巨大な航空母艦の開発に挑む、少年を含めたグループの物語を書く。この航空母艦は、欧米の知らない画期的なエネルギーですべてが動く、つまり原子力ですね。

なぜそんなことをするのか、そこには一つの倫理、モラルがあるわけです。これまでイギリスやオランダなどが、アジア太平洋の諸国を長く植民地にしてきた。そこへアメリカなどが加わって、まったく欧米のものにしてしまおうという野望が着々と進んでいる。これと対抗して、アジアをまもり、現に植民地になっているアジアの地域を解放することこそ、日本の使命である。そのために新兵器を開発しなければならない。当然、その開発をめぐってはスパイ合戦があり、スパイを摘発したり、その陰謀を防いだりという形で、たっぷり探偵小説じたてになっているわけです。

同じような作品はたくさんあって、平田晋策は『昭和遊撃隊』を書いていますし、蘭郁二郎は『海底大陸』を書いています。注目すべきは、これらの多くが少年向けに書かれていることです。いま中曾根が教育、教育と言っているのと同じで、当時もまず少年を変えていったわけです。

で、われわれはこれらを軍事科学小説とか富国強兵小説、愛国少年文学というふうな名称でくくってしまうんですが、忘れてならないのは、そこには必ず〈アジアの解放〉という視点があることです。これがいわばバックボーンになっている。アジアを日本が植民地にして、どうこうしようというのではないんです。アジアの人びとのために、アジアを西欧列強からとりもどすために、アジアでいちばん進んだ日本ががんばらなくてはならない、そういう理念です。

じつは、その一九二〇年代はSFにとって第二の高揚期です。最初の高揚期はずっと以前、一九〇〇年から一九一〇年までのあいだ、明治の終わりごろにありました。もちろんそのころSFという言葉はありませんでしたが、いまで言えばSFです。

その第一期の代表が押川春浪です。黒岩涙香よりちょっと遅く生まれて、早く死にましたが、活動の時期は重なっています。かれは一九〇〇年、二十五歳のときに『海底軍艦』を出しましたが、これが超ベストセラーになります。そのころ少年、青年時代を送った男の人で読まない人はなかったと言われるぐらいブームになりました。

この一九〇〇年という年は、日露戦争のはじまる四年前ですね。日露戦争はいきなり始まったのではなく、長い迷いのプロセスがあった。日本が中国や朝鮮に進出し、植民地化するためにはロシアが障害になる。ロシアと一戦をかまえるかどうかは日清戦争以来の大問題だったわけです。国内の世論も大きく沸きました。

黒岩涙香なんかは、そのなかで一挙に民衆の支持を失った一時期があった。それまで明治政府にたてつくことによって、判官びいき、あるいは体制に批判的な人びとの人気を集めていた黒岩涙香が、『万朝報』で開戦論を展開するようになる。そのために読者の支持を失うんですが、その読者もやがて開戦を支持するようになる。

その時期に押川春浪は軍艦六部作といわれる作品をつぎつぎに書く。これはいわば日露戦争の文学です。『海底軍艦』には、ノーチラス号と同じく、まだ知られていないエネルギーで動く潜水艦が出てくる。これをひそかに日本がつくって、アジアをねらう列強に一泡ふかせる。

『武侠の日本』では、新兵器を開発する海軍の秘密グループの目的はフィリッピンの独立運動の支援です。これがとてつもない小説なんですね。陰の主人公がいるんですが、それがついに姿をあらわす。その大物の指導者は、なんと西郷隆盛なんです。かれは西南の役のあと切腹して果てたと思われていたんですが、ちょうど義経がジンギス汗になったように、ひそかに逃れて南洋の地に渡り、雌伏十年、フィリッピン独立の陰の指導者になっていたという話です。

かれはやがて、陰謀にかかってつかまります。はっきりとは書かれていないけれど、ウラルの山中にとらえられる。フィリッピン解放のために戦った英雄がロシアにとらえられ、今度はそれを助けるために巨大な飛行船をつくったりする。

他の作品も、テーマは一貫して、日本がアジア解放のために欧米と戦うというもので、そこにはアジアに対する侵略どころか、アジアを侵略するものを心から憎み、自分たちがアジアを解放していくというモチーフが流れているわけです。そういう物語に、日露戦争の当時から、民衆が血を沸かせていた。

戦争の主体としての国民へ

そのころは、『女工哀史』に象徴される繊維産業とか鉄鋼産業の発展期で、日本が急速に近代化を遂げていった時代でもあります。国内、国外の矛盾が急速につよまって、たとえば大逆事件というようなものをデッチ上げなければならなくなった。そういう政治史はわれわれは非常によく知っているわけです。

日本が起こす戦争にしても、マルクス主義の教科書では、遅れて出発した帝国主義は、先行した帝国主義の利権と対立して、そこで帝国主義戦争が起こってくる、だから戦争は不可避だと書かれてるわけです。それは正しいんですね。

正しいんだけど、ではなぜ、遅れて出発した帝国主義が、先にいる帝国主義との戦争を決断できるぐらい、いわば帝国主義化、軍国主義化できたのか。その問題を考える必要があると思います。

日本の民衆は、日本が遂げつつある近代化の先に、抑圧や弾圧、侵略戦争が待っていると思ってはいなかった。日本の近代化が日本だけのもので、欧米の列強に代わって、今度は日本が遅れたアジアを抑圧する存在になる――とも思っていなかった。

アジアの解放、アジアの兄弟とともに欧米列強の侵略をうちやぶる、そういう理想、夢をもった。〈国民〉はそう信じた。そのことによって、ただ単に命令によっていやいや戦争に動員される〈被抑圧人民〉ではなく、もっと積極的に動く主体としてあったのだと思います。それがこれまでみてきた大衆文学や、二〇年代にはいるともっと大きなメディアとしてあらわれたラジオによって準備されていった。

もちろんこれは図式的な言い方であって、なかには「中国へ行って一旗あげよう」というような人間がいなかったわけじゃない。そういう人間はつねにいるわけです。また人間ですから、死ぬのはいやだ、肉親と別れるのはいやだ、人を殺すのはいやだ、そういう抵抗はもちろんある。しかしそれをも沈黙させてしまうだけのものを、文化の面でのさまざまな表現のこころみが、いつしかつちかっていたということがあると思います。

そしてそういう側面を考えることは、これからのテーマだと思います。なぜなら、いまはもう探偵小説、SFというようなレベルをはるかに超えた、大きなメディアが存在し、さまざまなこころみをやっているわけですね。さっきお話しした〈わが家では〉なんてのは、まだ初歩的な部類です。

テレビはまず例外なしに、受け手の参加によって番組が構成されている。ニュースキャスターまでそうなんですね。たとえば久米宏、かれなんかずいぶん苦労していると思うんです。このあいだ、山谷で山岡強一さんが右翼に殺されたとき、かれは山谷の争議団が正しいと言うわけです。そういう形でチョロッチョロッと本音をだすんだけど、それ以上は言えない。で、こういう本音によっても視聴者の共感をかちとっていくわけです。

あるいは「11PM」に、さまざまなゲストが登場し、いろんな発言をする。そこに自分たちの代弁者を見出すことによって、自分たちが完全になにも言えない状況におかれているわけではないと思いこむ。どこかに空気ぬきをつくって、ぼくらの表現なり主体性を触発していく。そういう形での文化の支配が実現されているわけです。

それでは、そういう現実のなかで、誰かにおぜんだてされたものの上に立って、自分が主人公になったような気になっているだけでなく、本当の自分自身の文化の表現とはいったい何だろうか。それを考えつづけていかなければならないわけですが、それは別の機会にするとしても、さしあたりそこへの一歩として今日の話のしめくくりをしたいと思います。

理念を現実にうつしたときに

アジアの解放、欧米列強のくびきのもとにある植民地で苦しんでいる人びとの解放に自分たちもたずさわるという理念、これは絶対に正しい理念だとぼくは思う。しかし、理念が正しいということと、その正しい理念をつきつめていったときに、自分がアジアに対する侵略戦争のまさに主体として登場してしまったという問題性とは、一方で分けて考えなければならないし、また不可分につながっている問題だと思います。

そして、日清、日露の戦争から十五年戦争にいたる過程で、アジアの解放のために力を尽くしたいと考えた日本の民衆のあり方、アジアに対する連帯なり援助なりといまアジア、アフリカ、ラテンアメリカにおいて日本人が行なっている開発援助、経済援助、あるいは文化的な援助というものは、まったく同じだとぼくは思うわけです。いやそうではない、以前はまったくの侵略で、いまはそうではないという人があるかもしれない。しかし、大東亜共栄圏という構想にしても、当時の〈国民〉にとってはもちろん、つくった近衛内閣自身にとっても、文字通りの〈共栄〉という意識が、〈侵略〉という意識に劣らずあったとぼくは思います。

だから、いまの経済援助、開発援助というものの姿をきわめつくすということによっても、あるいは逆に過去にさかのぼることによっても、われわれがなしてはいけない連帯、なしてはいけない援助というものの姿が見えてくると思うんですね。

さしあたり、どう言っていいのか、適切な言葉がないんですけど、たとえば、インドなりフィリッピンなりの独立運動に、なぜ日本がかかわらなければいけないのか。そのかかわり方は、いわば助っ人なり手助けなりというものだったし、まだ幼い弟にたいする兄の手助けだった。いまもそうなんですね。現地の人びとの運命をわれわれが動かすことなどはできない。にもかかわらず助っ人として、援助者としてその運命に手をかける、そういうことをあえてやっている。その重大性が見えないままにずっときている。非常に抽象的な言い方ですが、そう思うわけです。

で、今日は政治的、軍事的な侵略と同時に、いわば文化の進出の問題、それも外に向かっての進出だけでなく、その進出の根底にあった、日本の内部での、そういう文化の浸透の仕方を取り上げてみたかったわけです。それはわれわれの生き方の方向を、無意識のうちにも育てていっているのではないか。〈参加〉させられる主体にすぎない自己の存在をそのままにして、援助者、解放者として他者に対していくというわれわれのあり方、それを押さえることによって、軍事的、政治的な侵略の姿も、もう少しちがう角度から浮かびあがってくるのではないかと思うわけです。

（一九八六・二・一八　毛沢東思想学院「自立と連帯をめざす青年講座」）

II

小説『パルチザン伝説』によせて

桐山襲とは、いったい誰か？

小説『パルチザン伝説』をたずさえて登場したこの匿名作家の〈正体〉を知りたがっているのは、出版社を恐喝する右翼連中ばかりではない。桐山襲の小説が連中の脅迫ゆえに出版できない、などという現実を断じて容認しないわれわれもまた、この小説の作者はいったい何者なのか、と切実に問わざるをえないのだ。なぜなら、それは、天皇制と向かいあうときわれわれ自身は何者なのか？――を問うことだからである。

虚構《フィクション》のなかで、あるいは虚構を創作する意図をもって書かれたもののなかで、この『パルチザン伝説』ほど一直線に、正面から、天皇制と対峙《たいじ》する志向をこめてつくられた作品は、稀有だった。もちろん、明治の後半このかた、およそこの日本の版図内で生み出されたあらゆる文化所産のうちで、天皇制の反映や翳《かげ》をみずからの内部にかかえこんでいないものなど、おそらくひとつもあるまい。だがそれにもかかわらず、あるいはそれだからこそ、天皇制は、文学作品をふくむ文化活動のなかで、ほとんど正面からとりあげられることがなかったのである。たとえば二十世紀の日本文学のなかに、三人の天皇個人にせよ天皇制総体にせよ、それを中心テーマにすえた作品がどれほどわずかしか存在しないか、という事実は、じっさいに調べてみればすぐにわかることだ。一九四五年八月以前は言うにおよぼず、それ以後でさえ、中野重治（五勺の酒）、長田幹彦（小説天皇）、大仏次郎（天皇の世紀）など、ごくわずかな例外を除けば、日本の職業的作家たちは、いわば暗黙の背景としてしか、言外の前提としてしか、天皇および天皇制を作品のなかに描くことができなかった。天皇は、法秩序や政治権力機構のなかで不可触《アンタッチャブル》の超越者であるにとどまらず、文学作品にとってもまた、名指しで描かれうる存在ではなかったのだ。直接ふれてはならない天皇制に言及し、名指してはならない天皇という名を出さざるをえない治安事件の検察側文書（この点で、天皇問題は猥褻事件と共通している。検察側は、口に出してはならないと自分が主張するワイセツな言葉を、裁判過程で発語せざるをえない）、たとえば治安維持法違反にかかわる起訴状や論告求刑文のなかで、かつて、やむをえず言及される「天皇」は、この二文字の上に必ず一字分だけ空白にして、記されねばならなかった。「被告人多喜二は所謂プロレタリア文学の著作に従事し居るものなる処、昭和四年一月頃より同年三月頃迄の間〔中略〕前示の如く　天皇の尊厳を冒瀆すべき辞句ある小説『蟹工船』を執筆著作の上其の原稿を戦旗社に宛て送付し前記の如く之を出版せしめ以て　天皇に対し不敬の行為を為し且つ前示戦旗誌上の前示記事に署名したるものなり」云々――という具合だった。つねに必ず頭上に空白をいただいているこの　天皇を、いったいどうして、じかに人間を描く文学が描くことなどできようか？

　桐山襲の小説『パルチザン伝説』は、それゆえ、職業作家たちによるごくごくわずかな例外、それも、文学的にはさして大きな力をもたず、共通の財産としてはほとんど生かされるべくもなかった例外と、アングラ的怪文書の域をついに出ないまま埋没した数篇の駄作とからなる貧しい伝統を、まったく別の角度から掘りかえし、その伝統の末端に、ここから始まる新しい反天皇の視点を結びつけようとしたのだった。天皇の頭上に一字分だけ、たった一字分だけ確保されている空白、一字分にしかすぎずしかも無限の隔りを保証するこの空白を、桐山襲は突破し、じかに天皇の胸ぐらをとらえようとしたのだった。アングラ的怪文書の域にとどまったままの駄作（たとえば奥月宴の「天皇裕仁と作家三島由紀夫の幸福な死」や「天皇裕仁は二度死ぬ」、その他。それから大江健三郎の「セヴンティーン第二部・政治少年死す」も、このたぐいである）の書き手たちも、そして中野重治を除けばどれもこれも及び腰で、天皇制支配に屈服し隷従することを最初から当然としまた誇りにさえしている職業作家たちも、この桐山襲という匿名作家の出現によって、自分は天皇制という日本社会最大のテーマを描いたなどとは、もはや広言する資格を失ったのである。

桐山襲とは誰か？——を問うとき、まず、このことをはっきり確認する必要があるだろう。もちろんこの作品にたいしては、やれ「主題の積極性なるプロレタリア文学の悪しき公式の亡霊」だの、やれ「天皇暗殺なるテーマがもつセンセーショナリズムへのもたれかかり」だのというたぐいの雑言が浴びせられるだろうことは、容易に予測できる。だが、この程度の罵言なら、小説『パルチザン伝説』の作者は、匿名であると実名であるとにかかわらず、ニッコリ笑ってやりすごせばよい。積極的な主題であれ消極的なテーマであれ、描かれねばならないことは描かれねばならないのである。描かれるべくして描かれてこなかった重大なテーマとの対決を、それはテーマが大きいからケシカラン、よりかかっているからナッチャナイ、と非難するのは、そもそもそういうテーマは避けて歩け（ほかの〈文学者〉たちと同じように！）と命令するに等しい。大きなものには、まず、よりかからなければならない。フンドシカツギが横綱によりかかるように、まず何をおいてもフトコロにとびこみ、それから死にもの狂いで、くすぐるなり、つねるなり、かみつくなり、どつくなり、ぶっころすなり、あとは各自の知恵と才覚で、とにかく相手に打撃を与えることだ。それでも、たいていは、いや九十九パーセントは、はじきとばされて大怪我をするのはフンドシカツギ、つまりこちらの側なのだ。

桐山襲の小説『パルチザン伝説』は、この種の対決を、しかもかなりはっきりと意識的に、虚構のかたちで試みた。よりかかるべき主題、突破すべき対象を、あらためてあらわにしてみせたばかりではない。手紙と手記という形式で人物たちと歴史的現実との距離の問題を解決しようとしているところにも、この小説ととりくむ作者の意識的な配慮はにじみ出ている。作者は、自分自身の問題でありながら自分自身が立ち会わなかった歴史的事件を、自分の手で、しかも共通のテーマとして描くことができるような方法を、模索する。手紙と手記は、そのさしあたりの解決方法である。作者が直接見ることのできない歴史的事件は、ひとまず登場人物たちの主観的な視線にゆだねられることによって、作者との距離をたもちながら、手紙や手記の書き手たち、つまり登場人物たちとの距離を縮める。事件と近いのは、手紙や手記の書き手たちだけであり、作者も、そして読者も、そこからは遠い。だから、語られていることは、「伝説」でしかない。手紙や手記の書き手だけを除くすべての人間たちにとって、歴史的事件は、「伝説」としてしか生きてはいない。

現実の諸関係をあからさまに現実として提示することを欲せず、また欲したとしてもそれを許さぬ状況のなかに生きていた歴史上のロマン派の表現者たちが、手紙や手記という手法をもっとも主要な小説形式として多用した――という過去の実例を、われわれはいくらでも持っている。そのロマン派たちはまた、ほかならぬ「伝説」に激しい関心をいだき、歴史的事件にもまして現実性《リアリティ》を「伝説」のなかに見出さざるをえなかった。夢は現実の投影でさえなく、むしろ現実は夢の虚像だった。つまり、伝説や夢が歴史的現実とのあいだに切りむすばざるをえない関係こそは、天皇制と向かいあうときにわれわれが強いられる関係でもあるのだ。だからこそ、かつて深沢七郎は『風流夢譚』というかたちで、桐山襲はいままた『パルチザン伝説』というかたちで、ただそういうかたちでしか、天皇制とのかかわりを描くことができなかったのだ。小説『パルチザン伝説』は、天皇暗殺計画というテーマの衝撃性によってのみ問題的なのではない。文学作品として天皇と天皇制に向かいあうときの、文学表現の可能性ないし限界をあからさまに体現している点でもまた、この小説は、われわれにとって問題的なのである。

　桐山襲の小説『パルチザン伝説』は、手紙と手記という一見きわめて古くさい形式を選ぶことで、伝説と現実の歴史とのあいだの、きわめてアクチュアルな関係に切り込んだ。「伝説」が「歴史」以上に現実であること、個人の手記が公認官許の記録にもまして真実であること――だが、まさにそれゆえにこそまた、この現実は「伝説」でしかなく、この真実は個人の主観的手記としてしか生きられないことを、かれの小説は、まず伝えようとするかのようである。そして、これを伝えることを通して、かれの小説は、歴史的現実とされるものの連綿たる集積に、「伝説」をもって対抗しようとする。

不動かつ不可触のものとして設定された存在にたいして、しかもその不可触のものが〈平和〉と〈繁栄〉と〈善き意思〉の象徴であるようなところで、いったいどのような叛逆が可能だろうか？いやそれ以前に、そもそも、そのような存在にたいする叛逆は最初から起こりようもないはずなのだ。象徴の側が叛逆を夢にも予想しない、というのではない。それ以上に、象徴を推戴している圧倒的多数者、象徴の頭上にある一字分の空白に一指も触れえない多数者たちみずからが、叛逆を夢想だにしないのである。そんなものは、歴史的現実に反するのである。象徴を、こころの底から是認しているか、あるいは日常生活のなかでは完全に無視し忘却しさっているか——そんなことは問題ではない。日々の生活のなかで大した意味を認めず、生きていくうえでさして邪魔にもならないそのぶんだけ、ますます、天皇にたいする攻撃、処刑の計画など、そもそもありうるはずがないことなのである。だから、小説『パルチザン伝説』の直接の素材のひとつとなっている東アジア反日武装戦線メンバーたちの裕仁処刑計画も、歴史的事実に反することでしかない。かれらの一連の実践を裁く報復裁判を報じた日本の新聞のほとんどは、検事の論告や判決文を記事として掲載するときでさえ、荒川鉄橋での天皇列車爆破計画（いわゆる「虹作戦」）に触れた箇所だけは、「略」として紙面から抹殺し、こうして、天皇処刑計画そのものが存在しなかったかのように作為したのだった。天皇裕仁にたいして使用されるはずだったその爆弾が、三菱重工社屋付近で惹きおこしてしまった〈大量殺傷事件〉だけを、歴史的事実として固定させようと作為したのだった。「伝説」としてしか生きることのできない現実を、歴史的事実とされていることども以上に現実的な現実として描きえているかどうか——小説『パルチザン伝説』は、それゆえ、みずからが設定した小説構造そのものによって、いま、このような問いのまえに立たされざるをえない。

この問いは、ひとつには、小説『パルチザン伝説』の描いている「伝説」が、あったはずもあるはずもないと信じこまされている現実を、こうあるはずだと信じこまされている歴史像にもまさる現実性《リアリティ》をこめて読者に伝えることができているか？——という問いである。そしてもうひとつには、じっさいに事実としてあった出来事を、その出来事そのものが語りえた以上のリアリティをもった虚構《フィクション》として、この小説は描きえているか？——という問いだろう。

桐山襲の小説『パルチザン伝説』は、残念ながら、じつに残念ながら、このふたつの問いに耐えうるような内実を、ほとんどそなえていない。

「伝説」を正史にもまして現実性をもったものとして生かすためには、まず少なくとも、過去の歴史的出来事にたいする強靭でしかも繊細なまなざしが要求される。「文芸賞」の選考委員だかまでやっているらしい天皇制システムの端末ハードウェア＝江藤淳の指摘をまつまでもなく、この小説に語られる第一の裕仁処刑計画の歴史的背景は、まったくいっさいのリアリティを欠いている。〈大東亜戦争〉末期をじっさいに生きていた日本人たちのイメージを、桐山襲は間違って描いているというよりは、まったく勝手に捏造している。裕仁処刑の根拠を主人公が記しているくだりは、一から十まで、すべて現在の作者の想いでしかない。せっかく「手記」という形式を用いながら、作者は、登場人物を自分自身から自立させえないまま、自分の観念の木偶にしてしまっている。

もちろん、歴史上の過去を〈いま〉と〈ここ〉からとらえなおし再構成する作業は、狭い意味での思想的営為にとっても文学的営為にとっても、不可欠の重要な課題だろう。桐山襲が共感をいだいているらしいベルトルト・ブレヒトにしても、そのブレヒトの複雑な友であり同志であったヴァルター・ベンヤミンにしても、なるほど、この課題の重要性をくりかえし指摘し、また実践しつづけた。だが、歴史上の過去を現在の意識によって再構成するということは、現在の（それ自体きわめて曇らされた）視線を過去に押しつけることではない。過去の時代を生きた人間たちが、その時代をみずからどのように見ていたか、いわば、その時代自身の目をもって過去の時代を見ることが、まず、遅れて来た後世のものたちの課題でもあるのだ。このまなざし、自分自身のいまの目そのものをも相対化しつつなされるこのまなざしによって、はじめて、過去の一時代は、生きたまま、その時代自身の目には見えなかった姿をも、あらわしはじめるのだ。天皇と天皇制について言えば、その時代に天皇制を支えた人間たちの目を獲得し再発見することによってはじめて、われわれは、過去における天皇制と、そしていまのそれとを、自分の目で見る一歩を踏み出すのである。

　桐山襲の小説『パルチザン伝説』がおちいっているリアリティ喪失は、遠い過去だけについてではなく、作者自身が生きて体験した時代についてもまた言える。端的に言えば、この小説には、東アジア反日武装戦線のメンバーたちによってなされた報告を超えるものは、なにひとつ含まれていない。小説末尾に参考資料として明示された『反日革命宣言』だけをとってみても、そうである。ましてや、メンバーたちが逮捕されたあと、かれら自身が獄中でつづけている総括の苦闘や、獄外の支援グループとかれらとのあいだで、そしてまた支援者たちや共闘者たち相互のあいだで、それこそ日夜不断にかさねられてきている討論と対決など、この小説にとっては無いも同然なのだ。

　これはなにも、作者がこうした総括や討論を小説のなかに採《と》り入れていないからケシカランだの、無視しているからハンドーテキだのという物言いとはちがうのである。直接それを描くかどうかとはまったくかかわりなく、この小説が、「伝説」的事件とかかわる現在の諸関係を、具体的にはその事件の実行者たちやそれとつながる人びとがその事件そのものを媒介として獲得してきた視点を、小説として、どこまで内包しえているかを、問うているのだ。この小説が、文学的虚構をみずからのものとして描きうるとしたら、まさに、この点でこそ、その本領は発揮できたはずなのだ。みずからが決意し計画し、そして挫折した裕仁処刑計画を、主人公が、みずからどのようにとらえ、そしてとらえなおすか——これこそ、この不可視の領域こそ、虚構《フィクション》としての小説『パルチザン伝説』が、現実になされた歴史的事実としての東アジア反日武装戦線メンバーによる処刑計画の枠《わく》をのりこえて、文学作品として自立しうるかどうか——つまり、この小説が実行行為と等価な営みとして天皇制に肉薄しうるかどうか——の、試金石だったはずなのだ。

それなのに、小説『パルチザン伝説』は、愚にもつかぬ近親相姦図だの、探偵小説まがいの失踪者だの、まったく思わせぶりで夜郎事大的でしかない小道具を飾り立てて、文学作品の体裁をととのえようとする。天皇制は文化総体の問題であって、その文化には、近親相姦も〈不貞〉も失踪も転向も亡命も自殺も、みんな含まれている、とでも桐山襲は言いたいのだろうか。そしてついでに、ヤマトンチューによる沖縄支配と、〈日本〉によるアジア抑圧も。

疑いもなく、天皇制は、日本と日本人の問題であると同時に、いやそれ以上に、アジアやいわゆる第三世界の問題である。アジアの民衆の目をもって見ることができないとき、天皇制は、日本人にとってもまた見えないのだ。小説『パルチザン伝説』は、東アジア反日武装戦線のたたかいに題材をとることによって、このことを作品世界のなかに採り込んだ。深沢七郎のすばらしい揶揄も、大江健三郎のいじましい独白も、そして中野重治の人間天皇への深い視線も、ついぞなしえなかったことである。けれども、小説『パルチザン伝説』には、アジアへの目はあっても、アジアのまなざしはない。アジアを見てはいても、アジアから見られている自分はいない。これは、じつは重要なことだろう。アジアへの視線なら、なにもわざわざ諸〈過激派〉が爆弾をたずさえて一九七〇年代に現われるまでもなく、戦前から、それこそ裕仁のオヤジどころかジイサンの時代から、天皇制権力のもっとも主要な視線だったのである。かれらは、欧米に物欲しげな目を向けて近代化をやりきった一方では、アジアに親密な視線を送って侵略をかさねてきたのだ。

東アジア反日武装戦線に代表されるわれわれの時代のアジアへの目は、アジアからのまなざしによって裏打ちされている。このまなざしがあればこそ、あらためて、裕仁処刑も、企業爆破も、真に現実性を獲得したのである。これが、七〇年代中葉までの、われわれがたどりついた地点だった。

桐山襲の小説『パルチザン伝説』は、一九八〇年代中葉に近くなって、まだこの地点までもたどりついていない。かれの主人公は、大東亜侵略の浪人や壮士よろしく、アジアに、あろうことか死に場所を求めてヤニさがっている。ウチナンチューと顔つきが似ているというので南の涯の島で同族なみにあつかわれて、そこが自分の死に場所だと悟るわけだ。これでは、パリだのヨーロッパだのに死に場所を見出す元・左翼の挫折小説とオッツカッツではないか。かれらが日本の現状にどっぷりと尻をすえているとすれば、桐山襲のほうは、同じ日本の現状のうえに頭で立っているだけのことだ。ことわっておくが、桐山襲がそんな主人公を、否定的に、〈革命家〉の戯画として描くのなら、まだ話はわかるのである。やっぱり何といっても日本人は天皇制に反抗したらアカン、ということの見本として、天皇制護持の志をこめてこの小説を書いているのなら、それはそれでよいのである。ところが、桐山襲という書き手は、どうやら、原稿料をそっくりそのまま獄中メンバーに贈っても惜しいと思わないくらい、反日の戦士たちにシンパシーのようなものを感じている――と、小説からはそうとしか読みとれない。これでは困るのだ。

なぜなら、小説『パルチザン伝説』は、このようなアジア観のゆえに、われわれにとってもっとも困難な問題を、文学表現から閉め出してしまうからである。その問題とは、今も昔も、天皇制を支えているわれわれ自身とはいったい何者なのか？――という問題にほかならない。これを問いつめ、この問いをいわば〈国民的課題〉としていく方途を模索しない表現は、小説であれアジビラであれ、ついに、天皇制と対峙する力はおろか、少数の人びとの直接的攻撃、天皇個人にたいする武力攻撃と拮抗しうるだけの力さえ、もつことができないだろう。

桐山襲とは何者なのか？――この問いを、桐山襲は、いま右翼ゴロツキ連中からではなく、むしろかれが愛をもって見つめるアジアの人びとから、つきつけられている。

桐山襲とは誰か？――つきつけられるこの問いは、天皇制と向きあおうとするわれわれ自身にたいする問いである。アジアからのまなざしにこめられたこの問いをみずからに向けてあらためて発し、天皇および天皇制にたいしていまわれわれ自身がどこまで来ているのかを相互に確認する作業のなかで、『パルチザン伝説』もまた、「伝説」から歴史的現実へと解放されはじめるだろう。そして、『パルチザン伝説』によってあらためて切り拓かれたわれわれの表現は、実行行為としてのたたかいとの真の生きた相互関係を、天皇制とのかかわりのなかでもまた、獲得しはじめるだろう。

（一九八四・四・二〇記。『反天皇制運動機関誌』第一号）

やっていない俺に何ができるか

今日、仙台で皆さんにお目にかかれた幸いな機会に——これはいわゆる外交辞令ではなくて、これから話させていただくことと関連してくるのですけれど——この幸いな機会に、大変恐縮なのですけれど、自分自身の今までの直接の経験といいますか、そのことから話をはじめさせていただきたいと思います。ぼく自身いろいろな意味での救援運動なり救援活動なりというものに、ほんの端っこにせよかかわりはじめたのは三年ほど前からのことにすぎません。たしか三年余り前の一九八一年の六月でしたかに、東京で、ある救援の集会があった時に、そこへ参加させていただいたのが厳密な意味では生まれてはじめて救援のグループの人たちと出会った最初の機会でした。その後何度かいろいろさまざまな救援のグループの人たちと出会っていろんなことを話しあったり一緒に何かして、そういう機会というものが何度かあったのですが、そのなかで、いろんなことを考えざるをえなかったし、考えざるをえなかったという言い方が正しいだろうと自分で思うような、そういう気持をだんだんいだいて来ました。年齢《とし》がわかるんですけれど、ぼく自身は六〇年安保闘争のとき大学生でした。で、六〇年安保闘争時に東京の大学にいたので文字通り連日国会前のデモという、そういう日々を送ったのですけれど、それ以後一九六五年の日韓闘争、六〇年代後半のベトナム反戦運動、そして六八—九年、七〇年の全共闘運動、こういうさまざまな運動をみて、そしてその同時代人として生きることができたのですが、今考えてみると、そういう六〇年安保以後の自分を、自分なりに不充分でしたけれどいろいろな政治的な問題にかかわってきたかかわり方を、もう一度すっかり自分でとらえかえさざるをえなくなったのが、ごく最近数年間の、救援グループの人びととの出会いのなかでのことでした。六〇年安保以後の、大袈裟に言えば歴史の意味が、こうした出会いのなかではじめて、あらためて明らかになってきたように思うのです。

1 「世界がちがう」——か？

みなさんご存知の、いま浦和拘置所に入れられている滝田修氏こと竹本信弘氏が、ぼくが就職した大学、京都大学にいまして、かれが一九七二年の一月の八日でしたかに指名手配された直後、ご承知のように七二年という年は日本の大きな曲り角に当たっていました。七二年の春にはじめて〝この顔にピンときたら一一〇番〟という警察の手配書が登場しました。その手配書の登場人物というのは連合赤軍の諸君と竹本氏でした。で、その年の春、浅間山荘の銃撃戦が行なわれました。丁度このころ竹本信弘氏の指名手配及び地下潜伏をも口実にしたローラー作戦、いまグリコ森永「犯人」に対し、いぶり出すために大阪近辺で行なわれているあのローラー作戦が最初に行なわれました。〝あなたの隣に爆弾犯人〟と、そういうことでローラー作戦を警察が行なった。それに対して「市民生活」が一億総スパイ化に向けて組織されて行くことに何とか歯止めをかけなければいけないというので、同じ七二年の春に「思想表現いっさい自由の会」というのが東京の人びとを中心に作られた。三里塚の強制代執行であるとか、中央公論社という出版社のなかでの解雇をめぐる闘争、それからいわゆる日活ロマンポルノといわれるポルノ映画に対する取締り、そういうことが一挙に行なわれたのが七二年の春でした。こうしたなかで自分たちなりに言うべきことを言い、考えるべきことを考えようと、ポルノ女優の田中真理さんなんかも出席して集会がもたれたんですが、その集会のための準備の会議が、おりから闘争中の中央公論社の会議室だったかで行なわれたことがありました。その時ぼくも京都から参加したのですが、たしか三、四〇人の人が集まって会議をしていた時に、ニュースがもたらされた。大変だと言って誰かがとびこんで来た。警察発表がテレビその他で流されている。連合赤軍のあの浅間山荘銃撃戦が一段落ついた直後に、警察が大量リンチ殺人のニュースを意図的に流したのですね。銃撃戦の時すでに知っていたのに伏せておいて、銃撃戦が一段落ついた後に非常に意図的、人為的にニュースを流した。それをぼくらは「思想表現いっさい自由の会」の会議の最中に聞いたのです。はじめてあのリンチ事件を知って、その時多くの人がそれについて発言しました。名前を申し上げませんが、そのなかにぼくが一生忘れまいと思う発言が二つあります。ぼく自身は発言するどころではなくて非常に動転したと思います。これはもう正直なところ。

一つの発言というのは、自分は今まで戦後からずーっと、はじめはまあ日本共産党に入って、それから除名されて、いろいろないわゆる新左翼の運動をやってきた。しかしこういうことが起こってしまった以上、自分が今までやってきたことをもう一度全部問い直してゆかなければならない。

それがちゃんと自分で答が出るまではいっさい政治的な運動をするべきではないといま自分は思う――。その場でです、はじめてニュースを聞いた時です。ですから非常に大きな衝撃なのですね。そういう風に発言された方がある。それからもう一人の方の発言、そのニュースを聞いた時の発言というのは、「やっぱりあいつらと自分とは世界がちがう、これを確認せざるをえない、自分はああいう世界にはかかわりたくない」という発言をされました。この二つの発言というのは、自分自身のその時の気持、さまざまな思いも含めて、これは一生忘れられないという気がしましたし、今でもそれは忘れることができない。

あの時には、『週刊サンケイ』を初めとするキャンペーンはその後次第に露骨さを増して行くわけです。イラスト入りの「全貌」とか「真相」とか銘うった一号まるまるの特集にした『週刊サンケイ』とか『週刊新潮』とか、そういうものが出る。そういうところに描かれていく集団リンチ、殺人、暴行。ものすごい描写、表現。これは最初警察が新聞記者たちに芝居がかったやり方で、ここに人が埋められていたと、チョークだかひもだかで人型を書いて、そういう写真を記者たちにとらせた、最初の発表の段階から意図的であったわけですから、ぼくらがそれを聞いた時も最初のその第一報から衝撃的であった。その時に、あいつらとは世界がちがうという言い方で自分の衝撃を表現した人というのは、ぼくはせめるつもりは全然ない、そういう受け取り方をせざるをえなかったほどの大きな衝撃であったということを確認すればいいのです。けれどもぼくはその時、自分はどんなことがあっても「世界がちがう」という言い方はしたくないという気がした。なぜかというと、それにはぼくの個人的な体験がありまして、大学生のころに安保闘争が――六〇年安保があった後、ぼく自身は、ささやかですけれど自治会の運動に自分なりにかかわった、その時に級友たちにいろんな訴え、署名も含めて訴えに行った時に、もちろん拒否されたことがしばしばある。なかでもその時に「私はあんた方とは世界がちがうのよ」と言われて、自分たちの呼びかけに対する拒否をつき付けられたことがあったわけです。世界がちがうと言われた衝撃のようなものがぼくは個人的にあるのですね。それを「思想表現いっさい自由の会」を一緒にやりましょうと言って一緒にやっていた自分たちの仲間が、連合赤軍の諸君に対して今度はそれをつきつけた。世界がちがうとか言葉がちがうという言い方で他者と区別するということは、無意識のうちにやってしまうことが恐らくあるんだろう。しかしその時に「自分は世界がちがうという言い方で相手を拒否したくない」という気持がぼく自身のなかのどこかにあったので、あの一九七二年春のとき、そこで吐かれた「世界がちがう」ということばを記憶に刻みつけようと思ったわけでしょう。

で、その後も「世界がちがう」ということを考えつづけたわけですけれども、本当に世界がちがうのか、それとも同じ世界に生きていて、一つの表現の仕方がそういうふうに違ってしまったにすぎないのか。これは抽象的にはいくらでも理屈で解釈できることですね。連合赤軍の諸君というのはわれわれと無縁ではないのだ、つまりわれわれだってかれらと同じようになったはずだ、ある状況に追いこまれれば。そしてまた連合赤軍のようなああいう足跡をたどる要素をわれわれがそれまでやって来た運動がもともと持っていた――こういうことがいろいろ言われました、あの当時。連合赤軍の連中と世界がちがうという言い方をすまいとすれば、そういう風にやっぱりかれらがやったことを自分で引き受けるしかない。引き受ける時に、自分たちが生み出したものである、自分たちでもある条件になれば必ずそうなるんだ、これからもそういう可能性があるんだという言い方で自分たちと同じ世界の出来事として自分で引き受けてゆこうとした。しかしもうちょっと、いわば建て前ではなくて、もっとつきつめて考えてみた時に、果してそうなのか、連合赤軍の諸君のようなああいう結末だけが唯一可能であったのか、ということは、もっと深刻に考えてみた時、それは必ずしもそう簡単に、かっこよく、きれいごとで、俺たちの問題だと言ってしまうことが本当はできないのではないかと、ぼくは個人的に思っています。だけども世界がちがうという言い方で拒否することはできないし、してはならない。その辺のことはあいまいなまま、ほとんど十年の時間が経って、そして次に、その問題についての態度を自分なりに確かめることができたのは、わずか三年余り前から、さまざまな救援運動をしているグループの人たちと出会うことができて以後だったようです。ぼくは今ではそういう人びととの付き合いのなかで、「世界がちがわない」と言うことができるようになったと思う。それをまず今日の話の前置きめいた自分自身の乏しい経験のエピソードとしてお話ししておきたいと思います。

2　マルクスと「恥」——黒川氏の提起にふれて

それは何故かというと、たとえば荒井まり子さんのお父さんが京都へ来て下さった。ちょうど一年前、去年の秋でした。先ほど言いましたように、「この顔にピンときたら」のビラが張りめぐらされ、ローラー作戦が展開され、そして連合赤軍の銃撃戦と「リンチ事件」、更にはテルアビブ、リッダ空港のあの銃撃戦ですね、そういったことが一挙に起こったあの年から十一年あまりの逃亡生活の後に、竹本信弘氏が一昨年、一九八二年八月に川崎市で逮捕され、東京ではいち早く救援会ができたのですが、京都でも竹本氏の救援会が二つ生まれました。で、わずか三年余り前まで救援活動に全くかかわっていなかったぼくも、竹本氏の京都における救援会のうちの一つに参加することになった。そして他のさまざまな救援会の人びととも交流といいますか協力といいますか、そういう関係が、自分でも救援活動に加わることによって持てるようになりました。そのなかで竹本氏の救援会の集まりに、荒井さんのお父さんに去年来ていただいたわけです。それだけではなくて、東京の救援活動のさまざまなグループの方も、京都での救援の集会のたんびに来て下さる、われわれの方も東京での救援の集まりには交替で参加するようになる。

ぼくたちの救援会は、竹本氏の公判闘争に非常にささやかながら力を添えるという程度の救援会なのですけれど、今という時代は、竹本氏の救援なら竹本氏の救援だけを行なうということは不可能であると言ってもいいくらいな状況なのですね。たとえば東京で竹本氏の救援会をやっておられる中心的なメンバーというのは、土日P（土田邸・日赤地下郵便局・ピース缶爆弾事件）のデッチ上げ事件の救援を長くやって来られた人、それから東アジア反日武装戦線への死刑重刑攻撃を許さない支援連絡会の活動に加わって来られた方、更には、残念ながらそれらと比べると救援活動が立ち遅れているようなのですが連合赤軍の公判闘争にかかわっておられる方、さまざまな救援運動をやっている人たちが経験を持ち寄って、最後につかまった竹本氏――最後というのは語弊があるのですが――おくれてつかまった竹本氏の救援会にその力を結集している。これは悪くいえば金太郎飴で、どこに行っても見る顔は同じ顔ということになりますが、よく言えばそういう異なる経験をもち寄っている。相手方は個々の事件を裁くわけですね。みんな一つのことを目指してさまざまな方法で闘ってきた人を裁く時には、権力の側は個別の罪名で裁く。その個別の罪名で裁かれている人びとのいわば共通の課題のようなものが、救援のさまざまなグループが金太郎飴的に力を持ち寄ることによって、不可分の問題であることがはっきりしてくる。竹本信弘氏は朝霞自衛隊駐屯地で一人の自衛官が刺し殺された事件の「共謀共同正犯」として裁かれているわけですから、連合赤軍とは当然ちがうわけですね。反日武装戦線ともちがう。しかしかれがそういう罪状で裁かれている、その理由とは何か――なにしろかれが自衛官を自分で刺し殺したのでないことは、これは明々白々なのであって――どうしてそのかれが犯人に仕立てあげられたかと言えば、六九―七〇年の全共闘運動の時期に竹本氏が、たとえば連合赤軍の人びと、あるいは反日武装戦線の人びとが目指したものと同じような闘いをちがう形で目指してしまったからです。権力の側が裁くときは個別の罪状で裁くにしても共通のものがあるということ。それが、救援のさまざまなグループが力を持ち寄って、金太郎飴を強いられる理由の一つでもある。

それからもう一つ――本当ならもう少しみんなヒマに暮したいわけですね。自分の職業もほっぽり出して、さまざまな救援の運動をしている人たちは、本当に大変だと思う。やむをえずさまざまな救援をやらされているわけですが、そのやむをえずというのがむしろぼくたちの力になっていることを、ぼくは救援グループの人びとを知って学んだように思う。荒井さんのお父さんと、京都の竹本氏救援連絡会議とは無縁ではない、お客さんではないのですね。縁もゆかりもなかった人間同士が、なぜそういう関係になったのか。これは、やむをえず、強いられてそうなったにすぎない。しかし、そうやってやむをえず何かを一緒にやっていくということのなかで、実は同じことを念じてちがうやり方で力を出し合っているのだ、という確信が生まれる。このことを救援のグループの人びとと出会うことで本当に自分自身の体で感じることができたように思う。その時はじめて、連合赤軍の「リンチ」にたいしても「かれらとは世界がちがう」という言い方はぼくはしないというその根拠を見ることができたと思う。

で、今日はそういう自分自身の思いを、どれだけ皆さんにお伝えできるかわからないのですが、二つのきっかけに導かれて、この数日間、ないしは数カ月間考えていることを、ここでお話しして、皆さんと是非討論させていただきたい。

一つのきっかけというのは、今日黒川さんのお父さんが見えるというのを知らないで準備をしてきたので、もしかすると黒川さんのお父さんにはお聞き苦しいところが、ぼくの発言のなかに出てくるかもしれませんが、東京拘置所に拘置されている黒川芳正さんが支援連ニュースでしたか、大阪の虹の会のニュースでしたかに数か月前に書かれた文章を、ぼくはすごく「そうだ!」と思いながら読んだのです。黒川さんの文章というのは非常にむつかしくて、ぼくは読むのが苦手だった。ところが今これからお話しする文章は、本当にそうだと思った。ぼくはものすごく筆不精なので、黒川さんに手紙も書かず、自分のなかで暖めていたのですが、こういうことを黒川さんは書いている。——マルクス主義者と称する人は充分にマルクスを勉強していない、自分はマルクス主義者ではないけれど、マルクスにはこういう重大な発言がある。マルクスが恥、はずかしさという問題をきちんと考えていることを自分は見出した。――と、こういう主旨なのです。

ぼく自身黒川さんのマルクスの読み方に全面的に共感する。マルクスが古くなったとか、あるいは収容所群島の遠い原因どころか直接の原因はマルクスであったとかさまざまなマルクス葬送論者などがいて、マルクスはいま評判が悪いわけですけれど、マルクスがドイツ人がいだくべき恥、はずかしさということに着目していることは非常に重要なことだ。マルクスはユダヤ人でドイツに生きたユダヤ人、後にドイツに住めなくなってロンドンに移るわけですけれど、あるいはパリに行くわけですけれど、マルクスは当時のドイツと、そのドイツの現実を変えていく革命のイメージをどのように描いたか。しばしば、マルクスは革命は先進国におこるはずだと考えた、だからロシア革命のような「後進国」革命というようなことはマルクスの予想を裏切ったことだ、マルクスには本当の意味で世界史の展開が見えていなかったのだ――という批判があり、あるいはマルクスは産業社会、近代化、工業の発展、そういう合理化とか近代化とかいうものを善であるととらえた科学万能主義である。だから間違っている――という批判がある。これはある一面では正しいけれど、根本的にそういうマルクス批判は間違っているとぼくは思います。マルクスは決して先進国革命だけを思い描いたわけではない。有名な、若いころの『ヘーゲル法哲学批判序説』という短い文章。ヘーゲルの法哲学を批判しようとして書いたもので、かれが計画していた厖大な著作の序文だけを書いて残しているわけですけれど、そのなかにドイツの現実についての非常に的確な指摘がある。ドイツというのはヨーロッパでは――今のわれわれから見るとドイツは先進国みたいですけれど――一八四〇年代から六〇年代七〇年代までのドイツというのはヨーロッパにおける後進国、後進地域ですね。マルクスはその後進国ドイツで革命が起こらない限り、先進地域とりわけイギリスやフランスで革命が起こらないと、はっきり述べていますね。ヨーロッパのもっとも遅れた一地方であるドイツ、このなかで革命が起こってはじめて、フランス革命のまだ完成されていない目的というものが達成される、つまりヨーロッパの革命が起こるのだ、ということをキチンととらえている。

それと同時にもう一つマルクスというのは、科学とか技術とかいうものが階級的なものであるということは、一貫してとらえて離さなかった。たとえば自然科学とか数学、われわれから見れば客観的合理的なもので時代を超えて真理であるような数学などについても、それらがブルジョワ社会の階級的な真理、つまり一つの信仰であるという視点をもっていたわけです。二十世紀になって、ソ連のマルクス主義者たちからは異端として批判されてゆく人びと、先程も荒井さんがおっしゃって下さいましたがルカーチであるとかコルシュであるとかいうマルクス主義者たちは、科学批判の手掛りとしてマルクスをもう一度とらえ直す。そういう一九二〇年代の過程があるのですね。マルクスのなかに近代合理主義だけを見るのは、これは一面的であると思う。先程の黒川さんの指摘はそのこととかかわってくる。

マルクスはドイツが後進国であるということをはっきりとらえている。そしてその後進国で革命が起こらないかぎりヨーロッパの先進地域での革命は絶対起こらないと考える。もう一つ重要なことは、後進国であったドイツ固有の問題です。ドイツは、丁度マルクスが思索をつづけていた時期に、遅れた近代化の道を辿りはじめるのですね。日本は一八六七年ころに、いわゆる明治維新をやって「カッコ」つきの近代国家となる。イタリアも全く同じ一八六〇年代に統一国家として登場します。

そしてドイツはヨーロッパで一番遅れて産業革命を体験した後、一八六〇年代から近代化を遂げはじめる。やがてビスマルクの登場によって一八八四年、これはマルクスの死んだ翌年ですね、八四年にはじめて海外植民地を獲得します。スペインであれば、一四九二年にコロンブスによってカリブ海諸島が発見されて植民地国として成り上がっていった。その一四九二年と比べれば四〇〇年遅れて後進国ドイツは植民地を獲得します。最初の植民地は東ニューギニア。このことも一つ面白いと思うのですけれど。一五〇〇年代、宗教改革とルネッサンスの時代、つまり十六世紀は、ラテンアメリカの植民地化の時代ですね。百年たって一六〇〇年代になるとアジアが植民地化されていく。イギリスの東インド会社がつくられたのが一六〇〇年、関ヶ原の合戦の年です。やがて時代が下って一八一五年以後、新しい植民地時代が始まります。一八一五年とは、フランス革命の影響が最終的に一掃されて、ウイーン体制といわれたメッテルニッヒというオーストリアの宰相をイデオローグとする王政復古の時代、アンシャンレジームの時代が始まるのが一八一五年です。ナポレオンが最終的に失脚しセントヘレナに流されて、一八一五年にヨーロッパの旧体制はフランス革命の影響を一掃して生き返る。その年に南アフリカに始めてイギリスが植民地——ケープ植民地——を獲得するのです。一八一五年以後はアフリカの植民地の時代がやって来ます。そういうふうにラテンアメリカ、アジア、アフリカのすべての植民地が出そろった時期に、それから更に半世紀以上遅れて、後進国ドイツはニューギニアに、一八八四年イギリスと分割して植民地を獲得する。そして翌一八八五年にミクロネシアの島々——マーシャル、カロリン、マリアナ、パラオの各群島——と西南アフリカ（ナミビア）その他にドイツは植民地を獲得する。

つまり、どういうことかと言うと、マルクスが生きた時代というのは最終的に海外植民地獲得に至るまでのドイツの近代化の過程であるわけです。ドイツが帝国主義国として自立する過程、それをマルクスは身をもって生きた。一八四四年に『ヘーゲル法哲学批判序説』が書かれたころ、つまりかれが二十五歳か二十六歳のころから、かれが死ぬ八三年まで四十年間というのは、「後進国」であったドイツが「先進国」に成り上がっていく過程だった。

ここでちょっと付け加えさせていただきますと、「先進」というのは全部「カッコ」つきです。インディアス征服、スペイン・ポルトガルが中南米を征服してそこにあったインカとかマヤとかアスティカの文明を「古代文明」という名前で亡ぼし去った時から、先進・後進という概念が出てくる。それまでの世界は先進も後進もない。それぞれ違う文明が同じ時期に共存していたのを、ヨーロッパが、スペインが、中南米を攻め亡ぼして、馬と鉄砲によってインカ・アスティカ・マヤを一五三〇年代から四〇年代にかけて最終的に亡ぼした時に、そのマヤやアスティカやインカの文明は古代文明という名前で呼ばれるようになる。それを亡ぼしたヨーロッパの文明が近代的文明ということになる。そこで「世界史」ができる。古代・中世・近代とか、前近代とか発展途上国とか先進国とかいう概念は、インディアス征服と共に人類の概念に登場してくる。その概念ですから「カッコ」つきで言わないといけないと思うのです。

そのマルクスはつまり「後進国」であったドイツが「先進国」の仲間入りする過程を身をもって生きたのですね。その時マルクスは何を見たのか。相対的に「後進国」であったドイツが「先進国」

の仲間入りをする時にどのくらいえげつないことをやらざるをえないかを、マルクスは見た。かれの資本主義に対する批判はそこにあるわけですね。後進資本主義が先進資本主義に成り上がってくる過程で、マルクスはしばしば「ぼろもうけ根性」（シャッハーガイスト）という言い方でドイツのブルジョワジーを批判します。「ぼろもうけ根性」というのがどれぐらい非人間的なものであるか。しかもそれは、先進資本主義国であるイギリスやフランスであれば、やらなくてもいいことをドイツはやらなければならぬ。それがつまりマルクスのドイツ人の恥しさ、ドイツ人であることの恥という意識になって来たのだとぼくは思う。いま黒川さんがそういうことを考えておられる。従って黒川さんが考えておられるであろう反日ということと不可分にかかわっているのだろうと思う。つまり、黒川さんはマルクスから反日の思想的な根拠を読み取られたのだという気がします。これはやっぱりぼくは、今もしマルクスが生きていたら、ものすごく喜ぶだろうという気がする。ぼくはマルクスが好きなので、ぼくはマルクス主義者になりたいと思っている人間なので、マルクスが多分、ものすごく感動するだろうと思うのですね。そういうことを一つ考える。

3　侵略を座視することで侵蝕されるわれわれ

もう一つは全く反日の諸君とは直接は関係ないのですけれど、つい半月前に川崎市でAALA文化会議（アジア・アフリカ・ラテンアメリカ文化会議）が開かれて、ぼくもそれに参加させてもらったのですが、アジア・アフリカ・ラテンアメリカのさまざまな地域で文化闘争をやっている人たちが集まってシンポジュームをやった。その時に台湾の作家でホアン・チュンミン（黄春明）という中国系の台湾人が来ていて、この人は皆さんご存知の『さよなら・再見《ツァイチェン》』というすごくいい小説を書いた人です。これは日本の観光団が買春ツアーに台湾へ行く様子を描いた小説で、本当は日本人が書かなければならない作品を台湾の人に書かれてしまった。読まれた方もあると思いますが、『さよなら・再見』という小説は、それを台湾人の目から描いているわけです。日本の観光団――買春ツアー団――がやって来る。それは表向きで見れば民衆の交流であるわけ。今の旅行というのはみんなそうですね。いろんな知らない地域に行って現地の人びとと交流するわけ。ところが、それが交流でなどない証拠に全部話が通じない。ただ一つ通じた言葉がある。それは何かというと、最後にその買春ツアー団と別れる時に台湾の人が「さよなら」と言うと、日本の旅行団が「ツァイチェン」と言う。ものすごくグロテスクなことですね。それが唯一のコミュニケーションである、人間的な。日本人が「さよなら」と言って、台湾人が中国語で「ツァイチェン」と言うのではなくて、日本人が「ツァイチェン、ツァイチェン」とか言って、台湾人が「さよなら、さよなら」と言う。そういう非常に象徴的ないい作品ですね。「めこん」という出版社から出て、「文遊社」から発売されています。もしまだ読んでおられない方は、ぜひお読みになるといいですね。このすぐれた小説を書いた黄さんという人が来ていて、その人がこういう話をしてくれた。

一つは台湾ではバナナが食べられないという話。この集会の基調にもありましたが、フィリッピンでは米やとうもろこしを作って来たのを破壊してバナナ・プランテーションを作った。同じことが台湾でも行なわれているわけですね。台湾バナナ、日本で評判がいい。だから台湾バナナは日本に来て、台湾の人はバナナが食えない。その代わり台湾ではリンゴが食える。台湾でリンゴはできない。つまり自分の所で作ったものを食べることができない、そして高い輸入したものを食わされる。これは日本の米作地帯の人も同じことをやらされているわけですね。ささにしき、こしひかりは自分では食えない。都会へ出す。その代わり他の所で作られた品種を食べる。そのリンゴが半年たっても一年たっても腐らないのだそうです。こういう話をしてくれた。その人は日本語しかしゃべれない。そのシンポジュームは英語を共通理解の手段にして行なわれたわけ。これは仕様がないですね。ケニアの人もパレスチナ、レバノンの人もエジプト、フィリッピン、タイの人もみんな英語を使わないと話が通じない。これは一つ悲惨なことですね。ところがもう一つ悲惨なことというのは、その中国人の黄さんは当然のことながら英語は話せない。ぼくらと同じ。それは当り前ですよね。フィリッピンなどは別です。強制的に英語を教えられているから。ケニアの人がなんで英語なんかでしゃべらなければならぬか、なんで英語でしゃべれるケニア人がいるかということですね、問題は。インテリゲンチャが世界に向かって自分たちのことを語りかけようとした時に英語を使わなければならない。黄さんはいわゆる国際的インテリゲンチャじゃありません、大学教授でも何でもない、作家である。台湾の人に読んでもらう小説を書いている台湾の作家が、英語などできる必要はないのだから。その代わり日本語ができてしまう。これは悲惨なことです。かれは日本語でしゃべった唯一の外国人です。その黄さんが、えびを食ってはいけないとぼくたちに言ってくれる。台湾ではえびはどういう所に湧《わ》いているか知ってますか、工場廃水でまっ黒な水がわあーと流れている垂れ流しの海でえびはわくんだ、それをみんな日本へ輸出する——その時ものすごくうれしそうにかれは話した。その黄さんがもう一つ皆に重要な話をしてくれたのです。

自分は長く台北に住んでいて作家活動をしてきた。非常に恥しいことだけれど、『さよなら・再見』が台湾でベストセラーになった。そのために何がしかのお金が入った。そこで自分は台北という都会がいやで仕様がなかったので、汽車で二、三時間離れた自分の生まれ故郷に帰ることができた。家を勿論ローンで買った。そこは昔から米作地帯で豊かな農村地帯だった。ところがそこに日本の「タナシン」という工場、コンピューターの、何か、ねじが七〇、一つの板にくっついている、そのねじを埋め込む作業をやる下請工場ができた。台湾のお金の単位で何銭とかいう、日本のお金ではけたの違う、ものすごい安い賃金で、ねじまわしでねじを一枚につき七〇本埋める作業、七〇本埋め終わると何円、そういう作業を下請でする工場ができた。そうすると農村の主婦たちがそこへパートで行くわけ。そうするとどういうことが起こるかというと、たとえば子供とふれる時間を決定的に失っていく。ミシンで縫う縫製作業の場合はミシンをあらかじめ買わされて、家でミシンを縫う作業をやらされる。子供が近寄ってくると振り向きもしないで後手でバアンとぶんなぐる、ともかく子供をバンと突き放すことが母親の役割、子供との関係になってしまう。それから工場へ勤めに行く場合は、ミシンを家でやる場合も同じなのですが、とにかく食生活が変わる。具体的に言いますと、台湾というのは朝、おかゆを食べるのが伝統的な食事なのですね。そのおかゆを食べるに当たっては早くから主婦が起きて何時間もかかってこってりしたおかゆを朝食のために作る。ところがその時間がとれない。おかゆを二時間かかって作るよりは三十分に短縮して一時間半分賃金をもらう方にまわしちゃう。そうするとおかゆを食べないでパン食が農村に浸透してくる。すると何が起こるかというと、なべ、ふた、かまどとかいう言葉が生活のなかで使われなくなる。その次にはおかゆに関連したことわざ、日常の言いまわし、そういうものが全部死んでゆく。つまり経済侵略というのは、文化というか生活そのものを破壊する。だから女の人が体を売るとか、安い賃金で酷使されるというふうな段階ではなくて、生活と密着した言葉までが変わってくるということをかれは言ってました。そうしたらすぐに日本人のパネラーの一人から、黄さんそれは日本でも同じですよという発言があった。下請の下請、孫請工場で主婦は同じことをやらされている。これは日本でも同じなのだと日本のパネラーが発言していました。考えてみれば、同じように日本でも食生活が変わって、「かゆをすすってでも」とか「手なべさげてでも」とかいうのはぼくら子供のころにはまだ生きてた言いまわしですね。「かゆをすすってでも添い遂げたい」というような非常にいい言葉がなくなってくる。つまり文化侵略・経済侵略を行なっている日本ということを考えた時に、日本は台湾なりフィリッピンなり朝鮮なりタイなりに対した時は侵略者として振舞っている。ところが日本のなかでも同じ構造をわれわれは許している。つまりあらためて「第三世界」での日本のえげつなさを知ることによって、日本のなかでわれわれがもしかしたら当り前の生活だと思いはじめている生活が、じつはものすごくえげつない生活なのだ、侵略することによって、侵略を許すことによってわれわれ自身が侵蝕されているんだ、と思い当たることができるようになるわけです。ぼく自身が与えられた二つのインパクト、一つは黒川さんのマルクスの恥しさの問題、一つは日本の侵略ということが具体的にどういうふうに現地の人びとに向けてなされているのかという、この二つの問題をずっと考えてみたいと思ってきました。

4 「恥しさ」と他者の問題

恥しさの問題に立ちもどると、恥しさというのはぼくらのよく知っている言葉ですね。「ハジを知れ」とか、ハジというのは日本人にはなじみのある言葉です。作田啓一という人なんか『恥の文化再考』という筑摩書房から出ている本で恥の文化として日本の文化をとらえている。日本論が一時流行って、日本人は恥を知る民族だとか、生きて虜囚の汚名・恥を着てはいけないとか言われて、日本の軍人・兵士たちは無理矢理殺されもした。恥を知るということは日本人にとって非常になじみのある概念・思考だと言われてきている。だけども本当にそうなのか。黒川さんが再発見された恥、マルクスが考えた恥・はずかしさと言うのとわれわれがハジとかはずかしさと言って教えこまれ、身についているものとは決して完全に同じものではないですね。

恥というのは、「恥を知る」とか何とかいう言いまわしからは、きわめて倫理的・道徳的な概念のようにみえるわけですが、じつはそうではないのではないか。ちょっと考えれば明らかなとおり、恥というのは、自分と他人との関係でしか、いだかれない意識、つまり他者というものと自分との関係のなかではじめて恥というものが出てくる。だからたとえばマルクスがドイツ人であることを恥しく思った時は、なりふり構わずぼろもうけ根性で植民地獲得に向かって猪突盲進して行くドイツ人のあり方を恥しいと感じたわけです。つまり他人を踏みにじってでも、まさになりふり構わずぼろもうけ根性を貫徹してゆくという、他者とのかかわり方のなかで、そういうかかわり方しかできない自分、ドイツ人というものを恥しく思った。反日の黒川さんが言われる日本人であることの恥しさも、これです。さっき黄さんが語ってくれたことを紹介しましたが、台湾人にバナナが食べられないような生活を強い、おかゆという言葉さえもかれらから奪ってゆく、そういうかかわり方でしか台湾の人びととかかわることができない日本のわれわれ、そして『さよなら・再見』がまさに描いているように「さよなら」という言葉でしか出会うことができない関係。しかも自分の言葉ではなく相手の言葉で、「さよなら」と言った中国人と、「再見」と言った日本人と、同じように他人の言葉でしゃべっているという点では同じだけれど、その関係は本当は完全に敵対関係ですね。台湾の人は「さよなら」という言葉で本当にさよならと言いたい。お前らもう来てくれなくていいんだ、ということを日本語で言う。黄さんの小説では、実はもうひとひねりひねってあるのですが、とにかくそれに対して日本人は「ツァイチェン」と言うわけ。ツァイチェンとは再び会いましょうということでしょ。日本語に訳せばさよならですけれど。また買春ツアーに行きたいわけですね、日本人は。そういうふうなかかわり方しかできない時に、そういうかかわり方しかできない自分に対する恥の意識というのは、非常に人間的である。ぼくは人間的という言葉はいい言葉だと思いますから。但しそれは生態系をめちゃめちゃにして人間が一番えらいというわけではなくして、他の生物と共存する人間という意味でいうと、これはいい。

ところがわれわれが知っている恥しさとは何だろう。たとえばぼろをまとうと恥しい。あるいは「申し訳ない」という言葉と「恥しい」という言葉が切り離し難く使われるような現実。そういうことがある。ぼく自身がずーっと自分を振り返ってみた時に、同じような気持をいだいたという方がおそらくいて下さると思うのですが、ずーっと小さいころ、小学校に入るか入らないかのころに恥しいという意識をいだいた時に、どういう恥しさだったか思い出してみる。たとえば学校へ弁当を持って来られない子供がいるのに、自分の弁当のおかずが、それと比べればよかった時、ぼくは恥しかった。むしろ隠して食べたいような意識が子供のころにあるわけです。それがやがて、むしろ弁当を持って行けないことが恥しいようになってゆく。だんだん。たとえばみながぼろの服、つぎの当たった服しか着られないような生活をしている時に自分の服がつぎが当たっていないのが、子供のころ、恥しかった気がする。それがやがて、つぎの当たっている服を着ることが恥しくなる。そういうふうな恥という意識が社会的に、日本の社会のなかで逆転させられていったように、ぼくは自分の過去をふり返った時に、そういう思いがある。今われわれが恥しいと思っているのは、実はどういうことなのか。一つは完全にこれはマルクスがきちんと見通したことですけれど、資本主義によって意識が変えられてゆくということですね。たとえばこの団地のなかで、みんなが新車を持っているのに、自分は車が買えない。これは断固として車を買わないと居直るまではそれが恥しい。たとえば、子供が新しい自転車を皆買ってもらうのに、うちの子供にはまだ自転車が買ってやれないというのが恥しい。これはもう誰が考えてもわかるわけですけれど、まさに資本主義の結果として、恥しいという意識が作り出されているのだということがものすごくよくわかる。

それともう一つは、日本の場合には恥しいのと、申し訳ないという言葉とが切り離しがたく結びついているのを見てわかる通り、ある権威との距離が恥しさと密接に結び付いている。昔からしばしば言われることですが、日本の社会では天皇制の権力の中枢からの距離で人間の値打ちが決まってくる。それがただ単に社会的な身分制度とか階級制度として天皇制との距離が人間の値打ちを決めるということだけではなく、意識の上で、たとえば「恥しい」とか「申し訳ない」という言葉で天皇制の権力の中枢からの距離が表現され、それで人間の値打ちが決められてくるという構造がある。問題なのは、われわれが陛下に対して申し訳ないとか、あるいは企業のために身を粉にして働かなければ申し訳がたたない、会社から給料もらっているくせにのらりくらりと一向に成績があがらないから、うちの亭主は恥しいとか、そういう転倒した、裏返しになった、逆立ちした罪の意識を、日本人が抱くのは勝手だと思う。それは日本人のいわば自業自得だと思う。もうちょっと立ちもどって考えてみれば、後進国ドイツが「先進国」の仲間入りをするために自分の恥しさを忘れてゆくのをマルクスがドイツ人の恥としてとらえた、それと全く同じ過程を後進国日本は辿って来たわけですから、その日本の恥の意識の失われてゆく過程というのは、それこそあわれだ、みじめだ。しかしそれは日本が、われわれの先人たちが、勝手に選んだこと、いわば自業自得だ。

今までの話と脈絡はないのですが、思い出したのでついでに付け加えさせていただくと、一八八四年にはじめてドイツは海外植民地を獲得したと先ほど言いましたね。ミクロネシアの島島を一八八五年に領有し、同じ年に西南アフリカを領有した。このミクロネシアは、第一次世界大戦でドイツの帝国主義が敗れ去った後にもなお、百年後のわれわれの今にまで引き継がれる問題になっていきます。ご承知の通りミクロネシアというのはドイツが第一次大戦で敗北した時に日本がここを占領して、国際連盟の委任統治領という、事実上日本の植民地になった。

つまり後進帝国主義国ドイツが戦いに敗れた後、そのドイツの後から先進資本主義国の仲間入りをした日本が象徴的なことにその植民地を引き継いだ。これは今、日本があらためて核廃棄物の捨て場所にしようとして物議をかもした、あの島々であり、かつ「ディスカバー・ジャパン」が海外まで出張してレジャーのメッカにしているあの島々である。そういう意味でドイツの旧植民地は日本と深く密接にかかわっているわけです。

もう一つ、西南アフリカはどうなったか。アフリカのなかで最後まで残っている最大の植民地ナミビア、南アフリカ連邦共和国によって不当に占有され、アメリカ合州国の侵略に対しては一言もいえない国連という機構でさえ、南アフリカを非難決議で縛ろうとせざるをえない現状におかれているあの地域。南ア連邦が不当に植民地化して金やウランを採掘する最大の植民地西南アフリカ、あのナミビアというのは、ドイツがこの植民地を失って以後、いまだに独立することができていない世界最大の植民地になっている。

そういう意味で後進帝国主義国が残してしまった問題は、われわれが今まだ解決しきれていないのです。そもそも後進植民主義国は、先進国といわれている部分が解決できなかった問題を引き受けることによってしか近代化ができない。それがドイツであり日本であり、イタリアである。そして今では第三世界の人びとが同じように「先進国」が未解決のまま残してしまった問題を、山積みされた形で引き受けて「近代化」を遂げようとしている。そういう構造がドイツや日本の歴史をみる時に、今の第三世界のこれからの歴史と密接にかかわって見えてくるように思う。これはちょっと余談ですけれど。

その恥しさということに関して言えば、日本が本当の意味で恥しい近代化の過程しか遂げることができず、今なおそれを一層増幅した形でひたすら突き進んでいるということは、日本人のいわば自業自得だといえば言えないことはない。問題なのは、そういう文字通り恥知らずな生活のパターンを他者にまで、他の文化圏・生活圏にまで押しつけていることなのです。昔アメリカン・ウエイ・オヴ・ライフというのですか、アメリカ式生活法というのをアメリカは世界全体に押し付けようとしたのですね。これをいま日本はジャパニーズ・ウエイ・オヴ・ライフというのですかね、そういうものを世界の各地に押し付けようとしている。日本人の恥知らずな生活のパターンが、「第三世界」といわれる所に押し付けられようとしているということが、最大の問題だと思う。日本人が恥を知らないやり方で、逆立ちした恥の意識によって自分を縛り付けながら行なってきたこと、これを同じように今度はたとえば台湾の人に、フィリッピン、韓国の人びとに(韓国はもうそろそろ日本と同じようなところに「追い付いた」のでしょうか)、そういうところに押し付けようとしている。今われわれが恥しいという自意識をいだかなければならないとしたら、そこだと思う。自分たちの恥知らずな生き方というものをぼくらがいま清算しない限り、それは次に「第三世界」と呼ばれている人びとの生活のスタイルとして押し付けられていく。そして後進国といわれている人たちが、さらにその後にしわ寄せを受けるいわば「後々進国」、後続後進国の人びとに同じような恥知らずな生き方を押し付け、しかもこれは、マルクスがドイツについて見たように後から「近代化」を遂げようとするところには何倍・何乗にもなって恥知らずな生活が再生されてくる。イギリスであれば「貴族主義」で非常にきれいに、ジェントルマン的に植民地支配をなしたとすれば後進ドイツではそれが「ぼろもうけ根性」的なむき出しの恥しいやり方でしかなし遂げられない。日本は更にもっと恥知らずなやり方で行き、やがて韓国は恐らくもっと恥知らずなやり方を自分たちの生活スタイルとしてゆかざるをえない、というふうになるのだと思う。そういうことを黒川さんと黄春明さんの二人の発言をいわばきっかけにして考えさせられたのです。

で、今われわれに何ができるのか。われわれが今の自分を恥しいと言う時、日本語で言うと逆転した恥しさというのが、ぼくらからすればマイナスのイメージであるものですから恥しいという言葉を使うのが恥しいのですが、あえて恥しいという言葉を使うならば、その、恥しいということをぼくらは気が付くことができた。たとえば僕でさえ気が付くことができた。それはやっぱり反日の人びととの、その救援会をやっている人びととの出会いによってであり、あるいは「第三世界」での日本の文化侵略・経済侵略によって生活を奪われ、ねじ曲げられている人びととの出会いによってであった。

だけども恥しいという言葉の本当の意味での恥しいということを大切にしてゆこうと考えた時に、一体何ができるのだろう。『さよなら・再見』に描かれている通り、われわれのまわりを見れば、観光旅行と称して買春ツアーに行く男性たち、そしてそれを笑顔で送り出している日本の女性たち。これは丁度さきの戦争の時に日本の女性がだれ一人（だれ一人というのはレトリックであって、そういう人は何人も何十人もいたと思いますが）自分の夫と父親と息子とが兵隊にとられてゆく時、自分の身を殺してでもかれらを奪い返そうとした女性がいなかったわけですね、日本には。鶴見俊輔さんという哲学者は『戦時下日本の精神史』のなかで、日本の女性は戦争の時に初めて解放された、社会的に活動する場を与えられたと言って、非常に戦時中の日本の女性を高くかっておられる。男たちがいなくなった、乃至は残っている男が何の役にも立たない、その時に女性たちが隣組のなかで、非常に気力をもって張合いをもって活動した。これが日本の女性の社会的な活動の恐らく最大の唯一の機会であった。日本の女性は戦争によって自己を発見し、解放されたんだ——という意味のことを書いておられる。だけど本当にそうだろうか。日本の女性は日本の男性以上に戦争に協力したとぼくは思いますので。それを今、日本の女性はまた同じようにやっているんだと思う。これはしかし女性に責任を転嫁するのじゃなくて、そういう関係しか日本の男は女性との関係を作って来なかった。男の責任ですよね。男により多くの責任があるという意味で言うわけですけれど。同じことを今、モーレツ社員の女房たち、おふくろたちはやっている。そういうふうな人たちがまわりに一杯いるわけです。「恨から汎へ」〔この集会のタイトル〕どころか汎の方の、あまねく存在しているのはそういう日本人である。マルクスが恥じたドイツ人、それと同じ日本人が、ここにいるわれわれ自身のなかにももしかしたらあるかもしれないし、そういう日本人がわれわれの隣人たちである。いくら集会やっても集まるのは百の単位です。日本に一億二千万人いるとしたら、今お話しした意味での恥しさをかみしめて、何とかしようと一歩踏み出そうとしている人というのは恐らく十万人の単位もいればいい方かもしれないですね。一パーセントどころか、〇・一パーセント。そういう所で何ができるのか、問われざるをえない。お前勝手にいい加減なこと話しているが、何ができると思うか——と。ぼくはなんにもできないと思う。結論的に言えば、それでいいんだと、むしろ思うのです。

5　生きた運動に向けて

今までに、特に天皇制の社会が明治以後確立されてから、どれだけの運動がなされえたか、というと、たとえば六〇年安保、今度の反核の運動。しかしこんなものは微々たるものですね。ぼく自身は六〇年安保で五〇万人という人をはじめて見ました。ほんとに五〇万人の人間を目で見たのは、初めて。だけども五〇万人なんて知れてる。それはあのとき首相の岸がいみじくも言ったように、後楽園球場は毎日一杯ではないか、と言われれば一言もない。「声なき声は私を支持している」と岸は言ったわけ。それに対して鶴見さんたちが「声なき声の会」というのを作って、声なき声も岸の退陣を要求しているんだとやったけれども、後楽園と言われると全くその通り、何とも仕様がないと思いますね。全共闘と言ったってあんなものコップの中の嵐、反核運動は暇人がやっておる、そういうふうに言われればそれだけのことでしかないのがわれわれの運動であった。この日本のなかで、とりわけ天皇制とかかわることを課題として担った瞬間に、われわれ、みなさんが圧倒的少数者になるということ、これはもうそれ以外ありえない。反日の人びとが提起した問題は日本人すべての人の心を打つはずの問題である、ということが正しいかどうかとは別の問題なのです。ぼくはもう、これでいいと思う。

なぜかと言うと、これは観念的言い方になってしまいますが、運動が多数になることを望まないで行くべきだと思うからです。運動が多数者の運動になるということと、現実をかえて行くということとは直接結び付かない。それに運動が多数になる時のことを思い描けば、ぼくはぞっとするわけです。多数者の運動になりたくない。多数者になるということは支配者になるということです。運動というのは少数でいい。だけどもその運動が多数の人びとの心に訴えて行くということ、これと運動が大きくなるということとは全然別のことだと思う。天皇制とかかわった時、運動は決して多数となることはないし、多数になった時は天皇制ファシズムと合体するということですから、絶対にそれはありえない。しかし天皇制を課題として担い切った運動は必ず、天皇制状況に頭の先から足の先まで全部浸されている日本人と絶対どこかでかかわって来ざるを得ない。だからこれは事実が証明している通り(今日ここへ来る汽車のなかで話をしていたのですけれど)反日武装戦線の諸君が逮捕された時にどれだけ多くのカンパと応援が寄せられたかということ、それはわずか、勿論わずかですが、しかしそれだけ多くの反響があるということに、あの当時右翼の人がびっくりしたのですね。ニューライト、武闘派の右翼の人びとがびっくりして、反日のかれらに学ばなければならないということを『青年群像』という雑誌を始めとして、さまざまなところでかれらは本気で語った。つまり天皇制の問題とかかわった時、多くの人たちが否応なく自分の問題に引き付けて考えざるをえない構造というのが、われわれの現実にびまんしている、行き渡りきっている。それはある場合には逆の現われ方をする。ある場合どころか多くの場合は逆の現われ方をする。しかしそういう現実なんだということをきちんととらえることによって、われわれは少数者の運動をとことん続けて行くことができるのではないか。

それは何も少数であることを自己目的にするんじゃないですが、なぜ少数の運動でいいのだと言うかというと、もう一つの理由は、運動というのは大きなプロセスの一こまだとぼくは思うからです。だから運動が自己目的となることはありえない。常に新しい現実に応じてちがう運動へと自己展開を遂げて行くべきものだと思う。これもぼくは救援の人たちに教えられたことです。たとえば土日Pの救援をやってた人びと。かれらの当面の目標は土日P冤罪、フレームアップを暴露するということ、かれらを無罪で取りもどすということでしたね。ところが、そのための運動の過程で必ず次の課題とぶつからざるをえない。土日Pの冤罪をはらすという運動をとことんやっていけば(そういうことにかかわって来られたご本人たちを前にして、こういうことをしゃべるのは非常に恥しいのですが)そういう運動のなかで運動は必ず新たな課題を引き受けざるをえない局面を迎えるのですね。それはたとえば、救援だけに限っても、土日Pだけの救援に終わらない、次の救援というのが課題として必ず現われる。そして更にそれが今では天皇制、Xデーの問題などにつながっていく。救援にかかわった人のほとんどすべてが、たとえばXデーに象徴される日常的な天皇制問題にかかわらざるをえなくなっている。ですから「反天皇制運動連絡会」のパンフレットなんかを見れば、またまたみんな見た顔知った顔の話になるわけで、それはひとつの限界でもあるんだけれど、逆にまた、新たな課題とぶつからざるをえない運動をやっているんだということの一つのあらわれでもある。一つの限定された運動が多数者の運動になるということは、全然問題ではない。その運動をやりきった時に新しい運動と出会うのです。運動は必ず新しい運動と出会う。大変おこがましい言い方ですけれど、はじめに、安保闘争以後の自分のそれなりの生き方というものを、救援の人びとと出会うことによって、あらためてとらえ直すことができたという言い方をしたんですけれど、そういうことが運動自身にも起こってくる。つまり、自分のやっていた運動の意義が別の運動とのかかわりのなかで、あらためて再発見されてそこで生き返るということが必ずあると思うのです。

これは一人の人間、たとえばAという一人の人間の一生のなかでだけ起こる問題ではない。一人の人間の一生のなかだけに限定されない。一例をあげれば田中正造という人がある。田中正造をいろんな人が、いまもう一遍考え直していますよね。田中正造は死んでしまっている、しかしかれの経験というものは、われわれの運動のなかで新しい意味を持ってくる。そういうことが運動のなかで絶えず起こってくる。もしわれわれの運動がなければ、田中正造は過去の人ですね。ところがわれわれの運動のなかで田中正造は新たに生まれ変わる。その時はじめて田中正造のやったことの、田中正造にも見えなかったことの意味が、今われわれによって発見される。こういうことが運動のなかで起こってくる。ぼくはベ平連というのはものすごくきらいでした。どんなにおちぶれても腐っても、ベ平連のデモにだけは行きたくない（笑声）と思っていました。非常におこがましい言い方ですが、大体ぼくのまわりでベ平連をやっている人は顔見ればわかるんで、ベ平連ヅラってのがあるんですね。顔で人を差別してはいけないけれど（笑声）、民青は一目でわかるとよく言われますが、ベ平連も一目でわかるっていうのがあってきらいだったんですが、ベ平連の運動をずーっとやって来て、いま全く別の運動のなかでシコシコやっている一人の先輩にぼくは酔っぱらった時に、そういう話をしてベ平連はいやでしたと言ったら、「それはね、違うのだ、運動というのは一遍はじまってしまうと、もう始めた人の意図ではない運動が必ず自己展開してくるものなんだ」と言われました。全くその通りだと思うのです。ベ平連がなければ全共闘はなかった。そしてベトナムの反戦兵士たちの脱走をベ平連の運動にかかわった人のなかのグループがやった。それだけに終わらず、そういう経験は生きつづけたのでしょう。ぼくはべ平連がきらいだったけれど、ベ平連の運動が、ああいうふうに極限まで行きついた時に、違う新たな次元の運動がそこから生まれて来たのですね。ぼくはいわゆる文学者の反核署名に大反対です。その時もその先輩におこられた。お前は反核署名をしないことで自分の純潔を保っているようなかっこいい格好をしたがっているようだけども、あの運動も必ず文学者が言い出した時の、かれらの視野にあるものを乗り超えてゆくんだ——と。そうですね、そうでなければ運動はつぶれるだけです。もしも運動が生き続ける時にはかれらの意図、「反核文学者」たちの意図とは全く違う展開を自分のなかに見出していく、若い人たちが出てくる、ほんとにそうだとぼくは思う。ただ、いやなものはいやだと言うのも絶対大事だと思います。依然として反核署名の「文学者」たちのことはいやだと言いつづけたい。——そういうところがぼくらの立っているところなんじゃないか。その時に運動というのは、一つは過去の運動の意味を意識的に問わなければならない。たとえば、田中正造の意味を、われわれの問題としてもう一度問うことで、田中正造が生き返るし、われわれの運動が新たな生命を獲得していく過程が起こると思う。

そして更にはわれわれの今やっていることを、次の運動のなかでわれわれ自身が問い直さねばならぬ。これも意図的にやらねばならぬ。過去の運動をわれわれが新たな目でもう一度生かすということ、これを意図的にやらなければならぬと同時に、今われわれがやっていることを、われわれが生きている間に新たな運動のなかで、絶えず問い返すことがなされねばならぬ。その時に、いま反日の闘いをやって獄中に捕われている人びとが新たな運動のなかで自分の反日闘争を問い直すことをぼくたちは要求しなければならない。絶対にかれらにそれをやってもらわなければならない、今後のわれわれの運動のなかで。その為にもかれらを殺してはならない。かれらは生きて新たな運動のなかで――自分なんか全然知らない人で、自分のことなんか知らない人が新しい運動をやるわけですね――その人たちのなかで、自分のやったことをきちんとかれらに語らなければならない。救援をやった人たちも、もちろん共にそれをやっていかなければならない。その為にも絶対にかれらを殺してはならないとぼくは思う。かれらにまだまだ聞きたいことがある。だから獄中で、検閲される状況でしか語れない、そういう所にかれらを閉じ込めておくのではなくて、検閲を通さないで、こういうところで、あるいは酒を飲みながら――ぼくは酒が好きですので、そうじゃない方にはお酒というとひんしゅくを買うかもしれませんが――とにかく、そういうところで語り合える場をぼくらが今から用意しておかなければならぬ。

大変話があちこちに飛んで時間をオーバーして、内容が空虚な話になりましたが、もしもこの後、いろいろな形で皆さんのお話を聞かせていただければ、討論ができるかと思います。どうも長いことありがとうございました。

6　討論から

司会　どうもありがとうございました。よいお話を聞かせていただいて時間のたつのも忘れていました。いろんな点で心に留ったこと、あるいは疑問のことなどあると思います。予定としては三十分程度と思っていますが、質問でもご意見でも、ざっくばらんに話を交したいと思います。

佐藤　贖罪意識ってことが自分の頭のなかをちらついたんですが、日本人なり世界の人びとがもともと持っていた恥、それが資本主義のなかで、持たないものの恥みたいな形になっていく、あるいは天皇制のなかで権威からの距離で恥という形がねじ曲げられていった。そんなような話だったかなと思いますが、池田さんが小さいころのお弁当の話をなさいましたけれど、ああいう感覚が、われわれが東南アジアの人と向かい合うとき、最終的に取りもどさなければならない感覚なのかというと、それだけじゃない気がするのですね。贖罪意識ということ。具体的に在日朝鮮人の人とかアイヌの人とか、少し話す機会があったのですが、想像もできないすごいことを現実に言われるわけですね。何も言えなくなってしまった、本当に何も言えなかったのです。贖罪意識みたいなところから、更にどうしたらいいのかわからないけれど、酒飲んで、それこそけんかでもしあうような関係を作ってくなかで、倫理的な道徳的な贖罪意識とか恥とか言うのではなくて、連帯感とか、勿論抑圧者としての自分の立場をふまえて向かい合うという前提がありますけれど、そういう関係が出来ていかなくちゃいかんのじゃないかと思うわけです。その点お話は大分倫理的に聞こえたというか、ぼくらも運動の側で、そういう言葉になってしまうのですけれどそこをどう切り開いてゆくかということが一つ。

もう一つ。自分たちは気が付くことができた。たしかにいろんなきっかけがあるわけですし、他の人より強烈にアジアの問題とか差別の問題を気が付くことができた、そういうことがあるかもしれないけれど（ちょっと脱線しますけれど、運動は多数派になる必要はないということ、ちょっと引っ掛るんですが）どう訴えて行ったらいいのか、どう相手の胸にひびく形で言えるのかということで言えば、贖罪意識みたいなものはかなり多くの人間は感じているのではないかと思うんですね。それはよく知っていればいるほど、逆に居直ることでごまかそうとしたり、あるいはもう戦後四十年たっているのだから、昔は確かにひどかったかもしれないけれど今はもう違うんだ、とごまかすとか、贖罪意識が存在するからそういう言い方になるんじゃないのかなと思うのです。贖罪意識、あるいは自分に関しては何も言えない情況、そこをどう切り開いて行ったらいいのかなというところで、ぐるぐるまわっているわけです。たとえばお弁当の話のような話で結構なんですけれど、アジアの人たちと池田さん自身が向かい合って、具体的に「恥」っていうことを人間関係として深まっていく上で、どういうふうに内容的に肉付けされていったことがあるか、そういうことを聞いてみたい。

池田　恥という言葉の意味を、黒川さんの発言を手掛りにしてお話しする形をとったのですが、ぼく自身は、恥の意識というものを最終の目的という意味で言ったのではなく、またもう一つは、あなたの言われる贖罪意識というのと、ぼくがさっきお話しした恥の意識とは違うのじゃないかということ。うまく言えないけれど、贖罪意識というのは自分の犯している罪の代りに、自分が何か罪を犯しているのでそれを帳消しにするために、別のことをするということで、罪そのものを自分でなくすことではないように思います。多分アジアの人びと、ラテンアメリカの人びととかかわる時も、被差別部落の人や在日朝鮮人とかかわる時も、ぼくらの後ろめたさはともすればあなたの言われたような贖罪意識で解消される方向をとるんじゃないかと思う。そうじゃなくてぼくが黒川さんあるいはマルクスを手掛りとしながら考えた恥というのは、自分が相手との関係で、いま置かれていることをどういうふうに意識化するかということ。それは出発点、手掛りであって、相手との距離を実感で計ることができる時、恥というのが出てくる。逆転した形の恥でも。問題なのはあなたが言われたように、その恥の意識というのは、これまでだったらうじうじと要するに自分はこういう位置にいるんだと書くなり話すなりしていればいいわけですね。受身的なもので、積極的な方向には展開していかない。しかし、そうではないものとして「恥」をとらえることができるのではないか。この恥というのを黒川さんが書かれたのを読んだ時、もう一つのことをぼくは思い出したんです。

あまりなじみのない方がおられるかも知れませんが、カフカという作家がいましたね。ドイツ語で作品を書いた。ある朝不安な夢からさめたら自分が大きな毒虫になっているのに気がついたという『変身』とか、わけがわからないのに逮捕されてしまう話とか、城に行こうとするのだけれど城にどうしても入れてもらえない話とか。掟の門という門があって、その門の前にある男が来て、なかに入れて下さいと言うと、番人が今日はだめだと言うわけ。それで門の外で待っているんだけれど、何回も入れてくれと言うんだけれど、今日はだめだと。何年も何年も待ちつづけて遂に年をとって死んでしまう。死んでしまったらその門番は、やれこれで門を閉めてくるかと言って立ち上り、ギーと門を閉める。その男が死ぬ前に、なぜ入れてくれないのかとずーっと思いつづけていたんだけれど、その男はひょっとある一つのことに気付くわけ。何かというと、何十年も、自分が若いころ来て、いま死のうとする時まで、入れてくれと言ってもだめだと言われて待っていたけれど、他の人が全然来なかったことに気付くわけね。その門に自分は入りたくて仕様がないのに、他の人は入れてくれといって一遍も来なかったということ、死ぬ間際に気付いて門番に聞くんです。すると、だってこれはお前だけの門だと言われる。その声を聞きながら死ぬ。すると門番はギーッと門を閉めて終わりという小説。

そういう小説を書いたカフカという人がいて、この人はマルクスが死んだ年に生まれた。死んだ二か月後に生まれたんです。一九二四年に四十歳で結核のために死んでしまう。この人が、ユダヤ人なのです。チェコのプラハという町にいたユダヤ人で、ドイツ語の作品を書いた。この人の作品について、花田清輝とか安部公房とかさまざまな日本の現代作家や思想家もカフカから絶大な影響を受けたものだから、日本でもカフカについてはさまざまに論じられていて、そのなかの一つにぼくの同僚でもあり、尊敬する先輩でもある野村修さんという人がいて、この方のカフカ論は面白いのです。カフカの文学を「罪の意識」の文学としてとらえる考え方は今まで一杯言われていたんだけれど、野村さんは「恥しさの文学」だと規定した。どういうことかと言うと、カフカは自分の存在が恥しくて仕様がなかったというのです。なぜかというと、当時のプラハはオーストリア・ハンガリー帝国というドイツ人の支配する帝国の属国だった。つまりカフカは植民地に生きていてユダヤ人だったわけです。しかし他のユダヤ人と違ってドイツ語を話すユダヤ人だ。ドイツ語はオーストリア帝国の権力に近い人が使う。カフカはチェコ人のなかに生きていながらドイツ語を使うんだから支配階級です。ところがカフカはユダヤ人なんです。ユダヤ人のなかにもドイツ語を使うユダヤ人と、チェコ語を使わなければならぬユダヤ人がいて、そういう階級構造がよく身にしみて感じられる位置にかれはいた。野村さんはそういう位置にいたカフカが感じなければならなかった感情を

「恥しさ」としてとらえるわけです。同時代のカフカと同じような位置におかれた圧倒的多数のドイツ系ユダヤ人なり、とりわけインテリゲンチャはそういうことを全然感じないわけ。だからそういうことを感じとる自分の位置というものを論理化できなくても感覚としてとらえた時に、恥しさという形であらわれてくることが非常に重要なんだというふうに、多分野村さんは言いたいのです、マルクスと同じように。

その時あなたが言われたように、皆が何らかで感じ取っているはずじゃないかと言われたけれど、本当にそうだろうか。四十年前のことだからという言い方は、今の自分はもはや恥しい存在ではないわけでしょう、天皇と同じで。「過去において不幸な歴史があった」、これは今の自分の位置を恥しいと思う感情ではないですね。恥しいということが、マイナスのイメージとして、否定すべき乃至は批判すべきものとしてぼくらの身にもしみているものだから、恥しいという言い方のもつ現在性というか、積極性ということがとらえにくくなっている。たとえばぼくが今しゃべっているのはすごく恥しい。一方的に話すという関係しか結べていないからで、こういうことはなくして行きたいと思う。そういうのは過去の問題ではないですね。自分がどこに立とうと相手との関係で恥しい関係が残っている限り、絶対に残りつづけるべき感情なわけね。だけどぼくらはどこかでごまかしてしまう。ごまかす時に、それが贖罪行為につながるのではないか。自分に引きつけてと言われたので非常に卑近なことで言うと、ぼくはたとえば全共闘が大学闘争をやった時にその尻馬にのった人間のひとりです。当然のことながら大学解体というスローガンは全面的に賛成。解体できなかったから今も残っちゃった。その時に一番重要なことは機構としての大学解体じゃなく、大学が社会的に果しているような人間関係のなかでの役割、たとえば知識人と労働者、精神労働と肉体労働——これはマルクスが言っている——とか、講演する人と聴衆とか、そういう関係をつぶすことがぼくにとっての大学解体だと、その時了解したわけ。にもかかわらず十五年経っても依然としてぼくは大学の教師という肩書を自分でくっ付けて、それでこういう所に来て一方的に先ず話すわけね。そういうことは絶対にやめなければならないはずなのだ。だからこれをやめない限り恥しさをずっと持ちつづけていざるをえないんだし、そうしたなかでぼくは自分をふり返った時どういうことを言うかが問われざるをえない。つまりそういうふうな関係がさし当りまだ要求されている時に、そういうことを意識しながらやるしかないじゃないか——というのが最低限いま自分に課すべきこととしてある。その時精一杯自分ができる問題提起なり、議論なりをすることを自分の課題として課す。ところがこれは、その当時、大学闘争当時に、民青が、日本共産党の諸君がやっていた「国民のための大学」論というのと同じだと思う。知識人として今生きているんなら知識人として人民のためにその知識を生かせばいいじゃないかと民青の奴らが言った。そういうのをぼくらは否定したんだけれど、今、自分がやっていることはそれに過ぎない。これは一種の贖罪行為ですね。知識人という存在の罪を贖罪するために「人民のための知識人」というわけ。これは知識人存在そのものの否定にならない。あなたの言われた通り、恥というのは贖罪というような形でしかいままでは解消されてこなかった。東南アジアとの関係でも、一番よく言われることはこういうことだと思う。——東南アジアからきている下着を着るのはいやだ、だけどもその下着を買うことによって東南アジアの人の生活は成り立っていくではないか、と言って逃げる。その生活のたて方がいかなるものかを関係のなかで知れば、そういう言い逃れはまさに言い逃れでしかないことが見えてくるわけ。あなたの言われた通り贖罪という形でしか関係が結べない。自分はいま東南アジアの下着を着ているけれど、着ながらも東南アジアの人と連帯するとか、そういう形での、ちょっとずらした所での問題の解決というのは、ぼくは贖罪という言葉で言いあらわされるものだろうと思うのです。その時に、贖罪行為では解消されない原罪というか、あるいは一つの行為をした時にまた相手との関係で生じてしまうような関係を、意識し続けることが「恥しさ」だと思う。だからあなたが言われた在日朝鮮人やアイヌの人たち、被差別部落の人たちにものすごいきびしい言葉でつき付けられた時に、それでごめんなさいと言うことが罪の意識ではない。それはまさに逃げることにすぎない贖罪である。だからお酒を飲んでもいいし、なぐり合いをしてもいいし、相手のことをきちっと言う。あなたさっき「在日朝鮮人の人」と言ったけれど、本当はおかしな言い方ですよね。在日朝鮮人じゃないですか。「日本人の人」などと言わないわけ、絶対に。それなのにぼくらは「在日朝鮮人の人」と言ってしまいますよね。そういう関係じゃなく、「お前は朝鮮人である」、「お前は被差別部落の人間である」と言える関係を作ってゆくということしかないと思うんだけれど、そういう関係をどうやって作ってゆくかという具体的なことはケース・バイ・ケースで、それぞれあると思うし、それは自分が今何をやっているかということと切りはなせない。自分がやっていることを相手がどう見るかということですよね。

これは直接被差別部落の人から聞いたことがあるんですけれど、差別用語としての言葉、「エタ」とか「四ツ」とか、それを言われても、全然それが打撃とか傷つくとか腹が立つとかいうことがない関係というのはありうるわけ。差別用語といわれる言葉で相手を呼んでも、相手がそれで傷つかない関係を結ぶことは可能なわけ。そういう関係で被差別部落の人とつき合っている人はいっぱいいるわけ。それは相手が、たとえばぼくなりAさんなりがその人のことを差別用語と言われる言葉で呼んだ時も相手が怒らない、糾弾しないAさん像が、相手にあるという関係だと思う。そういうふうな関係だから、こちらがいくら謝ってみても仕方がないわけ。東南アジアの人が——これは東南アジアの人というふうに一般名詞で呼んではいけないので、東南アジアで日本の侵略なり天皇制の権力の自分の社会に対する侵略なりと闘っている人、乃至は闘おうとしている人という意味で東南アジアの人と言ったのですが——そういう人が日本人と対等に話してくれるという関係。糾弾も含めて。たとえば反日武装戦線の人たちのやり方そのものは、たとえばフィリッピンで運動をやっている人たちからすれば、個別の批判はあると思うけれど、批判があるならその時に批判しあう関係——これだと思う。そしてこうした関係を作っていくということは、何をぼくらがやっているかということと無関係ではない。

今日言いたかったのに言うのを忘れてしまったことで、今のあなたの発言に対して答えになるかどうかわからないですけれど、思い出したので付け加えさせてもらうと、特に支援運動とか救援運動とかいうスタイルの運動とかかわる時に問題になることだと思うのだけれど、救援とか支援とかいうのは、救援される、支援される対象があるわけですね、獄中の被告とかね。東南アジアの解放闘争との連帯といった場合は、連帯される対象としての東南アジアの運動があるわけですね。そうすると支援とか救援とかいうのは救援される主体に左右されると言うか、規定されるわけですね、とかく。しかし、そういう関係でない関係をどうやってつくり出して行けるかが、その運動の本質にかかわってくるのではないか。獄中の被告と救援グループとの意見が対立する場合がある。現実にいろんなところで起こっている。獄中の被告と救援グループとの関係はどういう関係なのか。それは具体的な運動の批判として言うわけではないのですけれど、たとえば三里塚で、農民の闘争がある。すると農民が主体であって、そこに行く支援の人間というのは支援グループと言われる。しかし、アラブの解放闘争があればアラブが本家で、そこに手伝いに行くような形で行くのだろうか。被差別部落の人びとが差別されている本人であって、その解放闘争にかかわる被差別部落民以外の人は助っ人なんだろうか。そういう問題と多分にかかわってくる。助っ人ではないような活動をぼくらがやってない限り、被差別部落の人から被差別部落民でない人間に何かをつき付けられた時、あやまるより仕様がなくなってしまう。答えられなくなってしまう。抽象的になりましたが……。

司会　関連してどうですか。

及川　救援するとか救済するとかいう場合、救援事業、救済事業にたずさわる者とその対象に分かれますから、そういう時に、社会的活動はｆｏｒ（為に）ではなくｗｉｔｈ（共に）という精神を忘れないことが大切だという、昔々半世紀も前に習ったことを先生のお話を伺いながら思い出しました。若い方が贖罪とおっしゃったけれど、恥を知って贖罪意識をもつことが貴重なことで、そこからすべてが始まるように思うのですが、それで間違いでしょうか。

池田　どなたか、今の問題について発言して下さる方があれば、一番いいと思いますが……贖罪意識をもつという……言葉がよくなかったですね。

れど。

及川　どうしてもおいとましなければならなくて……。勝手なことを言って失礼しましたけれど、私の妹がいま、贖罪意識から、東南アジアからいやな仕事をさせられに来ている人びとの救援センターのために一所懸命やっているのですけれど、私、どうしても贖罪意識がついてまわるんですけれど。

池田　ぼくの言い方が足りなかったのですけれど、贖罪意識でいいと思う。「でもいい」は失礼ですが。しかしぼくは贖罪という言葉についてまわるイメージみたいなものを、疑問だと思うのです。「贖罪」という言葉をぼくはマイナス・イメージで使っている。あなたの言われた時も、それだけではいけないというイメージでした。贖罪という言葉を厳格に言わないといけないですね。自分が何か悪いことをしていて、その悪いことをしている自分が別の良いことをすることによって、いま自分が悪いことをしているのを帳消しにするという意味で使ったのです。いま悪いことをしている代りに良いことをして帳消しにするというのではなくて、自分が悪いことをしなければならない関係が社会的に相手との間にある時に、その関係そのものをなくすことをしない限りだめなのですね。たとえばフィリッピンなどから来ている人が非常に苛酷な、それこそ恥ずべき労働を日本でさせられている、そういう時、黙って見ていられないから何かをするというのは重要なのですが、その時にそういうふうなフィリッピン人と日本人とのかかわり方そのものを無くすことを射程のなかに入れた闘いを、そういう根底的な「贖罪」をしない限りだめだと思う。

アフリカの飢餓キャンペーンがある。アフリカの大飢饉というキャンペーンがあって、『朝日ジャーナル』はじめさまざまのメディアでこれをやっている。これについて、さっきふれたＡＡＬＡ

文化会議で、日本の楠原彰さんというアフリカの教育問題をやっている方から教えられたんですけれど、今のアフリカの飢餓キャンペーンは非常に悪質であると楠原さんは言う。それは納得できるのです。この集会の基調報告にもありましたが、何故飢餓が起こるか、それを徹底的に問い直した時には自分の生き方とかかわらざるをえない。たとえばティッシュペーパーを使うにしても何にしても。アフリカの飢餓はわれわれの責任なんだということを見えないようにした飢餓キャンペーン、あれは免罪の、日本人のわれわれのあり方に対する免罪キャンペーンだと楠原さんは言われる。ぼくがああっと思ったのはその飢餓と密接に結びついている金（きん）の問題がある。南アフリカ連邦共和国というところは金の世界最大の産出国ですね。その金を掘る労働に黒人たちが奴隷労働を強いられる。そこから逃げ出した人びとがアフリカ各地をさまよっていることが、一つは食糧危機という目に見える形になってくる。その金の全産出量の四分の一だか三分の一だかの輸入国は日本である。その金は主要には「クルーガーランド金貨」として市販されている。その金貨を誰が買うか。一番大きな購買者は主婦、それから小学生なのだという。その小学生は飢餓キャンペーンに乗って自分の小遣をアフリカに送っている、学校で集めて。その小学生がアフリカの飢餓の一つの原因になっている金の採掘、その末端にあるクルーガーランド金貨を、お小遣いを貯めて将来のために買っている。これは絶望的というか、本当にみじめなことです。これは楠原さんに教えられた。

そういう関係はともすればぼくらに見えない。小学生たちにとっては贖罪行為でさえない。だから恥しいことが見えない。恥しいと思う条件そのものが奪われている。ぼくらは恥しいと思うところに小学生たちを立たせる必要がある。それは運動がそれを見えさせるのだ。それがない限りだめですよね。楠原さんも学者としてそういうことを研究しているのではなくて、ずーっと学生のころからアジア・アフリカ・ラテンアメリカの解放闘争にかかわって来て、そしてはじめて日本のクルーガーランド金貨の行く方にぶつかることになる。それがぼくらの現実なのです。

その時に、たとえばアフリカに飢饉がおこるというのは、自分がどういうふうにアフリカの飢饉とかかわっているかを知った上でアフリカへの救援を呼びかける。『朝日ジャーナル』その他のキャンペーンは、完全に免罪行為ですね。読者は知らないわけなんでしょう。それをうまい具合に、ああいうふうに持って行く。そういう構造ではないものを作り出して行きたいということなんです。

司会　ありがとうございました。これで一応質疑討論を終らせていただきます。お話はまた、交流会のなかでも発展させていただきたいと思います。

〔集会主催者の註〕　クルーガーランド金貨＝世界一の産金国である南アフリカ共和国の造幣局が、一九六七年より毎年産出される新産金の中から鋳造している投資用金貨で、現在一オンス（約三一・一グラム）、二分の一オンス、四分の一オンス、一〇分の一オンスの四種類が発売されている。（『現代用語の基礎知識』）

（一九八四・一一・一七　反日を考える会（宮城）主催「根から汎へ――一一・一七集会」）

「反日！」とは言えない私でも……

……せめて、何かを言わねばならぬ――と思いつづけて、しかし何を言えばよいのか思いあぐねていたある日、新聞の文化欄に筆者の顔写真入りでこんな文章が印刷されていた。ところどころを端折《はしよ》りながら、七割がた引用してみよう。

「二、三年前、本紙『現代のことば』に、来たるべき建都千二百年祭には天皇の御遷都あるべしと書いたことがある。／千二百年は千百年とは、わけがちがう。京都が二十回の還暦を迎える記念すべき年である。遷都は、その大きな節目に願ってもない一大イベントであろう。沈滞気味の京都に遷都がもたらす経済的文化的効果は絶大であるし、日本の伝統文化の中心である京都は他のどこよりも天皇の居住地にふさわしい。それに、東に政治権力、西に天皇があった時代は、日本人の精神に測り知れない安定感を与えてきた。／と、あれこれ並べ立てたのだが〔……〕手応えがないのである。京都人にはもう天皇を奪い返す気力も失せたかと落胆したが〔……〕」云々。

こうして落胆したこの筆者は、「根っからの京都人である友人のカメラマン」になぐさめられ、あるいは「遷都令が出ていないのだから日本の首都は京都である」という梅棹忠夫という人の見解や、「大正天皇と今上天皇の大嘗祭は京都御所で取り行われたが、何とか次も京都でやってもらえないものか」という上山春平という人の発言などに接して、「意を強くする」ことができたのだそうだ。そして、強くした意を支えにしながら「京都遷都の歴史的必然性について」、まことにユニークな理論を展開してみせてくれるのである。いわく――

「日本に本格的な首都がつくられた奈良時代以降を見てみよう（このさい、南北朝時代とか桃山時代といったややこしい動乱時代は考慮に入れない）。まず、天皇と政治権力が一所にあった奈良・平安時代が約四百八十年、室町時代が約二百四十年、東京時代が約百二十年である。ついで、西に天皇、東に政治権力という構図ができた謙倉時代が約百四十年、江戸時代が約二百七十年である。／こう書き並べてみると、いやでも二つの必然性が浮かび上がってくる（この事実に気づいたとき、アルキメデスの原理を発見して風呂から裸で飛び出したアルキメデス先生の気分だったが、すでにこの事実を発表した方があれば、御容赦願いたい）。」（カッコ内も、もちろん原文のママ）

なんと、発見されたその必然性のひとつは、「天皇と政治権力の存り処が、一所→東西→一所→東西→一所と規則正しく交替していること」であって、してみると次は「東西」の番でなければならないわけであるはずなのだ。「しかも、〈一所→東西〉のときは、古代社会から中世社会へ、また中世社会から近世社会へと移る大変革期であった。今や、近代から超近代へと向うトフラーの第三の波がひたひたと押し寄せてきている。歴史の必然からいえば、天皇と政治権力が二つに別れなければならない時代なのである。」

そして「もう一つの必然は、一所時代と東西時代の長さの反比例関係にある」というのが、この筆者をアルキメデスたらしめている第二の必然性なのだ。なにしろ、「先にあげた時代年数を見ていただきたい。一所時代は、時代が替るごとに半分の長さになっている。その一方、東西時代は、ほぼ倍になっている。してみると、東京に天皇と政治権力が同居している時代も、そろそろ終りということになる。少なくとも今世紀中に天皇が京都にもどられないことには、しかもその新時代が五百年にわたって続かないことには、日本の歴史的必然性がそこなわれてしまうのである。」

つまり、この筆者が発見した新アルキメデス原理は、あまりにも重大な原理であるがゆえに、ひょっとすると、発見された原理自体が原理にのっとった動きをしてくれるとは限らず、原理が原理発見者を裏切るおそれも残されていないとは必ずしも言えないらしいのだ。発見された原理に従えば、今世紀中に天皇が住居を京都に移し、しかも五百年にわたってそこに居すわることが必然なのだが、もしも万一、そうならないようなハメにおちいるようなことでもあるとすると、日本の歴史的必然性そのものがハチャメチャに破壊され、ひいてはまた原理発見者自身も、風呂から飛び出すまえに、風呂の底が抜けて、お湯も天皇ももろともに、地獄のカマのなかへまっさかさま、という事態になりかねない。これはなんといっても、日本の歴史の必然にとって不幸なことであろう。であるがゆえに、この新アルキメデス大先生は、「再説・遷都論」と銘打ったこの新聞記事を、つぎのようにしめくくって、じきじき天皇に聖断を仰ぐのだ。

「天皇を京都にお迎えするのは、決して偏狭な京都中心主義からではない。歴史的必然なのである。現在の一所懸命な東京集中は日本の将来を危うくする。このあたりで、京都市民が声を上げてみてはいかがなものだろう。〈陛下、京都におもどり下さい〉」

1　死を待たれる天皇

まず、ことわっておかねばならないが、七割がた引用すると予告して実際には八割ほども原文のまま再録してしまったこの文章は、現実に、一九八五年一月九日付朝刊『京都新聞』に掲載されたものであって、たとえばわたしが、だれかの文体に似せて書いた戯文なりパロディなどでは決してない。だいいち、こんな無個性的な、それでいてシャレを気どった気になっている空疎で鈍感な文体は、文章と人間とを勉強するための戯文修業の教材になど、ならない。しかも、この文章の筆者は、新聞記事の末尾に付された肩書きによれば、「作家」なのだそうだ。この作家そのひとを批判したり称揚したりすることがここでのテーマではないので、作家名は明らかにしないでおくが、そう言われてみれば、たしかに京都近在にはこういう名前の「作家」が住んでいて、休耕田だか廃村だかで自然農法の百姓のマネごとをやっているのみならず、なんでも一昔ほどまえ、『なんとか祭り』とか『椪の木なんとか』とかいう作品で芥川賞だか何とか新人賞だかをとったことがあるばかりか、それよりさらに昔の六〇年代（昭和のではなく）の末には、全共闘とかのメンバーだっただけにとどまらず、闘争の中心的な担い手たちの拠点のひとつだった京都の某学生寮の自治会だか闘争委員会だかの委員長だか議長だかの役割を演じてもいた――というような昔話を、どこかでチラッと目にしたような記憶もあったように思う。

――さて、いやらしい文章に引きずられてイヤらしい文体で書くのは、このあたりでやめにしよう。

この「作家」の主張については、かれ自身が責任を負えばよい。おまえは間違っている！　と、いまわたしがかれに言ったところで、「おまえこそ相変らずカッコつきの愚鈍なサヨクをやりつづけていて、よくもまあ飽きないものだ！」と、かれは言うだけだろう。わたしはただ、かれのこの文章が印刷された新聞紙の切り抜きを、黄色く色あせても茶色く変色しても、いつまでも保存しつづけて、そのかたわら、今後この「作家」が書く作品に、わたしの全関心の何パーセントかをついやして注目していくだけである。

では、問題は何か？

天皇について公然と発言することがタブーではなくなっている、ということだ。しかも、現在の天皇の死を予定して語る物言いさえもが、ゆるされている、あるいは奨励されている、ということだ。わが百姓作家が、どんな珍妙な原理を発見しようが、平安建都千二百年祭だの、遷都が京都にもたらす経済的文化的効果だの、富士山に月見草じゃあるまいし京都には天皇がよく似合うだのと、ラチもない駄弁をかれがいくらもてあそぼうが、そんなことはどうでもよい。しかし、「大嘗祭《だいじょうさい》」、これは、現在の天皇の死を前提としてしか考えられないことだろう。われわれ人間のあいだでも、たとえば家に九十歳になる爺さんがいて、そう遠くないまさかのときには公営の葬儀場にしようか冠婚葬祭企業に頼んで自宅で葬式をしようか、それとも有名なあのお寺で挙式（？）しようかと、家族がいろいろ頭を痛めることはあっても、そういう話は、ふつうは、当人の耳に入らないように配慮しながら、当分死ぬ気づかいのないもの同士で、ひそかに心づもりをするのである。ましてや、爺さんが遺《のこ》す予定のわずかばかりの遺産の分配を爺さんの面前で大っぴらに相談したり、表札を掛けかえる日取りを爺さんに聞こえよがしに決めたり、保険金で家を建てるための設計図を家族全員でキャーキャー言いながら考えたり——というのでは、まず当りまえの爺さんなら、うれしくは思わないだろう。意気沮喪して、それだけで死期を早めるか、それとも逆に、ヨーシ、こいつらがこういうコンタンなら、百五十までも三百までも生きてやるぞッ、と決心するかは人さまざまだろうが、いずれにせよ、当人にたいして人間的な思いやりを欠いた仕打ちであるとは言える。

ところが、天皇と呼ばれ裕仁と呼ばれる存在にたいしては、この仕打ちが許され、むしろ奨励されている観がなくはない。わが百姓作家が、「陛下、京都におもどり下さい」と直訴したてまつるとき、このヘボ作家は、だれにむかって懇請しているのだろうか? ヘボ作家の眼鏡にうつっている「陛下」は、いまヨタヨタと全斗煥に歩み寄り、いまグラグラと国技館の椅子のうえで揺れ、いまガクガクと国会議事堂内で詔書を読みあげている、あの、「陛下」なのだろうか? そうかもしれない。が、そうではないかもしれない。そうでなくとも、いっこうにさしつかえがないのである。というよりもむしろ、ヘボ作家のこのタワゴトに一抹の現実性があるとすれば、裕仁と呼ばれる「陛下」のあとを襲う次代の「陛下」の登場の瞬間こそが、「遷都」にとって、まずもっとも近い最初のチャンスだということくらい、百姓作家自身にもわかっているだろう。つまり、この百姓もどき作家、もしくは百姓作家もどきは、残酷にも、おまえが早く死んでくれればオレの夢はそれだけ早くかなうのだぞ、と、まだ死なずに生きている裕仁に呼びかけているのである。

2 「鏡としての天皇制」

作家もどきによるこうした呼びかけは、天皇の人間性を踏みにじるものだ——と言うつもりなど、わたしにはない。人間とは、マルクスをまつまでもなく類的存在であって、相互の、そして第三者をふくめた関係のなかでこそ人間でありうるのである。それゆえ、人間を人間として見つめることを決してしてこなかった裕仁には、踏みにじられることのできる人間性など、ありようもない。作家もどきが意識的にか無意識にかいだいている天皇観は、「天皇」を生きた個人として見ていないという点で、まことに現実にそくしている。そして、こういう走狗たちの筆や口を使って「天皇」の死や、「大嘗祭」や、「新元号」のことを大っぴらにしゃべり、Xデーと呼ばれる日々の下地を着着と仕上げつつあるものたちの基盤こそ、まさにそういう現実なのである。

天皇が生きた人間ではない、という事実は、いまや、またもや、この国の暗黙の常識になっている。かつて、敗戦後まもないころ、中野重治は、公式行事に臨んだ天皇夫婦が、そのあと家に帰ってどんな対話をするのだろうか——と、「人間」天皇の悲しみを思い描く作品を書いた。それは、中野重治の作家としての視線の深さを物語るアクチュアルな作品だった。しかし、そんな作品が裕仁のこころにまで届く可能性など、そもそも存在しなかったのである。中野重治が推測したような悲しみを本当に感じることのできる存在となるための唯一の機会を、そのころすでに裕仁は逸していたのだから。その唯一の機会とは、もちろん、大東亜戦争と呼ばれたあの「自衛戦争」の敗北ののち、みずからの名において殺害され凌辱され踏みにじられた数千万の人間にたいする責任をとることだった。そのかわりに、裕仁は「人間」となった。いまも「人間」なのだという。裕仁が人間でなどないことは、Xデーの請負企業から、「陛下、おもどり下さい」の作家もどきに至るまで、だれもが知っているにもかかわらず。

　人間であることを誇る必要など、もちろんない。人間には、そんな権利もない。ましてや、人間でなどない存在が「人間」天皇とか、人間の象徴とかのふりをして居すわるのを許している人間たちが、人間を誇るいわれなど、これっぽちもない。もうひとりの作家、野坂昭如は、「天皇神格化に拍車をかける卑しい中流意識」と題する文章（『朝日ジャーナル』一九八五年二月十五日号）のなかで、「もし天皇制に意味があるなら、それは、われわれの貧しさ、残酷さ、卑しさをうつし出す、鏡としてである」と、まことに的確なことを述べている。鏡がそのような姿をうつし出すとすれば、それはほとんどのばあい、鏡のせいではなく、そういう姿を鏡にうつさせるわれわれ自身のせいなのだ。ましてや、白雪姫に登場する魔法の鏡や、一九五〇年代の入口あたりまでは至るところの床屋《とこや》にまだあったいびつな鏡とは違って、昨今の鏡は、そこにうつった像が悪いという抗議など許さないほど性能が良いのが普通なのである。

　作家もどきは、なんと、「東に政治権力、西に天皇があった時代は、日本人の精神に測り知れない安定感を与えてきた」と言う。何を根拠にこう言うことができるのかは知らない。なにしろ、このさい、南北朝時代、等々といったややこしい動乱時代は考慮に入れない、というのだから。日清・日露の戦争も、十五年戦争と呼ばれる侵略＝自衛の戦争も、全共闘の誤謬も、すべては天皇が

「政治権力」と「一所」に暮らしたために生じた日本人の精神的不安定のなせるわざなのだ。そしてそもそも、分けることなどできない「天皇」と「政治権力」とをわざわざ区別して「一所」だの「東西」だのと識別する手間をかけねばならなくなったのも、二十回目の還暦たる千二百年祭が目前に迫っているところのあの平安京建設によって、「一所」が確固たる前例をつくられてしまったせいなのである。作家もどきは、そもそも平安建都千二百年なるものを祝賀してはならないはずではないか。

作家もどき自身を批判したり称揚したりすることがテーマではない、とさきに書いた。そう、そんなことがテーマなのではない。問題は、作家もどきのこの支離滅裂、この鈍感としか言いようのないしたり顔が、じつは、作家もどき一人のものではなく、天皇と日本人とを根底から支える共通の強固な礎石となっている——という事実なのである。そこには、もはや、鏡と、鏡を見る人間、という区別すら存在しない。こと天皇に関しては、支離滅裂な理不尽な、卑劣な醜悪な貧しい残酷な腐りきったかかわりかたをすればするほど、なんとなく、日本人の精神に安定がもたらされ、鏡とそれを見る自分自身とのあいだの越えがたい距離を忘れさせられ、それは鏡だ！と言う人間を人非人であると信じこむことができる。作家もどきは、これを、精神的安定日本人すべてにかわって、作家らしく、ことばで書いただけにすぎない。

3 「……のために」ではなく

だからこそ、正義のたたかい――という信念が、天皇制にたいするときほど無力なことは、めったにないだろう。相手にこそ正義があるから、ではもちろんない。天皇制と一体化して精神の安定を得るためには、もともとこれっぽちも正義など必要ではないからである。たたかいというものは正義のたたかいでなければならない、悪を懲らし正義が行なわれるようにするのが人間としてなすべきことである――などという信仰は、天皇制社会のなかでは一顧だにされないばかりか、一笑に付されさえもしない。

このことは、窮極的には党内闘争や「内ゲバ」と呼ばれる類似党派間闘争に行きつく道をしばしば歩んでしまう変革運動に、大きな教訓を与えてくれるはずである。自分こそ正義だ、という信念ないしは信仰がお笑い草でしかないような現実のなかで、いったい誰と、正義を競うことができるだろうか。言うまでもない。自分のほうこそ正義である、と信じている自己の同類と――でしかありえない。その「内ゲバ」を見物して、あいつらは人間じゃねえや、と眉をひそめる人間たちは、論理でも原理でもへったくれでもないような小理屈をこねまわして歴史の必然性などと述べたてる作家もどきと手をたずさえて、「陛下、おもどり下さい」と合唱し、おもどり下さる陛下の御目《おめ》を汚すような「浮浪者」をあたり一帯から叩き出し、両国《こく》の不幸な過去を思い出させるような人たちは陛下のお通りになる界隈から退去させ、場合によってはまた四十年あまり昔の幸せな過去のころと同様に日本刀でブッタ斬り、そいつらが家財道具もろとも残して逃げて行った跡地に恩賜・唱和記念公園でも造ってもらって、涙を流して喜ぶのである。こうすることに、正義だの何だのという理由づけは必要なわけがない。

天皇制にたいしては、いっさいの正義は無効である。天皇制のなかで、天皇制を支える礎石の一片として生きているわれわれにとってそうであるばかりではない。外から天皇制を糾弾する当然の権利をもった人びとにとってすら、そうなのだ。もっと正確に言えば、その人びとが、日本の天皇制を容認する立場をとる政治権力を自国で容認しているかぎり、そうなのだ。

アジアの民衆にかわって天皇制を撃つ――という考えかたは、それゆえ、天皇制をいささかも撃つものではない。「アジアの民衆」がみずから日本の天皇制を撃つことができる日は、その民衆自身が自国の天皇の友をみずから撃つ日である。アジアの民衆の友が日本で日本の天皇制を撃つのは、アジアの民衆にかわって、でもなければ、アジアの民衆のため、でもない。「……のために」というレッテルは、すでに天皇の側にとられてしまって久しい。「陛下のために！」――そこでは、それ以外のものの「ために」は、すべて無効となる。失礼な例だが、邪魔愚痴組だが逸痴話会だか皇誠会だかいう名の暴力団組織があって、そこの何代目かの組長（総裁）が組の若いモンに命令を下しても、唯一つ従われない命令があるのだ。「親分のためなら！」と横っ飛びにすっとんで行く――わけには行かない唯一の命令とは、もちろん「天皇を殺《や》ってこい！」という一言である。陛下の御《おん》為《ため》にヤスなり角栄なりを殺《ばら》すのであれば、死刑になろうが八つ裂きにされようが、志願者は掃いて捨てるほどいる。だが、天皇だけは、別の天皇の名のもとにでないかぎり、だれかのために一指もさされることがない。「アジアの民衆のために」であれ、天皇の名によって殺され奪われ焼きつくされたものたちのためにであれ、「ために」そのものが、たちまち相手の土俵にのせられてしまうのである。

　つまり、「……のために」という論拠はわれわれのものではありえない。これこそまさに天皇制のものにほかならないことを、われわれは知るのである。「だれそれのために」という、もっとも人間的なことばが、ここでは、このような状態におかれてしまっている。「だれそれのために」、つまり自分のため以上に誰か他の人間のためを思い、他の人間のために自分の身を動かし自分を消耗するという、類としての人間のもっとも本質的で貴重なありかたが、ここではこのように凌辱されている。凌辱されっぱなしで、わずかにただ、「……のために」が実現されるのは「……のために」生きるのではない生きかたを相互に発見し実現したときでしかありえないことを、われわれに物語ることしかできずにいる。

　もしも東アジア反日武装戦線のいくつかの部隊の実践が、従来の「……のために」型の連帯運動の域を出なかったとすれば、とうの昔に、いまよりももっと百倍も千倍も、天皇のために状況に呑みこまれたまま、人びとの記憶の果てに消え去っていたことだろう。日本人として反日とは何か？――これをみずからに問うことによって、かれらは、アジアの民衆はさておき（さておくことはできないが、とりあえずさておき）、少数の、ごく少数の「日本人」への通路を切りひらいたのである。切りひらいたのである、などとわたしが確認してみせるのもおこがましい。おこがましいというのはまず第一に、自分もかれらによって通路を切りひらかれたごく少数の「日本人」のひとりである、などと言うことはとうていできない程度にしか、わたし自身はかれらとの接触をもっていないからだ。そして第二に、かれらの思想と行動どころか、かれらの存在そのものについてさえ、知っているものは「日本人」のうちのごくごく少数にすぎない、という現実があり、この現実を揺り動かし変えていくことが自分にはほとんどできていない、という思いがあるからだ。そして第三に、あのかれらの実践と、そのあと獄中での想像を絶するほどの明確化と自己対象化の苦闘をもってしてさえもなお、「正義」と「……のために」を丸ごと収奪している天皇制を撃つことは至難のわざだ、と言わざるをえないからである。

「陛下、おもどり下さい!!」と誰もが絶叫し、その絶叫の根拠となるような理屈を歴史のなかから血まなこで掘りかえし、天皇と近いことに自己の生命のよりどころを求めようと必死になっているところで、天皇というありかたそのものを無くそうと提案したり、あまつさえそれを実行に移そうと試みることは、それらの人びとの生命を否定するに等しい。いまの天皇が死んだあとの新天皇の神事をどこで行なうかを、比べもののないくらい重大な問題として大声で論議している最中に、次代の天皇はもはやいないのだ、と不意につぶやかれれば、立っている大地が消えてなくなったようなショックを与えられるだろう。自分の生存を否定し、自分が立っている大地を奪い去るような相手とは、討論の余地などあろうはずもない。やられないさきに、やっつけるだけだ。生命は、皮肉なことに、どちらが重くてどちらが軽い、ということなどないのである。「おもどり下さい!」の作家もどきの生命など、羽毛のごとく軽やかであって、狼グループや大地の豚やKF部隊の生命は地球よりも重い——などということがあってたまるか。だとすれば、一個の生命の重さに軽重がないとすれば、勝負は量でしかないことは目にみえているではないか。これまた皮肉なことに、一九三〇年代当時の中国にほぼ六億の民があったとすれば、そのころ植民地を除く日本の人口は約七千万だったとしよう。すると、日本人は一人で約八人半の中国人を相手にしなければならなかった。生命に軽重はないから、一個の生命を守るために日本人は一人で八人半の中国人を殺さねばならなかったわけである。いま、「陛下、おもどりください」ならびに「陛下、いつまでもここにいて！」ならびに「陛下、つぎは我が県へ！」ならびに「陛下、せめて皇都は廻りもちで！」等々の精神安定型日本人の合計数と、「天皇制は卑しさの鏡」から「戦犯天皇処刑」にいたるまでの精神不安定的日本人の総計との比率が、一九八五年三月十日現在で仮りに百対一であるとしよう。すると、理の当然（歴史の必然）として、少ないほうの一人は、同じ重さをもった生命の百個分と比べて百分の一の重さしかないわけだから、虫ケラのようにひねりつぶされて当りまえ、ということになる。百対一というのは、一目で非常識とわかるくらい内輪な見つもりであるから、本当は、この比率は一万対一、ひょっとすると百万対一くらいかもしれないが。

こうして、場合によっては一人が八人半を殺し、場合によっては千人一万人が一人を殺す、というのが、天皇制の原理なのだ。東アジア反日武装戦線のことを考えるたびに、わたしは、かれらの一人一人がそれぞれ相手にしなければならない一万人のことを考えてしまうのである。

4　十万対一の現実のなかで

一万対一なり十万対一なりの、一万なり十万なりの側にわれわれ自身もいるのだ——とか、少なくともその一万なり十万なりを支えているのはわれわれ自身ではないか——とか、われわれの内なる天皇制——とか、しゃべろうと思えばしゃべらなければならないことは、それこそ山ほどもある。だが、われわれは、ほんとうに、そういうことを、まず、しゃべらなければならないのだろうか？　アジアの民衆にたいして、贖罪することなど、われわれにはできない。裕仁にかわって詫びることはもちろん、われわれ自身の行為の（過去および現在および未来の行為の）つぐないを、行為とは別に、なすことなどできるはずもない。しゃべることで、犯罪は帳消しになるものではない。

だが、われわれがしゃべることをやめれば、現実は変わるか？　変わる。大いに変わる。「大嘗祭」についてしゃべり、「遷都」についてしゃべり、Xデーの数々のプランについてしゃべる人間たちの期待するような方向に、現実は変わるのだ。天皇制と天皇について、しかも現に余命をたもっている天皇の死と死後のことについて、大っぴらにしゃべる雰囲気をつくりだしたことは、かれらにとって、まず第一の大きな成果だった。これは、あるいは、一九六〇年の安保闘争をまえにして正田美智子と皇太子明仁とのパンダ式結婚で「人間皇室」「庶民皇室」のイメージを醸成しおおせたときにもまして、それとは比べものにさえならないほど、大きな成果だったかもしれない。それに反して、「鏡」から「処刑」にいたる反対派は、天皇のことに触れるとトタンに孤立する、という状態を甘受しつづけてきたのである。天皇一家の首が辞世の句とともにスッテンコロコロと転がる夢をみた、という小説を書いただけで、その著者どころか出版社の社長の私宅のメイドさんまでが生命を奪われるというのに、荒川鉄橋に導火線を敷設しかけて途中でやめた、という伝説があるとかないとかいう小説を書いただけで、本名も居所も明らかにできぬまま作者が地下潜行を強いられるというのに、なぜ、現実の生きた天皇が死んだことを想定して語られる大声の謀議が、大手をふってマスコミを闊歩できるのか。

東アジア反日武装戦線の実践は、いま、天皇の死が当然のこととして語られる状況が現実に行きわたったいま、天皇の死とそれにともなういっさいの神事（政治権力そのもの）を当然のこととして「国民」がすでに受け入れさせられているいま、このいまこそ、全貌をわれわれのまえに現わそうとしている。Xデー企画者たちの実質的な殺人予備罪、共同謀議と、反日武装戦線による裕仁処刑未遂とのあいだに、どのような違いがあるのか。そして、「多数の死傷者」を出してしまった企業爆破と、一人で八人半を殺すのでなければ勝利は絶対にありえないことが最初から明らかだったあの自衛戦争とのあいだに、どのような共通点があるのか。敗戦後はじめての政治犯にたいする極刑判決となった東アジア反日武装戦線への政治権力の対応は、権力なりの明確な回答である。それにたいして、われわれの対応は、どのようなものでありうるのだろうか？

なに？　権力？――という声がきこえる。おまえは権力権力と他人事のように言うが、おまえの内なる権力、権力の一要因としての自己の存在の根拠について無感覚ではないか。権力とは汝自身のことである、というわけだ。なるほどそうでもあろう。自分は権力とは絶対的に無縁である、など考えるとすれば、それは、一対一万、一対十万の、一万なり十万なりの側とは自分は無縁だ、と考えるのと同質の思い上がりだろう。疑いもなく、わたしは一万、十万のなかのひとりである。少なくとも、その一万、十万の人びととわたし自身のかかわりかたがまだ不充分だからこそ、一万対一、十万対一という構図がまだ生きつづけているのだ。疑いもなく、そのわたしは、このようなありかたの権力に責任を負っている。このようなありかたで権力が生きつづけている責任の一半はわたし自身にある。それは否定すべくもない。とりわけ、正義と不正という座標軸そのものを無効にする天皇制社会のなかで、権力イコール悪として自己をその対極に置くことなど、できるはずもない。

けれども、では、わたしが拒否し否定し廃絶をめざす権力は、この現実のなかには存在しないのか？　存在するだろう！　それが存在することは、日常生活のあらゆる出来事のなかに示されている！　わたしが権力の一要因であるとしても、その一要因であるわたしの意思からは超絶した動きかたをするものならば、権力はわたしにとって、当然のことながら、敵対物である。わたしが権力の一要因であるということは、だからこそわたしが権力にたいしてわたしの意思を主張しうる根拠となりえても、だからわたしは権力の意思を甘受しなければならぬ、という理由にはなりえない。そんなことがまかりとおれば、ストライキさえできなくなろうではないか。政府や財界の施策に疑問を投げかけるのは非国民だ、人非人だ、ということになろうではないか。そして、日常の生活のなかでわれわれが目にし耳にする現実の出来事は、一要因としてのわたしの意思を踏みにじり、もっと悪いことにはすすんで唱和する精神状態（精神の安定性）へとわたしを追い込むような、強権力の策謀にみちみちている。この策謀の頂点に天皇が位置していることは、たとえば議会制民主主義という擬制の枠組さえも、天皇にたいしては無に等しいという事実、主権者なりとされる国民の、その代表たちのそのまた代表たるべき国会議長が背中を見せることすら絶対に許されない天皇という事実が、如実に示している。自己の内なる権力、なるものは、この如実に示されつつある事実をわたしが甘受し容認してしまうところから、始まるのである。そして、一万対一、十万対一の状況は、この如実に示されつつある事実を甘受し容認し支持する人びとにたいしてわたしが何ごともなしえないことから、始まるのである。

如実に示されつつありながら如何ともなしえないこの事実にたいして、それでもなお何ごとかをなそうとするとき、その試みは、さしあたりまず、一万倍なり十万倍なりの人びとに敵対する犯罪という姿を押しつけられてしまう。権力が人びとにたいして大きな支配力をもっていればいるほど、その権力の具体的な支配は人びとの日常生活のごく微細なひだのなかにひそんでいる。権力に実践をもって立ち向かおうとするものの目には、ともすれば、まずさしあたり、巨大な権力の中枢部なり象徴なりしか入らない。この巨大なものに正面から立ち向かうことには、もちろん、絶対に、重要な意味がある。しかし、その意味ある対決は、しばしば、あまりにもしばしば、人びとの日常生活のごく微細なひだを見落とし、これに足をとられてしまうのだ。このとき、政治犯は、人殺しとされ、人非人と言い立てられるのだ。

政治犯だって？——と人びとは問い返すだろう。あいつらは、オフィス街で、善良な国民を巻きぞえにしたんだぜ。そりゃあ、たしかに、オレだっていまの社会がこのままでいいとは、思っちゃいないよ。でもさ、手段が間違ってるんじゃないの？　言論でやらなきゃ、言論で。なんしろ日本は、世界でいっちゃん言論の自由が保証されてる国なんだからね。

言論の自由が保証されている。その点で、日本が世界で類を見ないほど自由であることは、認めなければならないだろう。言論があまりに自由であるために、マルクスでさえも日本では骨抜きにされてしまったほどなのだから。なにしろ、マルクスは、生涯の著作のなかで、「天皇制の廃絶」に言及する必要がなかったのだから。世界でいちばん自由な言論が保証されているという日本では、天皇にかんする言論であるかぎり、世界でいちばん不自由な言論しか、許されていないのである。そして、たとえひとつでも不自由な領域が存在するかぎり、言論は（そして人間は）自由でなどないのである。

言葉が実行行為と等価でありうる、あるいは逆に行為が言葉と同質の重みをもちうる、ということを、われわれは、天皇を問題とするとき、身をもって知る。だからこそ、『風流夢譚』や『パルチザン伝説』の作者たちは、自分が発した言葉にみあった実践的反応を引きうけねばならなかった。だからこそ、東アジア反日武装戦線のメンバーたちは、自分たちが実践した行為にたいして、その後こんにちにいたるまで、それと同質の重みをもった言葉での明確化・対象化を、試みつづけねばならなかった。この対象化によってはじめて、東アジア反日武装戦線とその友人たちや支援者たちとのこの共同作業によってはじめて、われわれは、巨大な権力と、その権力の具体的発現としての日常生活の微細なひだとを、結ぶ手がかりを見出そうとしている。一方では、予定される既定の死を武器として「天皇」が日常を支配しつくす状況を巨視的にとらえ、他方では、オフィス街で爆死したサラリーマンたちの日常をわれわれやわれわれの先行者たちの日常の生死と重ねあわせる微視的な視線を、少なくともそのきっかけを、われわれは手にしはじめている。

5　あなたの隣りに政治犯！

あの作家もどきをも含む日本の作家たちは、歴史の必然に思いをいたすことはあっても、現在をも歴史のひとこまとしてとらえることはめったにない。ややこしい動乱時代は、もともと歴史の必然の埒《らち》外にあると考えているのみならず、現在もまたそのややこしい時代なのかもしれない、とは夢にも考えない。と同時に、歴史の必然が支配するかぎり日本人は精神の安定性の状態に生きているはずであり、政治犯などはどこか外国の物語にしか登場するはずがない、と信じている。ペン・クラブなどでは、例会があるたびに、年中行事のひとつとして、「政治犯の救援」についてのアピールを採択したりする。もちろん、これは結構なことだ。しかし、日本ペン・クラブも、国際ペン大会に出席する日本代表者たちも、政治犯救援アピールに双手をあげて賛成するとき、政治犯は日本にもいることを、まるっきり忘れているのである。朴政権や全政権やマルコス体制やピノチェット独裁や収容所群島システムに反対し、その反対を実践に移した各国政治犯たちと、日本の天皇制体制に反対し、それを実践に移した政治犯たちとを、同じ平面に並べて考えてみることなど、かれらには思いもよらないのだ。

これを同じ平面に並べてかれらにつきつけるのは、もちろん、われわれのなすべきことの、しかも緊急になすべきことの、ひとつである。そのさい、しかし、旧来、少なくとも明治維新後の日本では、天皇にたいするたたかいは政治犯罪ですらなかった——という事実を、過小評価するわけにはいかないだろう。不敬罪も大逆罪も、厳密に言えば政治犯罪ではなかったのだ。まことに、陛下と政治権力とは「一所」ではないわけだ。このことは、歴史上の過去の事実ではなく、いまなお生きている事実なのである。この点でもまた、東アジア反日武装戦線の政治犯たちは、孤立した存在ではない。天皇制にたいして実践的に反対したのはかれらが最初ではなかったことを、それこそ日本の歴史のなかから具体的に明らかにする作業が、かれらを日本にもいる政治犯として明らかにする作業と不可分に、これまでにもまして深められなければならない。東アジア反日武装戦線の思想と実践を特殊視するのではなく、日本の近代総体のなかで普遍化すること、少なくとも、「陛下、おもどり下さい」の伝統とともに、その伝統と同じ現実のなかに生きつづけてきた「天皇制廃絶」の伝統のひとこまとして、歴史のなかに位置づけること——これも、獄中と獄外を結ぶ長い討論のなかで、なされるべきことのひとつだろう。そしてこれは、東アジア反日武装戦線に新たな生命を吹きこむ作業にとどまるものではない。困民党や大逆事件、等々は言うにおよばず、進出自衛戦争で「陛下」のために殺し殺されるかわりに戦線を離脱した兵士たちや、パンダ式結婚のパレードの馬車に飛びかかった少年や、一般参賀の天皇一家めがけて石や糞尿を投げた少年や元兵士たちの、抹殺されようとしている実践にも、いまと未来の光にてらして生命を吹きこむ作業なのだ。

　これらは、いずれも、専門的・知識人的な、いわゆる理論化の作業ではありえないだろう。だれかその道の専門業者にゆだねておけばよい、という作業ではありえないだろう。「反日」理論を認めるかどうか、とか、「反日」を踏み絵にするとかしないとかいうことは、それも重要でないとはいわないが、本質的なことではないはずだ。おまえは「反日」主義者か？——と問われれば、わたしは、ハイと答えるにしては頼りないし、イイエと答えるには臆病すぎる。いわんや、自分で「反日！」などと叫んでまわるほど、「日」という字にも「反」という字にも親しみがない。まあ、どちらかといえば「反日！」などと叫ばずにすむなら叫ばずにすまして、そのかわり、天皇の死が大っぴらに語れるようになった状況をフルに活用しつくし、天皇にとって可能なのは皇居の畳の上（あるいは寝台の上？）の平安な死だけではなかったこと、天皇の死のあとに来るのは次代天皇による「大嘗祭」ではない可能性だってありうること、そして、皇都は東↓西か一所かのどちらかであるのが歴史の必然であるわけではなく、およそ「皇」の字がつくものはすべて歴史的遺跡か廃墟となることもありうるのだ、ということを、Xデー・キャンペーンのせめて千分の一くらいの声で、語りつづけたい。

そのなかで、いまはまださしあたりぜひとも殺させてはならない遠い友人である東アジア反日武装戦線の「被告」たちが、具体的に共同作業をしていく近い友人に変わるかもしれない。いや、「反日！」とは言えないわたしでも、せめて、そうするなかでかれらの友人のひとりに変わるかもしれない。そのとき、しかしわれわれは、「反日」という言葉そのものを歴史のひとこまの記念として、そのかわりもっと別の、真に千倍万倍の隣人たちの胸に食いこむ新たな言葉で、自己と隣人たちを表現しえているにちがいない。「陛下、おもどり下さい」という懇願でしか自己表現のできない作家もどきや、この作家もどきがタカをくってそこに依拠している千倍万倍の「日本人」が、「もうここに来ないでくれ、もうここから出ていってくれ」(どこへ?)と天皇に呼びかけるためには、「反日」や「天皇処刑」ではない新たな言葉がわれわれに必要だろう。

だが、それが必要であることにわれわれが本当に気づくためには、反日武装戦線の実践が必要だったのだ。新しい言葉をともに発見するためにも、かれらを殺させてはならない。われわれ自身のためにこそ、かれらを生きさせなければならない。

(一九八五・二・八記。『インパクション』34号)

〔資料〕

東アジア反日武装戦線――日本の政治犯への死刑重刑攻撃に「否」を！（海外への呼びかけ）

（この文章は、一九八六年春、「東アジア反日武装戦線に対する死刑重刑攻撃反対京都連絡会」（仮称）によって、海外向けの呼びかけのための原文として共同で作成されたものである。外国語への翻訳を念頭においているため、日本語として生硬な箇所もあるが、マス・メディアで扱われることがほとんどない「東アジア反日武装戦線」とそれをめぐる状況について、その概略を伝えているので、同連絡会の同意を得て、ここに再録した。「連絡会」では、とりあえず英・独・仏語の文章を用意している。海外の友人・知人あてに送ってくださるかたは、下記のアドレスまでご連絡いただきたい。）

1

一九七四年八月三十日午後〇時四十五分、日本の中心的オフィス街、東京丸の内の一角で、仕掛けられていた爆弾が爆発した。標的とされたのは、三菱重工東京本社の建物だった。あたりは、破壊された窓ガラスの破片と、死傷者の血で覆われた。

三週間後、「東アジア反日武装戦線〝狼〟情報部」と署名した声明文が、マス・ジャーナリズム各社に送られてきた。声明は、とりわけ、三菱資本を頭目とする日本帝国主義諸企業の「発展途上国」への経済侵略をきびしく糾弾し、海外での活動の停止と海外資産の放棄を要求していた。

一九六〇年代末以来の日本の階級闘争、反体制運動の鋒先がついに日本独占資本の中枢部に向けられたこと、そしてこの攻撃が多数の死傷者を出したことから、マス・ジャーナリズムは、こぞって、「無差別テロ」「思想性なき爆弾魔」というキャンペーンを展開した。もちろん、爆破者たちが(のちに明らかになったように)人身への被害を最少限にくいとめるために行なった三菱本社への事前通告についても、また、そもそも彼らがこの爆破によって人びとに何をうったえようとしたかについても、マス・ジャーナリズムは口をつぐんだままだった。「東アジア反日武装戦線」の諸グループは、その年の秋から翌年の春にかけて、三井物産(大地の牙グループ)、帝人中央研究所(狼グループ)、鹿島建設PH工場(さそりグループ)、間《はざま》組本社営業本部、コンピュータ室、大宮工場(三グループによる同時行動)、など、過去も現在も日本帝国主義の「第三世界」侵略を最先端で担っている諸企業を重点的に標的とした爆破行動をつづけた。

東アジア反日武装戦線の主要メンバーが、約一年の闘争を経て警察権力の手で捕えられたのは、一九七五年五月十九日のことだった。逮捕者のなかには、メンバーでもない荒井まり子さんが含まれていた。斉藤和君は、隠し持っていた青酸によって、逮捕直後、自死をとげた。荒井まり子さんの姉、なほ子さんは、それから十日後、警察の不当な捜査やマス・ジャーナリズムの横暴のために、みずから死を選ばねばならなかった。

こうして、治安当局と侵略企業にとって、東アジア反日武装戦線の事件は、無事、一件落着となるかに思われたのである。

2

ところが、メンバーたちにたいする取調べの過程で、治安当局と日本の支配者層を驚倒させるようなひとつの事実が、明るみに出てしまったのだ。彼らの驚きと恐怖がいかに大きかったかは、彼らが一貫してこの事実を隠蔽しようとしたことからも、推測できるだろう。

その事実は、グループの「自供」後、四ヵ月も経てから、『朝日新聞』によってスッパ抜かれた。それは、「虹作戦」と呼ばれるひとつの計画で、すなわち天皇ヒロヒトの専用列車を爆破する計画だったのである。

実行の直前に中止されたこの計画で使われるはずだった爆弾こそ、その半月後、三菱重工本社で爆発したものにほかならなかった。一九七四年八月十四日、敗戦記念日前日に天皇を爆殺することを計画して果たせなかった東アジア反日武装戦線メンバーたちは、翌八月十五日に韓国で起きた在日韓国人青年による朴大統領暗殺未遂行動に刺激を受け、天皇処刑のために準備した爆弾を、侵略企業爆破に用いることにしたのだった。

アジアへの侵略と反革命の歴史である日本近代史にみずから決着をつけるべく計画されたこの「天皇暗殺計画」は、国家権力にとって、その具体性、現実性ゆえに、大きな衝撃だった。企業爆破とともにこの天皇爆殺計画の重大性を強調して、七九年十一月の第一審判決は、大道寺将司、益永(旧姓＝片岡)利明君に死刑、黒川芳正君に無期懲役、メンバーではなかった荒井まり子さんには、「精神的無形的幇助」なる罪名で、懲役八年の刑を宣告した。(彼らより遅れて八二年七月に逮捕された宇賀神寿一君にたいしては、八五年三月、懲役十八年の一審判決が下されている。)

八二年十月二十九日、二審で控訴棄却の判決がなされ、現在、彼らにたいする裁判は、最高裁での審理の段階にあり、近く予定される判決で、彼らにたいする死刑・重刑の判決が確定しようとしている。

3

東アジア反日武装戦線の行動は、マス・ジャーナリズムによる「爆弾魔」キャンペーンと、一般的なテロ・アレルギーにもかかわらず、日本の各階層の人びとのあいだに、少なからぬ関心を惹き起こした。その理由は、何よりもまず、東アジア反日武装戦線のメンバーたちが、日本と日本の民衆のうえに重くのしかかっている過去と現在の「第三世界」への侵略と、この侵略の柱であり根である天皇制とを、具体的な行動によって問おうとしたからである。彼らの闘争が死傷者を出してしまったことにたいして、彼ら自身が獄中で深刻な自己批判を重ね、その自己批判の過程と結果とを、獄外の友人や支持者たちと共有しようと努力したことも、彼らの思考と行動が、彼らだけの閉ざされた営為に終わらなかった大きな理由のひとつだった。だが、彼らが日本人という自己の位置を東アジア民衆の位置へとズラしてしまったのではないか、という危惧をもふくめて、彼らが行動をもって問うたものから、我々は目をそらすことはできないのである。

根底的な問いと行動にたいする「見せしめ」の処刑と、事実上の「大逆罪」の復活ともいうべき今回の彼らにたいする司法的攻撃にたいして、いま、日本各地で、これに反対し彼らを支援する運動がくりひろげられている。死刑制度そのものに反対する運動の観点からも、支配権力に彼らを裁く資格はないとする立場からも、その他さまざまな見地からも、「彼らを殺させるな！」という運動がなされている。日本人である我々にとって、この運動は、彼らが「問いかけたもの」（帝国主義のアジアへの侵略、天皇制問題、戦争責任の問題、等々）を批判的に継承し、彼らの生命と生活を我々のもとへとりもどす、という目標にむかって続けられるだろう。京都の地においても、我々は、この目標への道のひとこまとして、「東アジア反日武装戦線に対する死刑重刑攻撃反対京都連絡会」（仮称）を結成し、国内外の多くの人びとに彼らの存在と彼らの思想と行動について知ってもらうための活動、さらには彼らへの死刑重刑の確定を阻止するための広範な運動を、くりひろげようとしている。

ドイツ（イギリス、アメリカ、フランス、等々）の友人のみなさん！　どうか、日本の政治犯たち、東アジア反日武装戦線のメンバーたちに目を向けてほしい。経済と文化の侵略によって昔も今も虚妄の「繁栄」をほしいままにしている日本社会に、そのような自分たちのありかたそのものに、実践によってみずから「否」をつきつけた彼らが、いま、「殺人魔」の名のもとに葬り去られようとしていることに、どうか「否！」の声をあげてほしい。彼らが問うたのは、直接的には、個別日本の、個別具体的な問題であるかもしれない。しかし、その個別的な問いのなかには、この世界総体のありかたにかかわる共通の問題があると、我々は考える。さらにくわしい経過や資料についてのみなさんからの問いあわせに、我々はよろこんで答えるだろう。

どうか、目を向け、声をあげてほしい。もうあまり、時間がない。

（連絡先＝京都市左京区田中門前町96の2　オデッサ書房気付「連絡会」）

Ⅲ

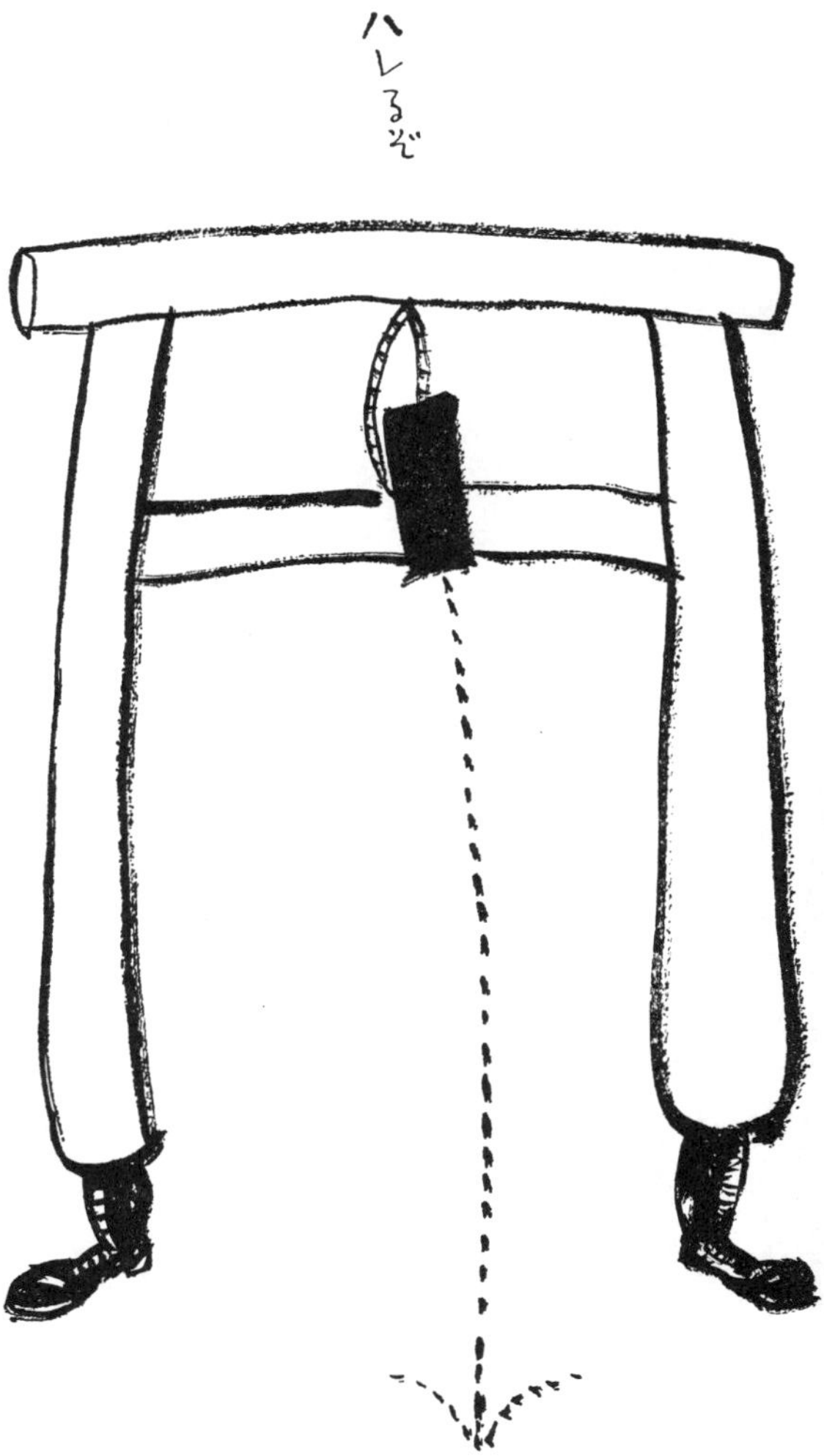

ロング・セラー！ダサくてナウイよせんぱんひろひと
最長不倒無印良品人間天皇
マスコミのなかの天皇像

1 何が生きつづけているか？

今日は先ほどから何度も報告されていますように、われわれの非常に大切な友人たちがまったく理不尽な、だいたいみんな理不尽ですけれども、理不尽ななかでも非常に理不尽な逮捕のされ方をして、まだこれからも、反天皇制の運動が力をもってくればくるほど、おそらくそういうことがつぎつぎと起こるんじゃないかと思います。

まさに一方的な挑発と一方的な逮捕、これははっきり今日のデモ、集会、そしてこの集会の趣旨そのものに対する弾圧だというふうに思うわけです。で、そういうなかにあって、いわば緊迫した状況の最中に、こういう「マスコミのなかの天皇像」みたいなことを呑気に話そうというわけなんですけれども、このタイトルそのものはいわば仮のタイトルであって、何をここでみなさんと一緒に考えていきたいのかといいますと、しばしば言われる、戦前、一九四五年八月、日本が戦争に敗れるまでの天皇制と、その後のいわゆる戦後民主主義のなかでの天皇制、そしてわれわれが生きている今のなかにある天皇制、というものの連続性あるいは違いという問題について、もう一度考えてみたかったんです。

手がかりになるのは、われわれにとって天皇および天皇制というものはどういうふうに「見せられる」か、われわれの前にどのように出されてくるか、ということを通してしかあり得ないわけです。なにしろわれわれは天皇とは親しくないわけですから。それを手がかりにしながら、今、何ができるのだろうかということを自分なりに考えてみたいと思っています。

天皇制に対する闘い、実践を真摯に進めてきておられる方々、あるいは理論的に天皇制の問題とずっと深く、長く関わっておられる方々がたくさんおられるなかで、ぼく自身、ここでみなさんと一緒に考えられることは、きわめてわずかしかありません。そのわずかなことというのは、ぼく自身の一種の自分に対する課題としていつも考えることなんですけれども、自分が生きていなかった時代、自分が生きていなかった世の中というものを、今生きている自分が捉え直してみたいということ。つまり、ぼく自身は敗戦の年にまだ小学校に入っていませんでした——純粋ないわゆる過渡的戦後民主主義の世代、しかも第一回の世代です。したがって、いろいろ話に聞いたり、本を読んだりすることを通じてしか、戦前、戦中の天皇制についてはまったく知らないわけです。しかし、その知らない時代に自分が生きてみたいといいますか、その知らない時代の現実というものに手を伸ばしてみたい。

これはこのあと、今日、ここにも多くおられるわけですが、戦後民主主義がもう終わって後、つまり中曾根の戦後政治の総決算という時代が始まるなかで、自分なりに何らかの手探りを始めているこれからの若い人びとにとってもまた、われわれのような年寄りが生きて来た時代というのは、自分では体験することができないわけですが、あとでその時代に手探りで近づくことは、どうしてもやり続けなければならない。次々にそのような作業がなされなければならない。その一コマとして、ぼく自身は戦後民主主義にどっぷりと漬かりながら生きてきた世代の人間なんですけれども、知らなかった過去のことをいろいろな手がかりを通して、もう一度よみがえらせることから始めてみたいと思います。

過去のことという言い方をしたのですけれども、天皇制に関しては何度も何度もさまざまな方が述べておられるように、過去のことではないわけですね。これは別に抽象的に過去のことではないのではなくて、戦前、戦中の天皇制というものは、われわれの今のなかに生きている。それは何も抽象的な言い方、比喩として言っているのではなくて、現実に、たとえば日本の主として農山漁村の多くの家庭には今なお「御真影」が掲げられている。そしてそういう「御真影」と称するものを掲げている家庭の多くには、それに並べて皇太子と正田美智子、皇太子夫婦の写真がやはりある。さらには明治天皇夫婦の写真まで一緒におかれている家さえまだあるわけですね。これは現実にあるわけです。

そういう意味で、天皇制というものを考える時には、ただ単に理念の問題ではなくて、生活のなかに形で、物質としてまだそういうものが生き続けているそういう現実を抱えこんだなかでわれわれが生活しているんだということがあると思います。もちろん、その「御真影」と称するものが依然として掲げられている家庭が少なからずあるからといって、戦前、戦中の天皇制というものがそのままで生き続けているとは、誰も考えてはいないわけです。神であった天皇が「人間天皇」へと変わったのが戦後の天皇制である。これはしばしば言われている。そしてまた、それは現実でもある。

しかし、その神であった天皇、現人神《あらひとがみ》といわれた天皇が「人間天皇」に変わったということは、われわれの誰もが本気でそのまま認めていることではやはりない。つまり、「御真影」がいまだに掲げられ続けている、その現実のなかで天皇は決して現人神から人間天皇に生まれ変わったという側面だけをもっているのではないだろう。これは誰もが漠然とではあれ感じている。だれひとり、天皇がわれわれと同じ人間だとは思っていないわけです。しかし、戦前、戦中の天皇と同じでは、やはりない。では、何が戦前、戦中の天皇制と今のわれわれの天皇制のなかで変わったのか。そのことを具体的に点検することをやはりしないと、何も話は始まらないように思います。多くの方がいろいろな観点からそういう作業をしてこられましたが、ぼく自身はマスコミにあらわれた天皇像という側面から、変わったものと連続性とを点検してみたいと思います。

2　竹の園生の弥栄

戦前、戦中の天皇制のなかでも、天皇という存在は、それにもかかわらず人間としてしか、実体としてしか、「国民」の前に姿を現わすことができなかった――という事実からまず出発しましょう。今、戦後の民主主義のなかで生まれ育った人間には、現人神といわれた、神といわれた天皇というものは、直視するのも恐れ多い、直視することもできない存在だった、というイメージが強いのではないか。お年寄りの体験が多くの人によって語られているわけですけれど、それによると、たとえば天皇の車が通っていく時には、とうぜん最敬礼をして下を向いているわけですから、車が遙か向うに行ったあとに始めて頭を上げることを許される。したがって、天皇は見られない——つまり、非常に遠い、高いところにいた絶対神というふうに、ぼく自身も戦前、戦中の天皇というものをずっと長く思い続けていたわけです。

それに対して、戦後のいわゆる人間天皇というものが、相反する、相対するものとしてぼく自身のなかに長くイメージされてきたわけです。ところが、その直視してはいけない、見たら目がつぶれる、これはそういう言い方がされたわけですが、目がつぶれるといわれた天皇、皇后、あるいは皇太子、そして天皇の母親である皇太后、そういった天皇一族というのは、実は戦後のイメージから思い描くよりも遙かに多く、国民といわれたわれわれの先輩たちの前に姿を現わしているんですね。それは「御真影」という、いわば神棚の神様という形だけではなくて、日刊の新聞紙上にしばしば天皇および天皇一家は身をさらしているわけです。

戦後、特に六〇年安保の前後から週刊誌が天皇一族を取り上げて、いわゆる「親しまれる皇室」というイメージをつくりあげるのに一役かってきたあの天皇とその一家の、週刊誌・マスコミへの登場というものの対極にわれわれがおそらく思い描くであろうような、見ることができない天皇および天皇一族ではなくて、まったく逆に、事あるごとに、文字通り事あるごとに天皇およびその一家は新聞の上に写真としてしばしば登場していたのです。

たとえば、こういう……これはこの日づけ通り読みますと、昭和十九年一月一日、つまり一九四四年、敗戦の前の年の一月一日には「決戦の年・仰ぎ奉る皇室の弥栄《いやさか》」というタイトルで、天皇がこういうふうな軍服を着て立っている写真が出ています（写真1）。そしてさらにはその同じ年、昭和十九年十二月八日、つまり開戦三周年の日にはやはり今度は海軍式の服装で、「聖戦三年、畏《かしこ》し万機ご親裁」、つまり何もかも天皇がじかに判断を下して今の戦争を遂行しているんだという見出しですけれども、そういうふうに天皇が登場している。

天皇がただ登場するだけではなくて、たとえば昭和十七年一月一日、つまり開戦からほぼ二週間あと——開戦は一九四一年の十二月八日、太平洋戦争の開始です——この一月一日の読売新聞は、真珠湾攻撃の時の空中写真を第一面の全面に載せていて、二面にはこういうふうに天皇と皇后と皇太子と皇太子の姉や妹たち、天皇には六人の子どもがあったわけですけれども、天皇、皇后と六人の子どもたちの写真をこのように載せている（写真2）。その頃の言葉でいうと「竹の園生の弥栄え」というそうなんですけれど。つまり天皇一家のことを、竹、竹藪の竹、つまり竹というのは長いこと枯れないわけですね。次々と筍ができて竹になる。そういう非常に長寿で連綿として続くめでたいものとして天皇一家のことを形容するわけですが、こういうふうに天皇一家はしばしば人びとの前、つまり国民といわれたわれわれの先輩たちの前に姿を現わしている。

一九六〇年のあの安保闘争の前後にマスコミが意図的に「ミッチーブーム」、正田美智子と皇太子の結婚をダシにミッチーブームというのを煽り、そしてその皇太子と美智子の間に生まれたあの浩宮徳仁を「ナルちゃん」という愛称で呼んで、「人間」のイメージを流した時に劣らずしばしば、戦争当時の新聞に天皇たちは身をさらしているわけです。

決勝の年・仰ぎ奉る皇室の彌榮

聖上寶算御四十四の佳春

松平宮相謹話

宵衣旰食

『読売報知』1944年１月１日（写真１）

『読売新聞』1942年1月1日（写真2）

こういうふうな、直視するのも恐れ多いというふうなイメージではなくて、常に天皇というのは国民の前に姿を現わしていたということを、まずぼくはひとつ事実として押さえておきたいと思います。いわゆる「現人神としての天皇から人間天皇へ」といわれた変化というのは、実は必ずしもそうではなかったのではないか、ということなのです。つまり、かれら夫婦の間にできた子どもがゴチャゴチャと六人いて――別にこれは子どもの多い人のことを悪口を言っているわけではないのですが――その六人生まれた子どもたち、一家をみんなの前にさらすということは、すでに繰り返し繰り返し行なわれていたわけです。

しかも、この新聞にあらわれる天皇およびその家族たちは、非常におもしろいことに、おもしろいという形容はあまりよくないですが、非常に興味深いことに、戦争の局面が、つまり戦局が重大化するにつれて――重大化というのは要するに敗色が濃くなってきたんですね。最初の一年はいわば破竹の勢いで次々とシンガポールであるとかフィリッピンであるとか、そういうところを陥落させた皇軍、つまり日本帝国の天皇の軍隊、皇軍の進撃の度合がゆるくなり、さらに撤退、あるいは玉砕、転進という報道が新聞の紙面に次々と登場するようになるにつれて――天皇はますます新聞にしばしば身をさらすようになってきます。これは非常に興味深いことだと思います。

3　陛下には……御八回にわたって

では天皇は具体的にはどういうふうな登場の仕方をするかというと、天皇が一生懸命、寝食を忘れて、文字通り寝食を忘れて、とりわけ暖房のない部屋、まったく火の気のない部屋で一生懸命に政治を執り行ない、そして軍部の最高幹部たちから戦況の報告を受け、みずから大きな精密なアジアの地図を広げて、今の戦況を事細かに検討しているという、そういう記事が繰り返し、繰り返し載るようになります。

たとえば昭和十七年、一九四二年の十二月八日、太平洋戦争の宣戦布告がなされてから一年あとの、ちょうど一周年記念の新聞にはこういうことが書かれています。「皇祖皇宗の神霊上に存します――大戦果を挙げて迎へた宣戦一周年」という見出しなんですけれども、そのなかでどういうことが書いてあるかというと、あの一年前の宣戦布告を行なった開戦当日は午前二時すぎに、東郷外相に「拝謁仰付《おおせつ》けられ」つまり東郷外相から「戦争を始めた」という報告を聞いたわけです。それが十二月の八日の午前二時だった。一時間余りにわたり火の気もない表御座所で「奏上を聴召《きこしめ》された御のち」、つまり報告を聞いた後、寝る間もなく、今度は午前六時から大本営の陸海軍部より開戦の第一報を「御聴取」になって、十時十五分には枢密院の本会議に親臨、等々。そういう激務を開戦当日も行なったのだけれども、開戦一年後の今は何を天皇がしているかというと、「聖戦一年間の戦況については侍従武官を経て刻々御聴取遊ばされるほか」、陸海大臣、その他の奏上をきこしめされて、「また重要作戦遂行中に際しては常に詳細なる地図によって戦況の進展」をきづかわれる。「相つぐ皇軍の赫《かく》々たる戦果を殊のほか御満足に思召《おぼしめ》されて、陛下には……御八回にわたって優渥なる勅語を御下賜」たまわった。つまり、「よく戦果をあげた。よくやった」という勅語を一年の間に八回もくだしたというんですね。

そういうことを戦争に関してはやりながら、「また陛下には大詔渙発翌日（つまり大戦の詔勅を発した翌日）、宮中三殿に御親祭あらせられた臨時大祭を始め奉り、紀元節祭、さる十一月二日皇后陛下と御同列にて明治神宮に御親拝の御砌《みぎ》りには大前に恭々しく戦勝を御祈念あらせられ」云々。つまり、ただ政治、軍事だけではなくて、そういうふうな神事をやって戦争に勝つことを祈った、というわけです。「かかる御多端の御軍務にも拘らせ給はず、陛下には一道三府四十三県下八百六十六ケ所を始め遠く朝鮮、台湾、関東州、南洋の山間僻地にまでも侍従を御差遣、皇民一億がよくその職域に精励敢闘する補翼状況を具《つぶ》さに視察せしめられ」云々と書いてある。つまり、遠く植民地の山間部まで侍従をつかわして、国民がそれぞれ職責に励んでいるかということを、――皇民と書いてあるんです、もちろん植民地の人びとも含めて皇民――その一億の皇民が自分の職務に励んでいるかどうかを視察させたという。非常な激務であるということを、この昭和十七年、一九四二年、開戦一周年をちょうど一つの境にして、繰り返し繰り返し、天皇がいかに寝食を忘れて、この戦争の勝利のために御みずから心を砕き身を粉にして働いているかということを、繰り返し繰り返し報道するようになります。

つまり、「神」というよりは、むしろ戦争遂行に本当に寝食を忘れて励んでいる一個の戦争指導者としての姿が、新聞を通してわれわれの先輩たちに伝えられていたわけです。

このことを見る時に、ぼく自身これは忘れてはならないことだと思うことがひとつあります。この時の天皇は、たとえば敗色が濃くなる昭和十九年一月一日、つまり一九四四年一月一日の新聞、先ほどお見せしましたこの写真、見出しに「決戦の年・仰ぎ奉る皇室の弥栄」と書いてあるんですが、そこに「聖上宝算御四十四」と書いてあるんです。宝算というのは天皇の年齢のことらしいですが、その年齢にまで「御」をつけてあるわけですね。「御四十四」。それから、ついでにこの「御」についていいますと、先ほど家族の写真をお見せしましたが、写真の下のほうに「右上が誰で、右下が誰、中の下が誰」というふうに説明が書いてありますね。左上が天皇で、右上が皇后で、中の上が皇太子なわけですが、それが「御右上」とか「御中下」とかいうふうに位置にまで「御」がつくわけです。先ほどは、「御八回にわたって勅語を下賜」というのまでありましたね。

さて、問題はそのことではなくて、この「聖上宝算御四十四」、つまり天皇は数え年四十四で、昭和十九年一月一日を迎えた。ということは満では四十二。この時の天皇はわれわれが今知っている、あの老いさらばえた、老いること一般を別に軽蔑するわけではないんですけれど、あの天皇、今の裕仁とはおよそ似ても似つかぬといってもいいくらい、まだ若々しい天皇であります。常に国民の前に写真を通じて身をさらした時、国民が「陛下が一生懸命、戦ってくださっている」というふうな思いを寄せる時に、非常に若々しい天皇のイメージ、これが非常に大きな役割を果したのではないだろうかというふうに思います。

4　人間なればこそ陣頭に立って

考えてみれば、そういう一人の人間が年をとっているか若いか、ということがひとつの価値をもって機能を果たすということ自体、ぼくは許すことができないことだと思います。ちょうど巡り合わせが、日本の戦争指導者やあるいは天皇自身にとって幸いだったのである。この時、四十代の初めだった裕仁は頼もしい指導者という姿を国民の前にさらすことができた。今のわれわれが見ている、つまずいてこけそうになっているあの天皇が、もしも戦争指導者として国民の前に姿を現わしたのであれば、およそ生まれ得なかったかもしれないような効果をあげることができた。こういうふうに一人の人間が年をとっているか若いかによって、他の人間の運命が大きく左右されるということ、そのような関係そのものをわれわれは許すことはまずできないとぼくは思う。

さて、この天皇の新聞紙上への登場というのを見てみますと、天皇みずからが寝食を忘れて、しかも火の気のない御座所で政務、軍務、そして宗教上の職務を執り続けている、ということはとりも直さず「お前たち臣民、皇民」、さまざまな言い方がされますが、要するに「国民も頑張れ」という、これは直接的なアピールに外ならなかったんですね。天皇が一生懸命にやっているという、そのようなつぶさな記事、もちろんインチキな、歪められたことがたくさんあると思いますが、激務をものともせず、寝食を忘れて頑張っているんだということは、実はきわめて人間的なアピールの仕方ですね。もしも本当に天皇が神であるならば、働かなくていいわけですよね、おまじないかなんかで、文字通り神通力で戦争を勝利に導くことができる。これはそうではないわけです。裕仁、天皇は寒いところでも火も入れず、朝の二時からアジアの、大東亜共栄圏の大きな精密な軍隊用の地図を前にして、一生懸命に戦いの方針を決めている。悩みながら決めている。

そういうふうなイメージはきわめて人間的なイメージである。つまり、超絶的な神ではなくて、生きている人間である神ですね。「現人神」という名前にもはっきり表われているように、人間として天皇をアピールするということは、何も敗戦後のいわゆるマスコミの初めてしたことではなくて、すでに戦争の局面が重大化の一途をたどっている時に、毎日配達される新聞が行なっていたことだ。そのことをやはり思い出してみたいというふうに思います。

なぜ思い出してみたいかというと、天皇が再び神格化されるというふうな言い方をぼくもよくしますし、みんなもするわけですね。神格化といった時に、神というものを人間の対極において、つまり人間ではないものとしてわれわれは使っているのではないか。そうじゃなくて、神格化されるということはもちろん、そのこと自体、そういう言い方自体が誤りではないんですけれども、その神格化といった時の神のイメージというのが、もしかしたらわれわれは間違ったイメージを描いているのではないか。われわれというふうに言ってしまいましたが、ぼくが、特に戦前を知らなかった、戦前、戦中を知らなかったぼくが神というものを人間の対極に思い描く。だから、今の天皇をとらえるとき、暗黙のうちに、戦後民主主義のなかで人間宣言をして、人間天皇、親しまれる天皇というイメージで描かれてきた天皇のイメージに乗ってしまって、中曾根の戦後政治の総決算ということを考える時にも、再び天皇が神にされてしまう、されようとしているというふうに、その「神」というものが実は日本の天皇制においては何だったのかということを、現実の姿のままに見ないで神というイメージを抱いてしまっているのではないだろうか、というふうに反省を含めて思うわけです。

このことは天皇だけではなくて、たとえば木曾の「御料林」についても同じだった。御料林というのは天皇直属、皇室直属の森林ですね。戦争を遂行するために材木を乱伐しなければならない。これはもちろん朝鮮なんかの山を全部まる裸に日本はしたわけですけれども、戦争遂行のための材木の乱伐を日本の各地でも行なった。御料林といわれた皇室の林でも材木を伐《き》り出さなければならなかった。そうすると、新聞記事にはちゃんと御料林を伐採している写真が出ます。天皇みずからが自分の所有地である森林の木を伐り出して、戦争遂行にいわばまっ先に励んでいるんだというイメージをつくり出します。その木曾の御料林は檜《ひのき》の林で、そこの樹齢一千年以上の檜を二十年に一本、ご存知の通り伊勢神宮で二十年に一度行なわれる祭礼のときに特別つくる社の扉にするための材木として伐ることになっているんですね。その木には手をつけない、その木としてとっておかれている特別の樹齢一千年以上のがたくさん生えている林には手をつけていないということが、新聞記事にわざわざちゃんと書かれる。二十年に一本を伐っても、これから悠久無限にそこからは樹齢一千年以上の木が伐り出されるのだから安心しろと書いてあるんですね。

これは二重の意味で非常に巧妙なアピールの仕方です。天皇が自分の財産である森林までどんどん伐って、戦争のために役立てている。これがひとつ。しかし、全部伐ってしまうのではなくて、重要な伊勢神宮の神事に使う樹齢一千年以上の木はちゃんととってあって、樹木は次々と齢を重ねていくわけですから、永久にそこからは樹齢一千年以上の木はなくならない。永久に伊勢神宮の二十年に一度の神事は続くし、皇室の弥栄は続くという、非常にうまいアピールです。

5　畏し皇太子殿下の御日常

そういうふうな人間的な、かれのまさに私有財産、皇室の私有財産をなげうって戦争をやっている、これは神というふうにわれわれが思い描く時と、ずいぶんかけ離れた天皇像です。しかし、このようにして何がわれわれの先輩たちの心のなか、胸のなかに植えつけられていったのだろうか。神である天皇が人間的に頑張っている時の人間的な共感、その苦衷を苦しい胸のうちを思い描かなければならないという、文字通り人間と人間との関係のなかでもっとも重要な、そのような思いというものを、天皇と国民の関係のなかで見事に生み出していったのです。このことが戦前の天皇制を考える時に忘れられてはならないことだろうと思います。

そして、あるひとつの興味深い事実を、時間があまりありませんので、あとひとつだけご紹介しますと、敗色が濃くなってポツダム宣言の受諾をすでにもう指導者たちがほぼ決めていた昭和二十年、つまり一九四五年八月十一日に、遂に皇太子が新聞の一面に登場します（写真3）。それまでは天皇が軍服で登場していた。あるいは伊勢神宮に参りに行った時も、伊勢神宮の階段を降りていく裕仁の姿、これはものすごい大きい写真ですが、そういうものが出ていたのに、遂に敗色が明らかになった八月十一日の段階で初めて、一面トップに皇太子を登場させる。その見出しが「畏し皇

畏し皇太子殿下の御日常
撃劍益々御上達
輝く天稟の御麗質拝す

『読売報知』1945年８月11日（写真３）

太子殿下のご日常。撃剣益々御上達、輝く天稟の御麗質拝す」。つまり生まれながらの非常に優れたご素質であるということを書いてある。「学習院初等科ご卒業間近」。こういうことですね。

これはいろんな見方ができると思います。ここで初めて皇太子を一面トップに出した理由は、これはまったくぼくは知りませんので、ただ素朴にこれを見た時に、「もしかして、戦争の終結に必要であれば裕仁を退位させてでも国体を護持するという、つまり世継ぎの宮である皇太子を前面に押し出すということだったのかな」ということも思うわけですが、そのことはぼくはまったく知識がありませんので知りません。問題なのはそのことではなくて、この皇太子はやがて二十年もたたないうちに、十五年後に再びマスコミにニギニギしく登場するわけですね。「軽井沢の恋」。その皇太子がすでに敗戦の四日前にまさに人間として、可愛いく凛《り》々しい、しかもすぐれた素質の少年として国民の前に登場していたということ、これはぼくはやはり非常に重要なことだと思います。

そのような戦術、戦略といいますか、方針というのは本質的に戦後の民主主義の人間天皇に関しても、変わっていないんだということを確認しておきたいと思います。その上で、人間としての天皇という具体的な存在が果たす人間としての機能と、戦争犯罪人である天皇という役割とが、実はまったく分離することができないものなんだということをやはり確認したい。

どういうことかといいますと、敗戦後、中野重治は、有名なそして非常に優れた『五勺の酒』という中篇の小説のなかで年老いた校長先生の口を借りて、天皇が本当に人間として解放されるためにも天皇制をなくさなければならないということを、文学作品として結晶させた。これは非常にいい作品だとぼくは思うんです。

一般参賀が今でも行なわれていますが、それを見に行った校長先生は帰りがけに思うわけですね、「われわれは今、天皇に〈万歳〉とかいって手を振って、今度はゾロゾロ解散して家に帰って行く。家へ帰るとそこで晩飯を食いながら天皇の噂などをすることができる、国民は。だけど、あの裕仁夫婦は家へ帰って何を話すんだろう」と考える。おそらく非常に索漠たる冷たい食事を食べている。われわれが噂をするような、そういう噂話もしないで、寂しく黙々と飯を食うんだろう。こういうようなところにおかれている天皇自身を解放するためにも、天皇制をなくさなければならないということを、中野重治は描いている。これは一面で正しいことであるとぼくは思います。そして、多くの論者が、天皇自身をも解放する、そのような観点での天皇制の抹殺というものを考えているし、それは基本的に正しいわけです。

だけども、それはあくまで一面しかないと思うのです。むしろ、天皇というのは、人間であることによって文字通り天皇なんだということ、つまり人間としての天皇と機能としての天皇が絶対に分離できないのが天皇なんだ、そして天皇制なんだということ。このことをやはりもっと考えていきたいと思うのです。つまり神のまま人間性をもち、人間のまま神になり得る存在。天皇がまさにそれであるからこそ統合の柱として機能し続けてきたし、今もしている。そういうきわめて現世的な存在であり、この浮世の現実のなかの統合なんです。宗教的な統合、いわゆる神格化というものとしてだけは考えることができない、そのような人間的な機能というものを天皇は果たしている。

問題は、そのような機能を人間として果たしている天皇および天皇制というものに対して、われわれがどのような形でそれと相対していくことができるのだろうか、ということです。これはもちろんぼくにそんな答えが出せるはずもないわけですが、ただその時に考えたいことは、これは何もいまさらマルクスの言葉を借りるまでもなく、自然と人間との関係、あるいは人間と人間との関係、あるいは人間の自分自身との関係というものが奪いさられ、歪められている時に、人間と人間との関係として天皇と国民の関係が成り立つだろう。非常に簡単にいってしまえばそういうことだろうと思います。

6 徳ちゃん美智子さんとわれわれの関係

つまり、天皇とわれわれとの関係というのは……だって、人がものすごく苦心惨憺して、必死で手探りをしながら夜も寝ないでいろんなことを苦労している時に、その人の胸のうちを思いやることと、そして、あの人は家へ帰った時に食事はどんなふうな顔をして食うんだろうということを、人間としてわれわれが思いやるということは、これはものすごく重要なことですよね。そのような、人間と人間との関係のなかでは絶対に不可欠な思いというものを、日常の人間と人間との関係のなかで結べないところにわれわれが押し込められているが故に、天皇とわれわれとの関係のなかでそういうことを思い描くようなことになるだろうと思うのです。

なんで天皇のことを思ってやらなければいけないのか、本当はわれわれにはそんな暇はないですよね。今日捕まった人も含めて、われわれには大事な友人、大事な恋人、あるいは大事な同志たち、そういう人間がいるのに、なんで天皇のことを思いやらなければならないのか。つまりわれわれが本当に、まさにわれわれ自身の関係のなかで——自然との関係がないから御料林の樹齢一千年の檜を思い描くことによって、自然との関係をそこで結ぶことになる。しかし、本当に自然との関係というものをわれわれが手探りして自分のものにしていくことができるとすれば、何も御料林の檜を思いやることはなくていいわけです。——つまり、自然との関係、人間との関係、そして自分自身との関係、そういうものがわれわれから奪われているが故に、そのような関係が天皇との、まったくわれわれに何の関係もない天皇、皇太子、徳ちゃん、美智子さん、そういった者との間に結ばれなければならない。したがって、このような関係をわれわれ自身がわれわれ自身のあいだで手探りすることを抜きにして、天皇制の問題に肉薄することはできないだろうと思います。

ヒューマニズムみたいな言葉に聞こえるかもしれません。そうではなくて、自然との関係、人間同士の関係、自分と自分との関係、そういったものを手探りで探るというのは、思想の問題やあるいは観念の問題、ヒューマニズムの問題ではないわけです。われわれが日常に関わっているそれぞれのもっとも重要な運動、それがまさにそのような関係をわれわれが実現していく手探りの運動である。そのような運動のなかでしか天皇制というものに肉薄していくことはできないと思います。

誤解を恐れずにいえば、そして今日の集会にそういうことを言うと、非常に聞こえは悪いんですけれども、あえて誤解を恐れずに言えば、天皇制と取り組んでいくことが唯一のテーマであるような運動というのはぼくはあり得ないと、天皇制に関しては思うわけです。すべての運動がそうであるかもしれない。しかしとりわけ天皇制と関わる運動というのは、自分のいま関わっているさまざまな、ここにおられる全ての人が自分の仲間たちと一緒に関わっている日常的な活動、そのなかに否応もなく天皇制と関わっていく実践というものがある。したがって、これから具体的なテーマとしては、天皇制に肉薄する運動を一緒にやっていくわけですけれども、その運動というのは独自に天皇制運動、反天皇制運動ではあり得ないわけです。そして、そのなかで初めて、人間と人間との関係、人間と自然との関係、そういうものをわれわれが少しずつ自分のものにしていく、その実践のなかで、さまざまな天皇制の問題が初めて見えてくるんだろうというふうに思います。

そのような運動が今、さまざまなところで展開されていて、そのような運動の上に立って初めて、ここに千人近い人が集まることができたということとも、今の問題は関わっているだろうと思います。天皇制とどれだけ関わるかが踏み絵になるような運動ではなくて、全ての運動が天皇制に肉薄していく運動と不可分にあるということを、これから考えていきたいと思います。その時に本当に人間的な関わりを天皇との間にもちたいとはひとつもぼくは思っていないわけです。しかし、天皇との関わりのなかでのわれわれと天皇とが結ばせられてきた人間的な関係というのは、特殊な天皇とわれわれとの関係ではなくて、運動のなかのさまざまな問題としても、同じ困難をともなってさまざまなところで現われてきているだろうと思います。人間であることと機能というものとが分離できないような関係のなかにおかれた天皇というものとの人間的な関係というのは何なんだろうかということを、もう一度、立ち止まって考えてみたいと思ったわけです。

（一九八六・二・一一　天皇在位六十年式典粉砕実行委員会結成集会）

天皇制の現在
慈母・新京都学派・戦後民主主義

1 慈母としての天皇制

あすの「天皇在位六十年式典」なるもの向けて、たいそう緊張した状況になっているわけですが、ぼくのほうは、少しソフトな話をさせていただこうと思っています。

中曾根首相が「戦後政治の総決算」ということを言いだして以来、これは戦後民主主義を丸ごと否定して、そして天皇制を軸とした非常に強権的な支配への移行がもくろまれている――というような危機感を抱く論調が目に触れるようになっています。もう少し具体的に言うと、「民主主義の時代を否定して、戦前・戦中の暗い時代に逆戻りさせてはならない」という言い方で、中曾根が音頭取りをしている今の政治の針路を危惧するような、そういう意見があるわけです。

もちろん、そういう風な危険性は否定することはできないと思うんですけど、ぼくは、むしろ中曾根がいう「戦後政治の総決算」をわれわれの側ももう少し別の角度からとらえなおすことが必要ではないかと思います。

戦前・戦中の強権的な、弾圧的な権力をもった天皇制の「復活」という批判の仕方だけでは明らかにダメだと思うんです。本当に戦前・戦中の天皇制というのが、強権支配というものだけによって、非常にハードな硬い方法だけによって成り立っていたのかというと、じつは様々な事実を点検していけば、そうではなかった側面というのが見えてくるはずだというのがひとつあります。

もうひとつは、「戦前・戦中の強権的な天皇制支配をふたたび許してはならない」ということは、裏返していえば、戦後民主主義のなかにはそうした強権的な天皇制支配がなかったということを意味しています。これも様々な現実を点検してみれば、戦後民主主義のなかで、天皇制というものが戦前・戦中に劣らず大変大きな役割を果たしてきているということが、これもまた明らかであろうと思うのです。

戦後民主主義の時代から今に至るまで、われわれが耳にしたり、自分でつぶやいてきた言葉のなかで、最も典型的なものだったのは、「再びあの暗い時代を来させてはならない」という言い方だったんですね。

ズッと戦後民主主義のなかで、そういう風な言い方がされてきたし、戦後民主主義の時代が事実上終わっても、まだそういう語り方がされているわけです。このことは、いま言いましたように、何よりもまず、第二の点、つまり戦後民主主義というものを非常に明るい、自由な、豊かなものとして、戦前・戦中の暗い時代と対比するという基本的な世界の見方になっていたと思うんです。

はたしてそうだったんだろうか。このことから今日は、まず考え始めてみたいと思うわけです。このことに関しては、天皇制をめぐる様々な論議のなかで、皆さんも考えてこられたろうし、様々な人の意見で知っておられると思いますので、ぼくなりの視点で整理しなおしたいと思います。
日本の天皇制というのは、確かに非常に強権的なハードな支配様式で民衆を支配した一時期を、いわゆる戦前・戦中の時代にもっていたということは、否定することができない事実ですね。即ち、モノ言エバ唇寒シどころではなくて、天皇、あるいは天皇制に対する批判は許されなかった、これは皆さんが常識的に知っておられることだと思います。

ところが、視点をかえて、事実に即して考えてみる時、いわゆる絶対的な権力をもった支配体制というものが人類の歴史のなかに、今でも昔でもいろいろ存在しているのですけども、そういう絶対的な権力をもった弾圧的な支配体制というもののなかで、日本の天皇制というのは、最もわずかしか反対派を殺していないということは、歴史的な事実である。――そんなことはないだろう！　たとえば、小林多喜二に対する虐殺があるじゃないか！　大逆事件の死刑、それから大杉栄・伊藤野枝、そしてその甥の虐殺というものがいくらでもあったじゃないか！――という風に言われるかもしれません。しかし、天皇制を考える時に、同列において考えられることの多いあのナチス・ドイツの時代、イタリアのファシズムの時代、あるいは、スペインのフランコ体制、あるいはハンガリー等々の東ヨーロッパのファシズム体制、そして近くは韓国の李承晩から朴正熙、全斗煥につづく独裁体制というものを見てみれば、日本の天皇制がいかにわずかしか反対派を殺していないかということは明らかな事実なんですね。

ところが、日本の天皇制というのは、もう一方の特徴をもっている。われわれが日本の天皇制の残虐性と言う時に、共産主義者・無政府主義者をはじめとする日本の民衆のなかから立ちあがっていった反天皇制の運動、そしてそれに加わった様々な個人やグループに対する血の弾圧ということ以外に、例えば朝鮮の民衆や中国大陸の様々な人びと、そしていわゆる大東亜戦争といわれたあの戦争のなかで、占領地域の民衆をどれくらい多く殺したか、ということをただちにわれわれは考えずにはいられない。

このことは、天皇制というものの異なる二つの側面ではなくて、まったく不可分に表裏一体をなしている。つまり、日本の天皇制というのは、ちょうど、放蕩息子が悔い改めて帰ってきた時に父親が温かく迎えてやるのと同じように、慈父が息子に対するような対し方で、いわゆる赤子《せきし》といわれた臣民を温かく包摂する側面をもつ。包摂できない存在、それに対しては徹底的に残虐な弾圧をもって立ちむかってくるということです。これは不可分の盾の表裏どころか全く同じことの二つの表われ方として、天皇制というのは機能しつづけてきたということです。

これは戦後でも同じものですけれど、とりわけ戦前・戦中の天皇制、強権的な天皇制の暗い時代を思い浮かべる時に、この二つの側面をわかち難くもっていた天皇制の姿を、あらためてぼくらはおさえておく必要があるだろうと思うのです。

つまり、悔いあらためて再び天皇制の下へ帰ってくるものであれば、ひとたび天皇制に弓をひいても許してしまう。ましてや一度も弓をひくことをしない人間に対しては、これはもう全く温かい慈父の愛でつつみこんでいく、このことが天皇制の支配というものであるということは、戦前の時代の天皇制を暗い時代の天皇制として考える時、見落としてはならないものだろうと思うわけです。

このことに関連して、ひとつの驚くべきこと——ぼくがそんなことで驚いているのはダメな証拠なのかもしれませんけれども、驚くべきニュースを最近新聞で読みました。これは『京都新聞』という新聞なんですが、おそらくは共同通信のニュースとして流されていたと思うので、共同通信のネットワーク、『東京新聞』その他にも載ったのかもしれませんが、天皇制を考える時に、戦前・戦中においてさえもそのようないわばソフトな支配というものを、とりわけいま重視しておく必要があるのではないかということと関連して、このことをお話ししたいと思うんです。

埼玉大学の助教授に長谷川三千子という人がいます。この人はフェミニズムの研究家のようですが、よく知りませんが……。その人が、昨年（一九八五年）の十一月に武道館で行なわれたいわゆる民間式典、「天皇陛下御在位六十年奉祝国民の集い」というのですか、そこで講演して、そのなかで「慈母としての天皇」ということを彼女は提唱したというのです。その講演を直接聞いたんではなく、『京都新聞』にその要約がのっていたのを読んで、ぼくなりに全体を思いえがくしかないのですが、そのなかでこんなことを長谷川という人は言っている——

東京に台風がくるというので、東京の人はみんな心配していた。ところがその台風はそれて九州の方へ行ってしまったんですね。お付きのものたちが、よかったと言いあっていると、「陛下」は、「九州の人たちはどうしているか」と案じたのだそうです。このことを雑誌だかで知って、長谷川は、これが天皇制なんだということに気がついて「目の前がひらけました」と言うわけです。つまり侍従たちをはじめ東京の人は、東京に台風が来るかどうかということしか心配してなかったわけね。ところが「陛下」は九州の人のことまで、ちゃんと思いをおよぼしておられた、というわけです。あらゆる日本の津々浦々の人びとに対して思いをおよぼすという、そのような限りなく深い広い——昔はこれを大御心《おおみこころ》と言ったわけですけど——そういう思いをいだいておられる存在というのは、日本中に陛下一人しかおられないんだ、そして、そういう陛下がおられる限り日本に見捨てられた者はいないんだ、ということを長谷川は思って、「これがこれからの慈母としての天皇制の本質だ」と考え、「善人も悪人も、陛下を敬う者も敬わない者も等しく見守って下さる」という「かなしみの天皇像」、「母性的なかなしみの天皇像」を提起して、とりわけ大きな共感の拍手を呼んだのだそうです。

これは長谷川三千子という一大学の助教授（ぼくは彼女に個人的な恨みはないし、何の知り合いでもないんですけど）この一女性学者のタワゴトとして笑ってはすませないことで、むしろこれは非常に本質をついた的確な天皇制のとらえ方の少なくともひとつであろうと思うのです。つまり天皇制というのは、関係の問題ですから、天皇制があって、天皇が単に一人で一方的に支配しているわけではなくて、支配されるわれわれの側の存在を不可欠にしているわけですね。その時にわれわれの側が「一人一人に思いをよせてくださる天皇」ということに触れて、それに感動と感激を抱いた時に、一人一人に思いを寄せている天皇といういわば人間天皇の機能というものが実現するんです。

つまり、長谷川が天皇制を勝手に解釈したのではなくて、天皇制の支配のなかに包摂されているわれわれ一人一人、皆さんは別かもしれないけれど、われわれ一人一人の気持ちを彼女は的確にとらえたわけです。先ほど慈父のように放蕩息子でさえ許す天皇制ということを言ったわけですが、そのように台風が東京をそれた時に、「じゃ九州の人はどうしているのか」というセリフを吐いたヒロヒトにそのように感激するという、そのような感激というものがあるからこそ、天皇制というものは天皇制として機能しうるわけですね。

先ほど言いましたように天皇制はそれに包摂される人間に対しては限りない慈父の愛をもって対処していたんだ、戦前・戦中でさえもそうだったんだ、といった事実に、改めて長谷川三千子という人が着目したことは、ある意味では今後の天皇制の一つの在り方を非常に正確に見抜いているというふうに思います。

そういうなかで、「再び戦前・戦中のあのような強権支配、弾圧支配の軸となる天皇制の復活を許してはならない」という捉え方をして天皇制に反対していくとすれば、決定的に見えないものを残したままになってしまうだろう。もちろんそのような支配体制というのは、法律の改定から、警察の権限の強化から、様々な具体的な措置を伴って実現されるのですから、そういう面を見透して、一つ一つ的確にそれに反撃していくということは欠かすことのできない重要な課題です。しかし、それに加えてもう一つ、やわらかいというか、ソフトな、ある意味では人間的なそういう天皇制の機能というものを見ながら、やはりそれをおさえておくということが、ほかならぬいま大切だろうと思うんです。

いまこういうふうに話してくるのを聞いて、皆さんは、変な話しだなァと、ボーッと感じておられるのではないかと思います。皆さんは、反天皇制ということを自分達のテーマとして、天皇制に反対するという立場でおそらく今日の話も聞いておられるし、今日の集会にも来ておられると思いますから、そもそも長谷川というヤツの言い分に対しては、眉にツバをつけるか、はじめからそれに反撃していく対象として見ることしかできないから、それはちょっと変だと思うのは当然です。

それだけではなくて、皆さんの変だと思われる気持ちのなかには、こういうことも、もしかしてあるかもしれません。

何故、そこで感激してしまうのか？　もう少しじっくり考えてみれば――台風が東京をそれたことを喜んだ侍従たちは、「陛下」が東京都民のこと、あるいは皇居に住んでいる自分たち、そして自分の目に見える範囲での人間たちの安全だけではなくて、はるか遠くの九州の人びとに思いを寄せていたということに長谷川さんと同じように感動したんでしょうね。だからそういうエピソードを侍従の誰かが話したんでしょう。だけど本当なんだろうか？　本当は見えてなんかいないんだ。そんなことはありえないですよね。天皇が一人一人の赤子、つまり臣民、今の言葉では国民に思いを寄せるという時に、たとえばわれわれが、残念ながら今日ここに集会に一緒に来ることはできなかったけれども、あの人には語りかけていきたいと思う対象として誰もが思いえがく自分の友達なり恋人なり、あるいは家族なり、そういった人の具体的な顔のイメージと同じように、天皇に九州の赤子たちの顔の一つ一つが見えているのか。これは見えているはずがないんです。

ですから、天皇に思いを寄せられる赤子と天皇との関係というのは、そういうものでしかないんですよね。本来。これ以外にどんな関係もありえない。天皇と赤子との間というのは、そのじかの関係が目に見える関係ではないのに、あたかもそのような関係があるかのように「天皇が一人一人の国民に思いを寄せてくださる」かのように見えるというのは、一体どうしてなんだろうか。

それは、天皇とわれわれ一人一人の関係の問題であると同時に、われわれ同士の関係がそこにあるだろう。何故、長谷川三千子というその女性は、天皇がそのように「思いを寄せてくださっている」ということに感激するんだろう？　何故、もっと身近な人間が自分と同じテーマをかかえて苦闘している、そのことに感激しないのか？　彼女と同じ問題と対決しながら、同じ問題を抱えながら、同じ困難を感じながら、何か試行錯誤を繰り返して、手さぐりで将来というものをさぐろうとしている、自分のいわば仲間、その仲間一人一人、具体的に顔の思い浮かぶ一人一人に思いを寄せるのではなくて、「陛下の大御心」なるものに思いをよせ、感動してしまうのは何故か？——という問題でもあるわけです。

つまり、長谷川さんの人間関係というのは、ひと口でいうと非常に貧しい。その貧しさの上に「陛下の思いやり」というものへの感動がある。これはちょうど鈴木健二というNHKのアナウンサーが『気くばりのすすめ』というようなものを書いて、意図的にブームにされ、そして「思いやり」であるとか「触れあい」であるとか、ものすごく気持ち悪い社会的なキャンペーンが展開された時と、同じ構造になっている、とぼくは思う。

鈴木健二の「気くばり」といったって、具体的に一人一人の人間が生きている現実のなかで、そしてどういう関係のなかにおかれている他者に対して気をくばるのか、これが日常生活のなかで具体的な問題ですよね。「触れあい」といったって、ぼくは電車のなかで吊り革にぶらさがっている時に、隣のオッさんの汗ばんだ手が自分の手にふれてしまったら、ものすごく気持ち悪いですね(笑)。そうぼくは思うわけね。気持ちがいいと思う人もいるかもしれないけど。で、そういう風な触れあいというのは嫌な奴とは絶対に触れ合いたくない。それなのに、抽象的に「触れあい」ということがイメージで語られていくということは、ちょうどなにも実体がない、見えない相手、見えない関係、そして関係が現実にない関係のなかで「陛下が国民のことを思いやってくださっている」ということと、問題の抽象性は同じだと思う。

ということは、われわれ自身が現実のなかで、例えば同じ問題にとりくみながら一緒に、あるいは少し離れたところで様々な試みをつづけているそういう他者、自分の友人なり、仲間なりというものとの関係を、われわれが豊かにつむぎ出していかないかぎり、天皇の「思いやり」、天皇の大御心に感動する、そのような関係を、自分達から切除していくことができないということになってくるんだろうと思うのです。

2 「新京都学派」の帰順

今日そんなことをまずお話ししたのは、天皇制というものがこれから、どのような形でわれわれの前に立ち現われてくるのか、どのようにわれわれを包摂していくのかということを考える時に、その長谷川という人の「陛下が国民一人一人をみていてくださる」という慈母のような存在という捉え方がわれわれにとって大きな意味をもっているということを考えてみたかったからですが、さらに、そのことと関連して、(これが特に京都からここに参加させてもらったぼくに与えられたテーマであるわけですけども)そういう風な天皇制が具体的には、どのような社会的な制度・機能、あるいは運動としてわれわれの生活のなかに根を張っていくことになるのかということを考える時に、かしましく宣伝されているいわゆる京都学派、新京都学派と言われる人たちの動向こそは、見落とすことができないひとつの具体的な現われだろうと思うわけです。

新京都学派と言われるのは、どういう人たちであり、それがどういうことをもくろんでいるのかということは、新聞やあるいは『エコノミスト』という雑誌その他でかなり御存知だと思いますので、そのことはここであまり詳しく話している時間はないんですけど、ごく簡単に言ってしまうと、一九八四年、一昨年の秋、十月ですけども、中曾根が京都を訪れた時に、次の五人のいわゆる学者――ぼくは学者という言葉は軽蔑すべき研究者に対してしか使わないようにしたいと思ってますので、この場合は学者という風に言いますが――まず、桑原武夫という人(御存知ですね、フランス文学やフランス思想史、フランス革命の研究というようなことを京大の人文科学研究所といわれる研究施設のリーダー的存在として永いことやってきた人)、それから今西錦司というのは猿博士として知られる人類学者、それから梅原猛、猿之助の新歌舞伎『ヤマト・タケル』か何かの原作者ですね、それに梅棹忠夫と、上山春平、この五人が中曾根と昼食か何かを一緒にとりながら、この時にはじめて日本文化研究センターというものをつくってほしいと言い出したところ、中曾根がものすごく乗り気になって、ついに今年度の予算措置として、六千四百万円の創設準備費というものがついた。国際日本文化センターというものの設立準備費六千四百万円という予算措置がこうじられて、その設立準備室長にはこの三月まで京都市立芸術大学の学長をしていた梅原猛、これはいわゆる古代史で有名な人でもあるのですが、この人が就任した。で、このことによって、国際日本文化研究センターというものがとりわけ京都につくられるということへの路線がほぼ敷かれたわけですね。実際に梅原猛は、今年三月に、まだ任期の途中で、京都市立芸術大学の学長を辞職して、設立準備室長に専念することになった。

先ほど五人の名前をあげましたが、この五人の名前からもわかるように、全て京都大学系の、しかもいわゆる人文科学分野の学者であるわけです。称して「新京都学派」という風にマスコミ等々は呼んでいるわけですね。この国際日本文化研究センターというのは、それ自体として考えれば、日本学というもの、あるいは日本文化をもう一度見直す研究というものを行なっていくための純然たる学術研究施設であるわけですけども、この国際日本文化研究センターというものの計画は、ひとつの大きなプロジェクトと不可分の関係にある。それは何かといいますと、平安遷都千二百年記念事業というのがありまして、これは平安京が開かれてから千二百年があと十年足らずでやってくる。一九九四年でしたか。平安遷都千二百年事業というのは、これは既に数年前から京都をはじめとするいわゆる関西財界人、なかでも京都のワコールという有名な女性下着メーカーの社長の塚本幸一というのが中心になった「平安建都千二百年推進協議会」というのがズッと計画してきたわけですけど、これが去年の七月に「平安建都千二百年記念協会」という組織としてあらためて本格的に発足しました。そして何とこの「平安建都千二百年記念協会」の事実上の中心的存在に、先ほど名前を出しました桑原武夫という仏文学者、あるいはフランス思想家、その人が就任したわけです。

つまり、「平安建都千二百年記念協会」という財界の肝煎りでできている組織と新京都学派はダブっている。不可分の関係なのです。このことだけからも、いわゆる新京都学派といわれている学者グループが、はっきりと今新しい装いというか正体をあらわして登場してきている天皇制の突出と深くかかわっているということは、明らかですね。

さらにそのうえ、新京都学派と天皇制のかかわりについては、先ほど名前をあげました中曾根と会った五人のうちの一人、上山春平という人物は、「大嘗祭を京都で！」という意見の音頭取りをこの数年間ズッとしてきている。天皇が死んで、次の天皇が即位した時、一世一代の神事として「大嘗祭」というものを行なうわけですが、それを京都で行なおう、ぜひ京都で行なって下さい、という運動の音頭取りをしてきたのが、この上山春平という新京都学派の学者の中心の一人であって、かれは今でもそういうキャンペーンをつづけている。

そして御存知のない方があるかも知れませんので付け加えておきますと、「大嘗祭を京都で！」どころか、「天皇陛下、京都へ帰って来てください！」、つまり皇居を京都に移してくれという意見さえも、京都にはあるんですね。しかもそれを臆面もなく、何度も何度も新聞コラム等々に書き流しているのは、高城《たき》修三という作家、元・京大吉田寮自治会委員長でもあった旧全共闘の活動家、『榧の木祭り』で芥川賞をもらったんですけど、全共闘作家といわれているその人物です。高城は、京都学派とはいえないんだけど、そういうような人も京都にはいるんですね。

そのような、いま新しい天皇制と結びついた学者、文化人というのが、京都にゾロゾロと出てきている。これは一体どういうことなんだろうか。ひとつ疑いもなく明らかなことは、これまでのハイ・テクノロジーを専門とするいわゆる技術系の自然科学系統の研究者にかわって、人文科学系統の研究者が前面に出てきているということですね。つまり、ハイ・テクノロジー社会といいふらされているこの社会のなかで、解決不可能な問題がいくつもいくつもでてきている、という事実がある。

先ほど言ったことと関連するわけですが、例えば人間関係、人間と人間との関係、人間と自然の関係、そして人間と自分自身の関係――中・高校生の自殺などを新聞があんな風に書きたてることには僕は反対ですけれども、これは人間と自分自身の関係というものが破綻しつくしているということのひとつの表われであって、人間と人間との関係と同時に、人間と自分自身の関係、さらには人間と自然の関係というものが最早、今の資本主義の枠内では解決不可能な矛盾に直面しているということ。そのことから直ちに、人間と人間との関係に発言力をもつ形で、いわゆる人文科学系統の学者が前面におどり出てきたんだというふうに、現象としては言えると思います。

したがって、新京都学派の登場ということはある一種の必然性をもっている、と思うけど、そういう人文科学の学者の力によって、この解決不可能な現代の資本主義社会での矛盾が解決されるなどというようなことは、全くそんなことは思わない。しかし前面に出てくることの社会的な必然性というものはあると思います。だからこそ、かれらの出現というものに対して的確な対応をしていくことを、われわれの側は迫られている。

いわゆる人文科学系統のなかでも、先ほど名前をあげた桑原武夫、梅原猛、今西錦司、梅棹忠夫、上山春平というような人たちは、いわゆる学際領域、既成の学問の様々の専門の枠ではとらえられないような領域の研究者でもあった。たとえば梅原猛にしても、あれは研究だか小説だかあいまいなところがある。これはぼくはいいことだと思うんです。そういうものがあって、昔の学問の枠、専門研究の枠というものを打ち破っていくというような特徴をもっている。そういう人たちが出てきたということは、ブルジョワ科学の行き詰まりということをも非常によく表わしているといえる。現象としては……。と同時に、それが何故天皇制と結びついていくのか。それは先ほどのいわゆるソフトな天皇制、われわれがバラバラに存在しているゆえに「陛下がわれわれの全てをつつみこんで、全てをみていて下さる」というような思いを抱いて感動する、このわれわれの現実、それに非常にマッチした学問方法をもった研究者たちである、ということがあるわけです。

しかしもうひとつは、その新京都学派を考える時に、次のようなことを今、われわれは見ることができると思います。

ユニークな新京都学派の研究者たちは全て、この数十年、敗戦後の四十年に、おそらくしばらく乗りこえることが難しいような良い仕事をしている。たとえば桑原武夫たちが中心になって京大の人文科学研究所の共同研究という形で発表された『フランス革命の研究』とか『文学理論の研究』は、歴史や人文科学、ブルジョワ社会のなかの自己認識としての学問の研究としては、非常に優れたものだとぼくは思う。それから梅原古代史といわれるものも、あれは既成の学問をのりこえる非常にユニークなものをもっている。これは認めざるを得ないですね。そしてさらに言うならば、新京都学派の研究者たちはほとんど例外なく、戦後民主主義のなかの最も良質な研究者だったということです。戦後民主主義というひとつの時代と、そのなかの理念というもの、これを前提としなければ、こういう研究者たちの仕事はできなかった。かれらが自分で意識しているかどうかは別として、戦後民主主義の学者たち、戦後民主主義を体現した学者たちということが新京都学派については言える。つまり、天皇制右翼とか反動とか、時代錯誤とか復古とかいうふうに批判することは全くまちがっている。そうではなくて、かれらこそは戦後民主主義の理念を体現した研究者であり、逆にまたかれらの研究というものが戦後民主主義のひとつの要素となったということが、いまわれわれには見えるようになってきていると思います。

と同時にそのことは、戦後民主主義とは何だったのかということがわれわれに見えはじめている、ということでもある。とりわけかれらをひとつの媒介として、それがわれわれに見えはじめている。今日一番最初に、戦後民主主義のあの明るい平和な豊かな成果と、戦前・戦中の暗い時代というものを対比するだけでは、これはダメなんじゃないか——ということを言ったわけですが、そのことと関連しているとぼくは思うんです。

戦後民主主義とは何だったのか? 一般に、戦後民主主義というのは非常にいい時代だった、という暗黙の前提がある。ぼくは、今日これからお話しされる加納実紀代さんと同じく、戦後民主主義教育の第一期生なんです。一九四七年四月に小学校に入って新しい教科書で勉強させられた。つまり、戦前の教育の残滓が一掃されたと言われている戦後民主主義の第一期生です。だからぼく自身は、自分の実感としても戦後民主主義のプラスの面がよくわかるわけです。それまでできなかったことをいっぱいすることができた。だいたいクラス討論とか、小学校から既にクラスで討論したり、生徒も先生と対等であるとみなすことが許されたり、そういうふうな戦後民主主義の教育だけをとっても、それまでの一九四五年八月までの時期には考えることさえできなかったいわゆる自由、そういったものを与えられた時期がたしかにあったし、これは忘れてはならない。だから戦後民主主義というものを丸ごと否定するということは、全然無意味だとぼくは思うんです。であればこそ、自由と民主主義と豊かさというものが戦後民主主義のなかで与えられたということが事実であればこそ、その戦後民主主義は何によって支えられてきたのか、何が戦後民主主義の現実的基盤であったのか——もう少しわかりやすい言葉で言えば、何を養分にして戦後民主主義は生きたのかということを、考えざるを得なくなる。そうするとこれは実に暗澹たるものなんですね。

まず、焼跡・闇市のなかからの戦後復興は、どのようにして出発したか？ 焼跡から台湾人や中国人や朝鮮人を文字通りたたき出して、焼跡・闇市の所有権を日本人が握ることから、御存知の日本の焼跡・闇市の時代というのは始まったんですね。『山谷——やられたらやりかえせ』という映画を御覧になった方は御存知のあの新橋事件、渋谷事件、いわゆる第三国人といわれた人たちを焼跡からたたき出すことから日本人は戦後の復興をはじめた。そして一九五〇年から五三年、朝鮮戦争。これで日本の奇跡の「復興」は現実に、確実に基盤を得ることができた。特需景気というもので、日本の資本主義が「復活」を遂げます。そして、そこで立ちなおった日本の工業生産は、次に直ちに第三世界の市場へと「進出」を遂げる。「進出」ですね。昔もやはりぼくは「進出」だったと思う。かつての「進出」。そうではない、あれは侵略だったんだ、という意見もありますが、一九二〇年代、三〇年代、四〇年代前半の日本の植民地支配も、やはり当時は「進出」と呼ばれたのです。その当時の環太平洋地域のアジアからの収奪、その時代の収奪とは比べものにならないくらいの、地球の全表面の第三世界への「進出」を、朝鮮戦争以後、日本の資本は遂げていくわけです。ですから今、日本は歴史上はじまって以来、これほどの利権を海外にもっていた時代はない。それほどの「進出」を、ついに遂げていった。地球のあらゆる表面、とりわけ第三世界のあらゆるところ——つまり、環太平洋地帯のいわゆるアジアだけではなくて、ラテンアメリカ、アラブ、アフリカに、このあらゆる地球の表面、とりわけ第三世界に、日本の企業は「進出」を遂げきった。そして、今、さらに宇宙へまで「進出」していこうとしつつある。だから、かつての侵略帝国主義日本の時代と比べても全然比べものにならないだけの「進出」を日本資本主義は、戦後民主主義があったが故に遂げることができたのです。そのようにして自由と豊かさ（ぼくは日本人は少しも豊かじゃないと思う。自分たちが精神的にどころか物質的にも豊かだとはぜんぜん思いませんし、「豊かさ」というものはこういうものではないと思いますが、「豊かだ」と思うかどうかはこれは主観の問題ですから、豊かだと思えと強制されなくても、豊かだと思っている時は、豊かだと言うしか仕方ないので、一応、「豊かだ」と仮に言っておきますと）その「豊かさ」を獲得することができたのは、戦後民主主義の平和のおかげですね。その平和というものが、どういう基盤の上につくりあげられ維持されてきているかといえば、これは外に対しては文字通り侵略によって、「進出」という名の侵略によってであり、そして国内では、エネルギー政策の転換であるとか、あるいは農業政策の転換であるとか、いろんな全く勝手な、勝手放題の政策の転換なるものによって、炭坑労働者を六〇年安保の時期に文字通り、使い捨てて寄せ場へと追いやり、農民を切り捨て、自然を破壊し、漁民を殺しという、一連の政治方針によって、一貫して「成長」と「発展」がなされてきた。

ところが、そういうものを享受するわれわれからは、徹底的に欠落していくもの、失っていくもの、あるいはわれわれから拒絶されるもの、われわれから絶対に見えなくされるもの（これは比喩的な意味で）これが出てくるのは当然のことですね。で、梅原猛、桑原武夫、上山春平等々のあの戦後民主主義の学者たち、文字通りかれらの学問研究そのものが戦後民主主義の一つの大きな要素となるような、そういうすぐれた研究をやってきた人たちが、そのような「平和」と「自由」と

「豊かさ」を享受したわれわれと、かれらはちょうど同じなんですね。かれらの研究からは、理念として九州の人を思い描いている天皇に生きた九州の人びとが見えないのと同じように、その天皇の見方と同じように、見えないものが蓄積されてきた。古代歴史からかき消されていってしまった古代の賤民たち、古代の叛乱者たち、そういったものは、いくらかれらの研究の装飾品としてかれらの本のなかに登場させられたとしても、その人びとの顔や手ざわりは、かれらにはついに見えないのだ。だからかれらの歴史学というのは、なるほど相対的には批判的な視点というものを持つことはできる。だけれどもかれらの目には「寄せ場」の労働者、「第三世界」の民衆は、主体としては、見えない。歴史の素材としては見えたとしても。だから「歴史」の主人公、つまりフィクションの主人公のようなものとしては見えたとしても、現実に顔を持った、寄せ場の労働者なり、在日朝鮮人なり、被差別部落民なりという存在は、かれらから見えなくなった。だからかれらは戦後民主主義なるものの学問的成果をまるごとひっさげて天皇制へとはせさんじることが今、できるということなんだろうと思う。

新京都学派を考える時、ぼくは、かれら一人一人の人間的卑劣さですとか、思想的な退廃であるとか反動性であるとかを批判することは問題ではなくして、むしろ戦後民主主義のなかから生まれてきた学問というものがどういうものなのか、戦後民主主義のなかでわれわれが獲得してきたのは何んなのかということを、かれらを見ることによって、さらに深めて考えていきたいと思う。

3 長い射程での反天皇制を

天皇制というものとかかわる時、常にいえることなんですが、「陛下が私たちを見まもってくださる」という思いをいだいている人たちにとっては、その思いをいだくだけで天皇制というものは支配力をもってくる。ところが、天皇制に反対する側は、天皇制というのはこういうふうな支配原理、支配構造なんだということをいくらしゃべってもこれは天皇制をつぶすための力にならない。かれらの方は、天皇陛下ありがたいと思うだけでいい、しかしこちらは思うだけではなんにもならない。じゃあいったいどうすればいいんだろう。こんな討論会や講演会を開いているだけではわれわれはだめなんですね。具体的に手がかりをつかんでその手がかりをあらゆる力をこめて自分に、自分たちにひきつけて具体的なことをやっていかなければならない。ある党派にとっては「ロケット弾」でしたか、それの発射がそういうことなのかもしれませんが、ぼく自身にとっては何があるのだろうと考える、それをみんなでともに考えたい。その時ぼく自身は、みなさんに、おこがましくこうだと提起できるほどの活動をやっている人間ではないので、むしろみなさんの方が、一人一人がいろいろ模索しながら、運動の隊列をつくりだしておられると思う。ただ、ぼく個人としてはなんなのか、ぼくが友人たちとやろうとしていることはなんなのか、そういうことを、一つの素材として提出させていただくとすれば、天皇制というものの本質的な構造とかかわるテーマに、今じっくりこだわってみたいと思います。つまり、天皇制というものはありがたいと思ってしまう人間、それに包摂されてしまう人間にたいしては、ものすごくかぎりなく温かい、しかしそれからはじき出されている人間、それに包摂されない人間、もはや見込みがないほど異質である存在に対しては、かぎりなく残虐にたち向かってくる、そういう天皇制のありかたにぼくはこだわりたい。このことを手がかりにしていきたい。

天皇制に包摂されないものとは何か？ これは抽象的なことではない。これが今、抽象的ではなく具体的にますます見えはじめているわけですね。天皇制というものが今のようなかたちで突出してきたというのは、逆にいうと、天皇制に包摂されないものがはっきり見えるようなかたちで表わされてきているということです。じゃあそれは何か？――それは非常に簡単です。戦後民主主義のなかでわれわれから見えなくされていた人びと。戦後民主主義を支える土壌を形成していながら見えなくされてきた人びと。これは「第三世界」の人びと、国内で使いすてられている下層の人びとです。具体的には、例えば「労務者」「浮浪者」といわれている人びと、在日朝鮮人・被差別部落民の人びとですね。「第三世界」の人びとということをより具体的にいえば、マルコスでもアキノでもない人びと。マルコス、アキノというのは戦後民主主義のなれのはてにある日本の帝国主義者のお友だちですね、どっちも。こういう人びとではなく、マルコス、アキノの体制そのもの、より端的にいうなら日本とアキノの関係そのものを拒否し、その拒否を現実的な運動として表現している民衆――さしあたりそう呼んでおきますが――のことです。そういう人びとは戦後ズーッといたわけです。六〇年代の後半からそれがダンダン日本人にも見えるようになってきた。そして、ひところのいわゆる「第三世界主義」というものが生まれてきたわけですね。今、あらためて「第三世界」の人びとという言いかたをし、そして国内の戦後民主主義のこの「発展」の養分となりつつ殺されてきた人びと——比喩的にですが、——という時、ぼくは単にそれを、われわれの側から見えるようになったというとらえかたで言っているのではないのです。単にわれわれにとっての対象、見る対象として、かれらはあるのではない。われわれに対して立ちあがり、われわれに向かってきている主体としてかれらを考えることができると思うんです。かつてアラブの革命のなかに世界革命の可能性を発見し、アラブに行った人たちがあり、三里塚の闘いを日本革命の拠点地づくりと位置づけて三里塚に行って闘った人がいた。もちろんそれは必要だったことをぼくは否定したいわけではない。ところが今、われわれは、根拠地としての三里塚、根拠地としてのアラブというもの、そこにわれわれが行かなくとも、現実のなかで様々なところでわれわれに向かって立ち上がってきている、主体としての存在、天皇制に包摂させることのないさまざまな主体と出会うことができるようになってきているとぼくは思います。これは決定的に六〇年代前半以前とはちがったことだと思います。これから先のことを考える時に、いい徴候ばかりを並べたてて楽天主義、極楽トンボ的に楽天主義になることは最低のことだと思いますが、ぼくが言いたいのは、だから未来は明るいんだということではなくて、そのようにこちらからはたらきかける対象であると同時に、向こうから天皇制に包摂されない具体的な人間たちが見えるようになってきたということは、われわれにとっては困難が大きくなったということですね。抽象的に、それこそ抽象的に「すべての権力をドコドコへ！」などと言っていればいいわけではなくなってくるわけですね（笑）。

つまり、具体的にそういう人びととどういう関係をつくりだしていくのか。自分と、天皇制に包摂されない「労務者」、自殺をしていく子供たち、農民・漁民、在日朝鮮人、さらにはまだぼくらが知らない「第三世界」で苦闘している人びととどういうふうな関係をつくりだしていくのかということが、具体的テーマとして問われている。今までのように「第三世界」万歳、三里塚万歳ということではなくして、一つ一つそれを問うことによって、われわれが天皇制というものを口で解釈することではなくして、具体的に現実的に対決していくということが始まる。それが今、始まりつつあるのだと思う。その時そのような天皇制に包摂されていない存在と自分との関係だけではなく、自分たちの関係——ここに集まっている人びとも含め——自分たち自身の関係をたえず点検していくことを抜きにして、そうした人びととの関係はありえないというところにわれわれは来てしまっている。

新京都学派というような、アカデミズムの世界と思われるようなことが、そうではなくて天皇制の政治というような現実的な局面の問題として出てきた。このことをやはり、徹底的にみつめなおし、考えなおすことでわれわれは戦後民主主義というものをみつめなおすことができる。われわれは中曾根によって戦後民主主義が総決算されるのを許しておくのではなくて、われわれが戦後民主主義というものをどうやって総括し総決算しうるのかということと、そのことは密接に関係していると思います。

具体的な政治日程はつねに向こうから決められてくる。たとえば明日の四月二十九日の式典も向こうで決められたわけですね。それに対して、勝手にやってくださいというわけにはいかないから、明日は具体的な行動が組まれるわけですね。こういった政治スケジュールに規定された闘いはさけがたいわけです。しかし、常に立ちどまって、今の天皇制の基盤を問うたり、あるいは一見天皇制と関係のないと思える様々な動きの相互の関連を問いただしたりする作業と、その闘いはわかちがたく結びつけられなければならないだろうと思う。天皇制については、権力の方が祝いの儀式を終えてもわれわれには過ぎ去った問題になるわけではないのですね。絶望的にも、ぼくが生きている間はおろか、みなさんが生きている間にも天皇制をなくすことはできないだろうとぼくは思う。にも関わらず、こうした闘いとかかわっていくということは、「明治」以降百二十年以上続いてきた天皇制をなくすにはやはり百年以上かかる、そういう長い展望で問題を考えていくような作風をわれわれは身につけていかなければならないということだと思う。学生をやめていわゆる社会人になった時、みなさんは、「アッ、陛下はうちの会社がつぶれることまで心配してくれるのか」というふうに感激するのか、そうではないことを日常のなかで考え続けるのか、そういう問題がすでにみなさんの前にあるわけです。昨日、例えばデモがふうじ込められても、それはほんの一歩にすぎないわけです。ぼく自身も死ぬまでというのはなんですが（笑）、新京都学派の後をおいかけるわけにはいかないので、長く、この問題を一緒に考え続けたいと思います。

（一九八六・四・二八　反天皇制学生集会）

唱和晩年残菊抄　もしくは、天皇制の〈あす〉はバラ色!

——一幕三場、序曲付き——

序曲

開演の予告なしに、いきなり幕が上がる。客席の照明もついたまま。舞台は田舎の小学校の校庭を思わせる空間。運動会のときのように、中空に張りめぐらされたロープに無数の小さな万国旗が垂らされている。後方中央のポールに、校旗とおぼしき旗がはためき、あたりには適宜、標語を書いた立看板、ポスターのたぐい。(イ)「食事の前には手を洗おう!」　(ロ)「努力、協力、調和」　(ハ)「気くばりは、きみとわたしの合言葉!」　(ニ)「つむぎ出せ、ふれあい、やさしさ、思いやり!」　(ホ)「世界は一家、人類みな兄弟」など。完全な静寂のうちに数分間が経過したころ——

大声（上手の楽屋から）　アアッ、だれだ、幕を上げたのは!　早くおろせッ!　早くッ!

舞台、客席とも、すべての照明が一斉に消えると同時に、バサッと音をたてて幕が急激に下りる。暗闇。舞台上で、せわしなく人が立ち働く様子。セリフだけが聞こえる。押し殺したような声で。

声1　おいッ、早くしろ。もう始まっちゃうぞ。

声2　そう言ったって、こいつがなかなか、はずれねえんだよッ！

声3　ペンキ、ペンキ、ほら、こっち。

声4　（詩の朗読のように）　二重橋の下をお濠《ほり》の水が流れ、わたしたちの恋が流れる。わたしは思い出す、悩みのあとには楽しみが来ると。日も暮れよ、鐘も鳴れ、月日は流れ、わたしは残る。

声1　おい、そろそろ行くぞ！　そっち、いいか？

声4　流れる水のように、恋もまた死んでゆく。命《いのち》ばかりが長く、希望ばかりが大きい。日も暮れよ、鐘も鳴れ、月日は流れ、わたしは残る。

声1　おいッ、幕を上げるぞ！

声3　あ、ちょっと！

声4　日が去り、月がゆく。過ぎた時も、昔の恋も、二度とまた帰って来ない。二重橋の下をお濠の水が流れ。日も暮れよ、鐘も鳴れ、月日は流れ、わたしは残る。

開演を告げるブザーとともに、幕が上がる。舞台上の万国旗はすべて日の丸と軍艦旗に変わり、ポールには日章旗がはためいている。標語のたぐいもすべて書きかえられている。(イ)「神社の前では手を合わそう！」　(ロ)「規律、服従、滅私！」　(ハ)「進出は、君と臣下の合言葉！」　(ニ)「叩き出せ、異論、過激派、非国民！」　(ホ)「八紘一宇、四海同胞」など。――やがて、赤い小さな水玉模様の服を着た道化《ピエロ》、登場。できるだけわざとらしく滑稽なカニの横歩きで。

道化　いやあ、どうも。なにしろ座長がね、絶対にお客さんに背中を見せちゃいかんと言うもんだから。それにしても、困っちゃったなあ。どうしよう？　こんなに大入りだっていうのに。どうしようか、ほんとに。どうしよう？　いえね、じつは、ほかでもない。脚本が、まだなんですよ。この芝居の脚本が、まだ届いていないのですよ、ここに。脚本なしでは、どうにもなりませんからな、この芝居……

声（舞台裏から）　だから、言わんこっちゃないのだよ！　あの作者の台本だけは使うのやめろ、って、あれほど言ったじゃないか。あいつは、原稿が締切りに遅れる常習犯なんだ。それを、おまえだけが、どうしてもあの作者の台本でやりたいって、たかが道化の分際で、みんなの反対を押しきって……

道化　あんたこそ、座長の分際で……

と言いながら、道化は、背後の楽屋にいる相手を面詰するため、くるりと向きを変える。水玉模様の道化服の背中が見えると、そこには、たったひとつ、巨大な赤い水玉、つまり日の丸が描かれている。

声（舞台裏から）　あ、こらッ、お客さんに背中を向けちゃいかんと、あれほど言ったのに！　うちの一座のリョーシキが疑われたら、どうする！

道化（うしろ向きのままで）　ごまかすな、ってんだ。脚本が遅れるの、どうのこうの、あんたはみんな他人《ひと》のせいにして、自分ばかし良《よ》い子になりたがるけど、いまどき畏《かしこ》くも天皇制をテーマにした芝居で、この作者の作品以外に考えられますか？　畏くも天皇制について、この作者の右にも左にも出られるものなんか、いやしないでしょう？　そりゃあ、お客さんに尻を向けるな、って言うんなら、いくらでも前を向きますがネ。

と、ふたたび観客のほうを向く。すると、道化服の前面は、赤い軍艦旗に変わっている。

帽子の前面には、菊の紋章。

道化　まあ、こうして面と向かっていたほうが、おたがいにわかりやすくって、いいかもしれませんな。しかし、困ったね、脚本がないのは。いつまでもこうやってアタシがしゃべっているわけにもいかないし。

声（観客席のなかから）　みんなで作ればいいじゃないか！

道化　え、なんですって？　あんた、いったい誰なのさ？

声　見物人よ。見りゃあ、わかるだろう。だいたい、こんなに大勢、人間が集まってんだ。脚本なんかなくたって、みんなで芝居を作っちゃえばいいじゃないか！

道化　そんなこと言ったたって……

別の声（同じく客席から）　わいも賛成や！　あんた、さっき、天皇制はこの作者やないとアカン、言うたけど、それがおかしいの、ちゃうか？

道化　だって、天皇制の問題を、この作者くらい深く鋭く的確かつ感動的に描けるひとなど、ほかにいますか？　いたら教えてくださいよ。あたしだって、べつに……

新しい声（やはり客席から）　それが、おかしいのよ！　天皇制の問題と取りくむのに、専門家や権威にまかしとくのが、まちがいなのよ！　みんなが、ひとりひとりが、自分のできることを、自分でやんなきゃ、だめなんじゃないの？

いくつもの声（客席のあちこちから）　そうだ、そうだ！／作者だの脚本だのって、そんなもの必要ないわよ！／異議なし／ピエロは引っこめ！／脚本なんかなくたって、おれたちがやろうぜ！／いっしょにやろうよ、ねえ、みんな！／そうだ！　高い入場料、払わされてんだ、坐ってるだけじゃ、モトなんか取れないよ！／よし、みんな、舞台に上がろう！／おもしろ〜い芝居をつくろうね！／ヤルワヨーッ！／等々、等々。

声の主たち、客席から舞台へ駆け上がる。手んでに標語の立看板やポスターを破りすて、張りめぐらされたロープから日章旗と軍艦旗を引きちぎり、ポールから日の丸を引きずり下ろす。

道化　あ、これこれ、暴力はいけない。活力があるのはけっこうだが、破壊は許されない。許されるべきではない。

二、三人の男女、道化にとびかかり、アッという間に道化服をひきはがす。越中フンドシひとつにされてしまった道化が、舞台上の「観客」たちに囃《はや》されながら背中を見せて逃げ出すと、その背中一面に、靖国型の大鳥居の刺青《いれずみ》が見える。道化の動きにつれてそれが滑稽にゆがむさまにスポットライトがあてられるうち、舞台暗転。

約一分間の暗闇と沈黙ののち、舞台の前面に白い字幕が浮かび上がる。「ここまで来たの歌」。暗いままの舞台上で、これが合唱される。

ここまで来たぞ　とうとう
たどりついたぞ　おれたち
でっかい太陽　はてしない空
血のにじむ汗も　いまは想い出

ここまで来たぞ　おれたち
たどりついたぞ　とうとう
でっかい日の丸　はてしない欲
血にまみれた手も　いまは愛《いと》しく

ここは御国《おくに》を何万里　離れて遠き阿弗利加の
赤い夕陽に照らされて　戦友《とも》は商社の名誉白人

ここまで来たぞ　堂々
みんなで遂《と》げたぞ　進出
でっかい利権　はてしない収奪
平和の使者　自由の戦士　おれたち
繁栄の使徒　皇軍の神兵　おれたち

進軍喇叭《らっぱ》　聞くたびに　まぶたに浮かぶ日章旗《はた》の波
天皇陛下　万歳と……

字幕と歌が突然消えると同時に、舞台が明るくなる。舞台の両端には、それぞれ七、八人の男女（出演志望の観客）が、思い思いの姿勢でうずくまっている。舞台中央には六人の出演者が立ち、言いあらそっている。商社員、男子学生、女子学生、主婦、ガードマン、百貨店の女店員。

商社員（男、三十五歳ぐらい）　いまの歌、あれはおかしいですよ。だいぶ現実とズレてますよ。

男子学生（二十歳くらい）　いいんじゃないんですか、そんなに難しく考えなくても。

商社員　総理府統計局とＮＨＫの世論調査をまつまでもなく、わたくしのような一流商社マンは、どの職種や階層と比べても、天皇や皇室にたいする関心がきわめて薄いのですよ。そんなことに関心をもってるヒマなんか、ないんです。こう言っちゃ、なんですが……。

百貨店員（女、二十三歳くらい）　そうですよね。左翼っぽいひとたちって、すぐに何でも天皇制だとか資本主義だとか差別だとか侵略だとかに結びつけたがるみたいだけど、日本の産業とか科学技術とか貿易とか、天皇制と何の関係もないですよねえ。

男子学生　いいんじゃないんですか、難しく考えなくても。要するに個人の趣味の問題でしょ、結局、天皇制を否定するか肯定するかなんて。

女子学生（二十歳前）　でも、中学や高校では、日の丸・君が代が生徒に強制されてるんですよ。

どうするの、あなたはそのとき？

男子学生　たかが趣味の問題にすぎないと思いますから、適当にみんなと調子を合わせておけばいいんじゃないですか。

ガードマン（六十歳あまり）　個人の趣味の問題ってのは、あんたにとって、そんなに軽いものなのかね？

主婦（三十代前半）　あの、ちょっとお話が混乱してるみたいですけど、君が代・日の丸というのは、一応、天皇制とは直接関係がございませんから、別としまして。天皇制天皇制とおっしゃるかたたちが、天皇個人の責任をうんぬんなさるのには、あたくし、つねづね疑問を感じておりますのですけど。

男子学生　天皇個人なんて、ロボットにすぎないでしょ？　利用した軍部や政治家の責任を追及するのはわかるけど、天皇個人をどうのこうの言うのは、おかしいと思いますね。あんな老人を、いまさら。

舞台の端にうずくまっている男女のなかから一人の女性が立ち上がり、男子学生を指さしながら叫ぶ――

女性（三十歳くらい）　なに言ってんのさ、侵略戦争を始める決断を下したのも、原爆を落とされるまで戦争をやめなかったのも、みんなアイツの意思でやったことなのよ！　敗戦のときだって、「自分はどうなってもいいから」なんて大ウソで、本当は自分のイノチと沖縄のアメリカ植民地化とを交換条件で取引きして、生きのびたんだ。みんなちゃんと客観的な資料で明らかになってることなのに、あんた、学生のくせして、そんなことも知らないのかさ？

彼女は舞台中央に歩み出て、男子学生につめよる。

商社員 ちょっとちょっと、出て来ちゃ困りますよ。いまの出演者はわれわれ六人と決まってるんですから。帰ってください。

百貨店員 あたしは、このひとの意見に賛成じゃないけど、でも、べつに発言させてあげてもいいんじゃないですか？

男子学生 そういうことを認めると、みんなが出演したがって、収拾がつかなくなるんじゃないですか？ やはり、ルールをきちんと守るほうが無難だと思いますよ。

男の声 （舞台の端にうずくまっている男女のなかから） なにが無難だ！ なにが収拾がつかなくなる、だ！ だれも出たがっていねえじゃねえか、このとおり。なにがルールだ、アホ！ その女性が意見があると言ってんだから、しゃべらしてやりゃいいじゃねえか、バカ！

男子学生 アホアホ、バカバカ言わないでくださいよ、失礼な。基本的人権の蹂躪ですよ。

主婦 このかたにも加わっていただいて、結構じゃありませんこと？ で、本筋にもどりますと、あたくしなんかも、やっぱり、あのさっきの「ここまで来たの歌」には、賛成いたしかねますわね。東南アジアやアフリカなんかの自然破壊、生活破壊なんかに、日本の大手企業なんかが責任の一端をになっている、というのは、そりゃあ事実かもしれませんけど、それを天皇制に結びつけるのは、ちょっとこじつけみたいに感じるのですけれど……。

女性 あの、天皇の「お言葉」って、あったでしょ？ 韓国の全斗煥《チョンドファン》が来たとき、「過去において両国間に不幸な歴史があった」とか何とか裕仁が言って、それでケリがついたことにされた、あれ。

商社員　じゃあ、だれかさんみたいに、「侵略されたほうにも責任がある」と居直ったほうがいいんですか？　誤りを率直に認めたんだから、立派じゃないですか。

ガードマン　誤りをもうひとつ重ねたんだよ、あの「お言葉」なるものによって。

女性　そうよ！　あいつは、あの「お言葉」によって、過去の侵略にカタがついたことにしたうえ、さらに現在の侵略を丸ごと正当化したのよ！

主婦　あなた、そういう論理だから、素朴な国民感情に訴えることがおできにならないんだわ。

舞台の両端にうずくまっている男女、さっきからこのやりとりを不満げに見ていたが、ついに一斉に声をあげて野次りはじめる。

男女（口々に）　説教を聴きに来てるんじゃねえぞ！／芝居はどうした？／芝居を早く始めろよ！／大根！／こんなこと聞かされるくらいなら、自民党やカクマルの機関紙でも見てるほうが、まだ面白いよ！／だから左翼はダメなんだ！／ノンポリも程度低いぞ！

客席から、中年の男（四十歳直前くらい）、しずしずと舞台に上がる。どこから見ても、超一流企業の超エリート社員とわかる着こなし。片手にとびきり上等のアタッシュケース。舞台中央に直立して、野次がおさまるのを静かに待つ。突然——

中年の男（もっぱら観客に向かって）　この場に、結集された、すべての、戦闘的な、観客のみなさん！　われわれは、このような、無意味な、議論を、絶対に、これ以上、許してはならないと思います！　われわれは、この、破廉恥な、出演者たちを、ただちに、断乎として、放逐し、われわれ自身の、手によって、この芝居というものを、革命的に、始めて行かなければならないだろう、というふうに、考えます！
声（客席と舞台の両端から）　異議なし！
中年の男　われわれは、現在、まさしく、われわれの、この、状況というものを、われわれ自身の、全存在をもって、受けとめ、断乎として、徹底的に、われわれの路線を、貫徹することによって、われわれの状況というものを、根底的に……
声（客席から）　具体的な方針を出せよ！
中年の男　この場に結集された、すべての、革命的な、観客のみなさん！　われわれは、この場で、この、破廉恥な、劇場を、われわれ自身の手によって、実力で、自主管理し、きわめて醜悪な、天皇制ファシストたちに、断乎として、壊滅的な、打撃を与えるような、革命的な、芝居を、圧倒的に、貫徹していこうでは、ありませんか！
客席から、ごくまばらな拍手。
中年の男　それでは、圧倒的な支持が得られたことを確認し、ただちに、われわれの、芝居を、始めることを提起して、簡単ですが、ぼくからのアピールを、終わって行きたい、というふうに、考えます。

——幕——

第一場　忠臣たちの夏

「海征《ゆ》かば」の荘重なメロディーとともに、幕が上がる。舞台には、中空に足場が組まれ、その上を人が歩けるようになっている。上方から字幕が下りてくる。

天皇裕仁とその妻は、例年と同様、翌日の政府主催「戦没者慰霊祭」に出席するため、八月十四日午前十一時少し前、那須の別荘から東京原宿駅へ向かう「御召列車」で、荒川鉄橋に近づきつつあった。

列車の轟音と警笛の音（録音テープ）が次第に近づいてくる。やがて舞台上手から、高い足場の上を、「御召列車」が姿を現わす。

列車の警笛（人の声で）　ピーッ、ピッピーッ！

「御召列車」は、子供の汽車ゴッコと同じく、五人の人物が綱でつくった長い輪の中に一列に並び、両手で綱を持って歩くことによって、形成されている。先頭は機関士、二番目は侍従、そのあとにヒロヒトとナガコ、最後に警備責任者の高級警察官。列車の側面を示す綱に、横書きで「祝！　民営発進！」の文字盤が吊り下げられている。

列車の音（五人の人物たちの口で）　ゴットン、ガッタン、ゴットン……。

列車は舞台を通りすぎて、いったん下手に姿を消し、また下手から現われて、今度は上手のほうへと移動する。さっきと反対側の綱にぶらさげられて、大きな紋章が見える。菊の紋の中央に、「民」の一字があしらわれている。紋章の前後に文字盤が並んでいてもよい。たとえば「民営天皇」など。

侍従 (走る列車の中で) 陛下、まもなく東京でございます。

陛下 あ、そう……だネ。

そのとき、舞台、一気に暗黒となり、スピーカーからの声。

声 結局、僕たちは、警備が一番困難な状態——すなわち列車の走行中を狙うことに決定した。御召列車が定例的に運行される機会は、少なくとも年に二回あった。第一は那須の御用邸への往《ゆき》還《かえり》であり、第二は下田の御用邸への往還だった。僕たちは夥しい資料の山の中で研究を重ねた末、列車が那須の黒磯から東京の原宿へ戻るときを狙うことに決定した。というのは、調査していくうちに、黒磯駅から原宿駅へ向う列車が確実に毎年同一の日——八月十四日——に運行されていることを〝発見〟したからだった。つまり、あの男は八月十五日の「戦没者慰霊式典」なるものに出席しなければならないのだが、その前日の八月十四日に、列車は黒磯駅を出発していたのであり、次の日に延ばされることは絶対にあり得ないはずなのであった。

僕たちは黒磯駅と原宿駅の間を幾度も往復し、さらに何ヵ所かの徒歩による調査を重ねた末、列車を吹きとばす地点——X地点——を荒川鉄橋上と確定した。荒川鉄橋を、あの巨大な紋章を付けたチョコレート色の列車は、八月十四日の午前十時五十八分から十一時二分の間に通過するはずだった——。

しばらく、間。舞台から、思い出したように、「ゴットン、ゴットン、ガッタン、ガッタン」の声。

声 その年、ひときわ暑い夏がやってきた。八月にはいると、僕たちは連夜のように荒川土手へ出撃した。鉄橋上の爆弾の固定方法、電線の敷設方法、敷設経路などが、次々と現場で決められていった。現認地点＝スイッチ地点であるA地点は、荒川鉄橋から直線距離で八〇〇メートルほど下流に在る荒川大橋付近とすることが決定された。荒川大橋からは、はるか上流に荒川鉄橋が広々と見渡せ、鉄橋の上を気怠そうに通過していく真夏の列車をはっきりと見定めることができた。だから、荒川大橋に立つレポの合図によって、その附近のスイッチを点火すれば、列車は確実に爆破することができるに……

急に音量をしぼって消す。同時に、列車が急停車するけたたましい音（録音テープ）。しばらく沈黙。暗闇のまま。その間に、舞台脇にスポットライトで次の字幕が浮かび上がる――「ただいまの朗読は、桐山襲『パルチザン伝説』（作品社）の一節でした。なお、この本は当劇団の特別推薦図書です。」

すぐに、舞台で、大勢の人間が騒ぐ声。悲鳴、怒鳴り声、呼子、パトカーのサイレン。騒音つづくなかで、舞台が明るくなる。やや上手寄りの足場の上で「御召列車」が立往生し、その前後にも、足場の下の舞台上にも、おびただしい群衆。みな、列車のほうへつめかけようとしている。

侍従 （「列車」の中で） 陛下、お怪我はございませんでしたでしょうか？

陛下　ウン。
侍従　（高級警察官をふりかえって）　コレ、いったいどうしたことなのか？
警察官　（片手に拳銃を握りながらトランシーバーにかじりついて）　は、ただいま、事態を把握いたすべく、全力を傾けておるところでございます。
陛下　良宮《ながみや》にも、けがはありませぬか？
良子　あい。おかみにも御無事であらせられましたか。
陛下　ウン。
侍従　しかし、なんだ、この大勢のやからどもは？
男1　（群衆の中から）　天皇陛下ッ、バンザーアイッ！
群衆　万歳！　万歳！　万歳！
女1　まあ、陛下が、こっちをごらんくださってるワ！
女2　皇后さまもョ。とってもお元気そうネ！
男2　やっぱり本当だったんだ、きょう御通りだってこと！
男3　わざわざ来てみた甲斐があったネ！
女3　両陛下さま〜ッ　ヒロノミヤさまのご婚約は、どうなったのですかあ〜ッ？
男4　両陛下、バンザァーアッイ！
群衆　万歳！　万歳！　万歳！
　いつのまにか、群衆に日の丸の小旗が配られ、ヒロヒトとナガコは、鉄橋上に立往生した「御召列車」から、いつものスタイルで手を振って歓呼に応える。次のセリフの間も、それはつづく。

警察官（侍従に）　現時点までに判明いたしましたところでは、このものたちはきわめて良質の国民に属するものでありまして、天皇陛下（と発語すると同時に姿勢を正して直立不動となり、右手を帽子の横に挙げて敬礼する）ならびに皇后陛下（同上）への御奉公の念もだしがたく、年に二回の皇居一般参賀だけでは満足できずに、畏《おそ》れ多くも両陛下（同上）のお戻りの御クルマさきを汚《けが》したてまつって、鉄道線路上に坐り込み、もったいなくも両陛下（同上）を御待ち伏せ申し上げたてまつったもののごとくに見うけられ……

侍従　で、要するに、どうするのかね、この事態を？

警察官　は、ただいま警視庁から機動隊が十個大隊と、自衛隊朝霞駐屯地から特殊部隊一連隊が出動いたしまして、まもなく当地に到着するはずでございます。

侍従　それはマズイではないか。良質の国民に銃を向けるのは。――それより、いったいどうしてこのものたちは、両陛下の御通りのことを知ったのだろうか？

天皇（依然として手を振って応えながら、ヒョイと侍従のほうへふりむいて）　じつは、朕もそれを不審に思っていたのです。

そのとき、それまで前方を向いて石のように直立していた機関士が、侍従に向かって話すために観客のほうに胸を向けると、そこに大きく「動労」と書かれた菊の紋章入りのゼッケンをつけている。

機関士 口をはさみたてまつるようで、まことに恐懼《きょうく》のきわみにございますが、さきほどからこの下賤の民草《たみくさ》どもが叫んでおりますことを耳にいたしておりますと、どうやら、アジア反日なんとか申す過激派、非国民による戦犯天皇処刑計画……いえ、その、けしからぬ妄動の計画を通じまして、この御召列車が畏れ多くも本日ただいま当地点を御通過あそばされることを知り及び、かような不敬の挙に出でたもののようでございます。

天皇 その、妄動の計画とは、何のことであるか?

侍従 いえ、それはもう、もったいなくも陛下とはいささかも御《おん》かかわりのございませぬ下々《しもじも》の一種の、その、娯楽に属する営みのことでございまして、はい。

天皇 国技とも国体とも、無関係なものか?

侍従 はッ、まことにもって、そのとおりで。

皇后 陛下、ほら、下々《しもじも》が、御窓近くまで、お慕い寄りたてまつっておるようでございますよ。

会話のあいだに、足場(鉄橋の橋脚)をよじのぼった数人の男、「御召列車」の窓下(綱を握って並んで立っている人物たちの足もと)に平伏する。そのうち一人は、巨大な旗をかかげている。紫地に白い菊、そのまんなかに「誠」なり「忠」なりの文字。

天皇 ウン、そうだね。では、入江、お言葉をたまわろうか?

侍従 ハッ。もったいなし。(観客のほうを向いて)これ、静粛に。お言葉である!

群衆、ハッと平伏する。

天皇 (綱の列車から身をのりだして)みなで、長寿を祝ってくれて、ありがとう。これからも、億兆、心を一《いっ》にして、わが国の繁栄と、世界平和のために尽くしてくれるよう、のぞみます。

舞台脇に字幕――「億兆《おくちょう》＝天皇が自分の臣民のことを言うときの専門用語《テクニカルターム》」

群衆　天皇陛下、バンザーイ、バンザーイ、バンザーイッ！

警察官（侍従に）ただいま中曾根総理が、両陛下を（前に同じ）ご安全な場所へお移し申したてまつるべく、みずから専用ヘリコプターで総理官邸を飛び立ち、こちらへ向かっておられるところでございます。

侍従　陛下、お聴きおよびのとおりにございます。

天皇（群衆に手を振りながら）ア、そう。

ヘリコプターの音、次第に近づく。すでに上空には、警察、自衛隊、報道陣などのヘリコプターが飛びかっているのであろう。大小の轟音が入りまじって、それが次第に大きくなる。――突然、ドカーンという巨大な破裂音。その瞬間に、真暗となり、あたりは静寂。やがて、舞台正面に垂れた字幕に照明があてられる。

中曾根首相は、両陛下を御救出申し上げるべく、みずから陣頭指揮をとって、ヘリコプターで現地に向かう途中、現場から約一キロ上流の荒川上空で、出動中の自衛隊ヘリと空中衝突し、首相を含む双方の計十一人が全員死亡した。中曾根首相の遺体は周囲約八百メートルの範囲にわたって飛散し、その一部は荒川に落下した模様で、収容と確認の作業は難航をきわめているが、天皇・皇后両陛下には、午後〇時四十二分、予定より約一時間余り遅れて、無事、原宿に御着きになった。なお、政府筋によれば、故中曾根首相の国葬の日取り等は、今回の事件によって御疲労が激しいと拝察される両陛下の御回復を待って決定されるため、かなり先のことになりそうで、万一の場合には故首相の国葬そのものが行なわれない事態も考えられると、一部の消息筋では見ている。

「海征かば」の調べ（今度は歌詞も）とともに、字幕、次第に暗くなる。

第二場　決戦の秋

舞台は、中央に立てられた大きな衝立《ついたて》で左右ふたつに仕切られ、観客からは、それぞれの半分で演じられていることが同時に見える。舞台上手（右半分）には、大きなテーブルを囲んで、治安当局の最高責任者たち。制服（金ピカの階級章）が二人、私服が三人。下手（左半分）には、貧弱なボロ椅子（種々とりまぜて）に腰かけている「反対派」活動家たち。男女各三人。年齢も服装もさまざまに。どちらのグループも重要会議の最中。ただし、はじめのうち、その話し声は聞こえない。

スピーカーの声（詩の朗読のように）　秋の牧《まき》には毒がある　だが見る目には美しい　牡牛は草を食べながら　何時《いつ》とはなしに毒される　目の暈《かさ》の色　リラの色　いぬさふらんが牧に咲く　お前の目もこの花に似て　目の暈に似て　秋に似て　すみれがかった鉛いろ　そしてお前の目のため

に何時とはなしに　知らぬ間《ま》に　私の生活《くらし》が毒される

声（客席から）　チェッ、またアポリネールか！

スピーカーの声（今度は棒読みで、たたみかけるように）　母のような　娘のそのまた娘のような

いぬさふらんを子供は摘む

突然、舞台右半分の会話が、観客に聞こえはじめる。

右半分の男1　と、まあそういう経過で、前総理にはまことにお気の毒なことであったが（と、壁に掛けられた黒リボン黒枠入りの中曾根の悪らつなニタニタ笑いの顔写真をふりかえって）、とにかくも陛下が御無事であらせられたことは、畏れ多くもありがたいことであった。

右の男2　陛下をお慕い申し上げる国民の赤心《せきしん》が爆発的な発露を見たわけでありますからして、われわれ治安をあずかるものといたしましても、あながち強制力を行使して解散せしめるのが得策とは思えず、苦慮いたしておったところでございました。

右の男3　前総理の遭難という、まことに不幸な不測の事故のおかげ、と申しては、はなはだ不謹慎ではあるが、ともかくあの事故を目撃して、群衆が逃げ散ってくれたので、うまく収拾することができた。

右の男4　しかし、前総理の行動は、やや軽率にすぎたきらいもあったのではないかな。三里塚の二期決戦にみずから陣頭指揮をとるための、予行演習だったとの観測もあるようだが。

右の男5　北方領土を武力占領、いや、実力奪還するときの、予行演習だったとも……

右の男3　きみ、言葉をつつしみたまえ。壁に耳あり、ということもある。

左半分の会話も聞こえはじめる。このあと、右半分と左半分とで、それぞれ独立に会話が進められていく。しかし、観客が聞きわけられるように、時間的に重ならないくふうがなされねばならない。とくに注意すべきことは、衝立の向う側で話されていることは別の側の人物にはまったく聞こえていないのだ、という点である。

左の男1　いずれにせよ、中曾根の墜死は、全面的にめでたいことだよ。

左の男3　いや、そうじゃない。あいつが躊躇なくヘリで出動したということは、権力がそれだけ攻撃的になっている、ということを示しているわけだろう？

右の男2　ともあれ、前総理がご自分の身を挺して、日本という国を守る決意を国民の前にお示しくださったことは、われわれ治安をあずかるものにとっても最大の遺産でございます。

左の女1　でも、ナチ曾根の総決算路線も、これで有終の美をまっとうしたわけよね。

右の男3　ニューリーダーと呼ばれるかたがたも、これで、前総理の基本路線を引きつがざるをえなくなった。われわれ治安当局者の使命も、ますます重さを加えていく。

左の男3　そうだな。天皇制の確たる力と、中曾根ファッショ政治の言行一致とが、期せずして同時に国民の前に示されたんだから、あいつの死は、幸福な瞬間の死だった。

右の男1　問題は、畏れ多くも御高齢にあらせられる今上天皇陛下が、かりそめにも不測の事態のなかで玉体に危害をこうむりあそばされ申したてまつるなどということが、あってはならないわけであるから、今回のごとき予定外の一般参賀というものは、二度とあってはならないわけだ。

左の女2　問題は、今度の事件を教訓にした当局が、たぶん二つの方針をとってくるだろう、ということね。一方では、愛される天皇、親しまれる皇室、というイメージをますます前面に押し出しながら、もう一方では、天皇タブー、皇室タブーを、飛躍的に強化する……

右の男4　困難な課題ではあるが、きみの言うとおりだな。皇室におかれては、さらにいっそう国民のなかへ親しくお運びあそばされる御決意であると、もれうけたまわっているが、越えてはならない一線を毅然として守るわれわれの努力があってこそ、国民の皇室という悠久の大理想の実現も可能となる。

左の男2　矛盾するんじゃないかなあ、それでは。

右の男5　いや、まさに、国民の深い崇敬と、もったいなくも敬愛の念を、一身にお受けあそばされていらせられる天皇陛下なればこそ、神聖にして侵《おか》すべからざる存在であらせられるのであって、ここにこそ、治安にたずさわるものの本来的な使命がある、と確信いたしております。

左の女3　そうそう、そうよね。考えてみれば、戦後の人間天皇制、象徴天皇制というのは、一般には、愛される皇室、みたいなイメージが強調されてきた――というふうにとらえられてるけど、人間天皇、象徴天皇にたいする「国民」の親しみが増《ま》せば増すほど、ちょっとでもこれと違う態度をとる人間を非国民とする空気も、濃密になるわけよね。

右の男2　全国民と上御《かみ》一人とが、あいいだきあって――と申しては甚だ畏れ多いことではありますが、まさに一宇に暮らす一家のごとくあい和して生きるこの大いなる和の国である日ッ本には、一人の非国民もあってはならず、あるはずもないのでありますからして……

左の男1　天皇と国民の親しみのシンボルは、死だ。二通りの死が、ここでは要求される。ひとつは、国賊、非国民、それから天皇制に包摂されない皇民以外の他民族の死。もうひとつは、皇民自身の、天皇の赤子《せきし》自身の忠烈な死。この両方があってはじめて、天皇は国民のものとなる。

右の男3　畏《かしこ》くも国民統合の象徴としてあらせられる天皇陛下と、日ッ本国民との固いきずなは、一世だけのものではない。戦時であれ平時であれもったいなくも陛下のために死ぬことのできた国民は、英霊となって来世も陛下のために生きつづける——いや、死につづけることができるわけであって……

左の女1　もしも心のなかでちょっとにせよ天皇や天皇制に疑問をもっていたとしても、はっきり非国民と認定されないかぎり、戦争に引っぱり出されて死ねばみんな靖国神社に合祀されちゃうわけよね。死んだあとまで人権蹂躙、自由剝奪じゃないの!

右の男1　もちろんだ。わが日ッ本民族の死は、すべからく陛下のための死であるのでなければならない。前首相がいみじくも英霊の声に応《こた》えてみずから赤誠の手本を示されたとおりだ。日ッ本民族の死は、大御心《おおみこころ》によって、英霊の死という永遠の生命を与えられるのだ。

左の女2　そういうふうに英霊にされて靖国に合祀されちゃったあとで、自分は天皇制に一〇〇パーセント賛成だったわけじゃないんだ、なんて叫んでみても手遅れよね。はじめから、生きてるうちから、はっきりと言葉と行動で、自分は天皇や天皇制に丸ごと賛成なのではない、自分の生きかたや死にかたは自分で決める、って表現しておかないからよ。

右の男5　そういうふうにですね、日ッ本人がみな英霊として死ぬ栄誉を与えられておりますなかにおいて、過激派連中——畏れ多くも天皇陛下に反対したてまつり、あろうことか、かの東アジア反日武装戦線の国賊のやからのごとくに、天皇陛下の御イノチを縮めたてまつろうなどという大それたことを思料したり実行に及んだりする人非人どもは……

左の女3　そういうふうに、天皇制に反対だ、っていう人間が出てきちゃうだけで、天皇制はピンチになっちゃうわけよね。

右の男1　そういう非国民のやからには、もちろん、国民自身が下す鉄槌が待っておる。

右の男2　われわれ治安をあずかるものといたしましては、できるだけ直接には手を下したくございません。赤子《せきし》を殺さないことが、可能なかぎり改心せしめて忠臣に変身させるというのが、長れ多くも陛下の大御心と拝察いたしますからして、八紘一宇の大理想に反対したてまつる非国民のやからは、まずヤクザ暴力団の雑兵どもの手で、自発的に退治させる方針をもって、のぞみたいと、かように……

観客は、動きのないこの長談義に、さきほどから飽きている。そのころあいを見はからうように――

制服警官（上手から駆け込んでくる）会議中、申しわけございませんが、緊急事態が発生いたしました！（と、さきほど都内各所で、このようなものが配布された、との報告がはいりました！

右の男5に一枚の紙片を手渡す）

ジーパン姿の男（下手から駆け込んでくる）　会議中に、すまない！　さっき都内各所で、こういうものが配布されたって連絡がはいったものだから（と、左の男1に一枚の紙片を手渡す）

右の男5／左の男1（同時に）　こんなものが!?

右の紙

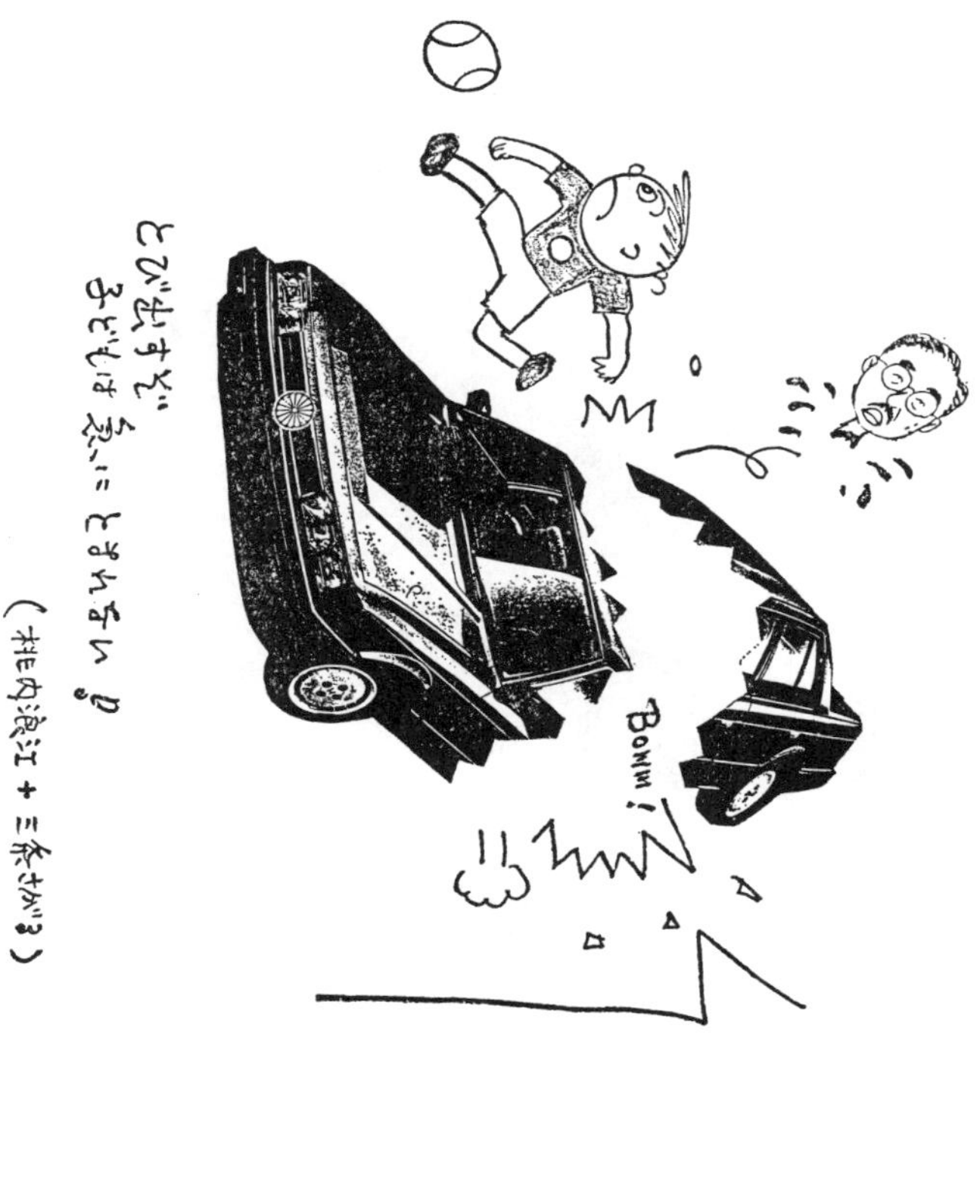

左の紙

●アパートに？
潜んでいる!!

○付近の人とは異質な感じ
○他人と顔を合わせないようにする
○訪問にあわててその場をとりつくる
○室内を見せたがらない
○薬品の臭い？ 金属を切るような音？

●こんな車が狙われる!!

こんなときには ⊙不審な者が駐車場をうろついている。
110番! ⊙見なれない者が車を調べている。
車など被害にあったらすぐに!!

パトロール、カード

“極左暴力集団”発見のため
パトロールを強化しています。
ぜひ、110番を!!

月　日　時　分

新　和警察署 福祉町 派出所、駐在所
TEL 292-4074
氏名　船山　倫

舞台前面に上方から同時に左右一枚ずつ、吊り下げられた大きな紙（前掲）が下りてくる。できるだけ急激に。

左右の人物たち（いっせいに）　こりゃ、大変だ！

左の男1　早急に各運動体に連絡して、対応を協議しよう！

右の男1　早急に各愛国団体に連絡して、しかるべき対応をとらせたまえ！

右の男3　では、本日の危機管理省設置準備室Xデー対策委員会極左暴力取締部会の定例幹部会議は、これで終了する。各職におかれては、緊急に愛国諸団体との連絡ならびに協力関係をいっそう密にするとともに、右諸団体による自主解決と連携しつつ、当準備室独自の捜査等により、一刻も早く犯人を検挙し、国民の不安の禍根を絶つべく、鋭意努力されたい。以上ッ！

右半分の人物たち、全員退場。これ以後、芝居は舞台の左半分でのみ演じられる。ただし、中曾根の遺影が正面から観客を見てニタリと笑っている右半分の舞台は、明るいままにしておく。

左の男1　しかし、人間天皇というジョーシキが行きわたっているところで、天皇の戦争責任とか、ましてや戦後責任を追及するというのは、絶望的に困難だよな。

左の女1　だからあたし、さっきのビラみたいな、ヒロヒトの首を飛ばしちゃうような発想、反対なのよね。あれじゃ、人間天皇にたいする根本的な批判にならないもの。

左の男2　あのビラを誰がつくったかは別として、われわれはもっと、人間天皇の本質を明らかにしていく作業を深める必要があるな。

左の女2　なにしろ、あたしたち、圧倒的な少数派なんだから、しんどいよね。
左の男3　いや、本当は圧倒的多数派なんだと思うよ。それなのに、天皇制による抑圧というか弾圧というかが、自分とは直接関係ない、っていうふうに圧倒的多数派が思っちゃってて、逆に天皇や皇室に親しみを感じさせられてるわけだ。
左の女3　それがつまり、人間天皇制のすぐれたところなのよね。だれだったか、売れないモノ書きが言ってたけど……
左の女2　わざわざ、売れないモノ書くわけ、そのひと？
左の女3　それは知らないけどさ、その売れないモノ書きが言うのには、強権的な天皇よりもむしろ人間的な天皇こそ、戦前と戦中と戦後とを一貫してつらぬく天皇制の重要な本質のひとつだった、ってわけ。
左の男2　それはそうだな。天皇制に弓を引きさえしなければ、じつに居心地のいいシステムなわけだ。
左の女1　少なくとも、昭和、つまりヒロヒトの時代は、そのシステムが完成した。
左の女3　人間天皇こそ天皇制の一貫した本質のひとつであるわりには、人間天皇そのものを描いた小説やなんかは、意外なほど少ない、というより、ほとんどないんですって。
左の男1　あれ!?　それ、ぼくもどっかで読んだ気がするぞ、最近。
左の女1　あたしも。
左の女2　でも、その売れないモノ書き、別のところじゃ、戦前戦中にも天皇はさかんに新聞やなんかに人間的な姿をとって登場していた、とも言ってるんじゃなかった？　矛盾してるわよねえ。

左の男3　そうかなあ。べつに矛盾してないと思うよ。そのふたつのことをつないでみると、むしろ人間天皇の本質が見えてくるんじゃないの？　同じ権力者でも、たとえば徳川家康とか豊臣秀吉とか、それからとくに犯罪者――石川五右衛門とか雲霧仁左衛門なんかだったら（これ、実在かどうか知らないけどね）いくらでも小説かなんかになるわけ。リチャード三世とかイワン雷帝とか。ところが、ヒロヒトをはじめとする現代日本天皇は、ちがう。

左の女1　人間として描きようがないわけよね。『風流夢譚』だって『パルチザン伝説』だって、三島の『英霊の声』だって、天皇そのものを描いてるんじゃなくて、天皇の臣民のほうを描いてるんだものね。

左の男2　天皇は人間ではない、という視点が重要だな。人間天皇というのは、新聞記事みたいに特定の明確な目的にそくして作られた限りでの人間でしかない。それを「人間だ！」といわれて「なるほど」と思って、人間的な親しみなんか感じちゃってる側も、人間じゃなくなっていく。

そのとき、右半分の正面奥に掛けられている中曾根の遺影が、けたたましい音（擬音でもよい）をたてて床に落ちる。すると、それまで中曾根の額の下になっていて見えなかったもう一枚の額、同じように黒リボン黒枠の裕仁の遺影が掛けられているのが、丸見えになる。もちろん、左半分の人物たちは、知らぬまま会議をつづけている。

左の女1　だから、天皇制を考えるときには、どうしても第三の視点というか、外《そと》からの視点が重要になってくるのよね。

左の男1　第三世界の人民、かい？
左の女1　あのクビになった文部大臣が、外からとやかく言われて方針を変えるのはケシカラン、と言ったのは、きわめて正しいわけよ、かれらなりに。
左の女2　だけど、あたしたちだって、困難な問題にぶつかるとすぐ第三世界に依存するの、間違ってると思うわ。

右半分に、老用務員、ぬき足さし足で登場。落下した額を、裕仁の遺影の上に、もとどおり掛けようとする。掛けてみると、故中曾根ではなく安倍晋太郎の遺影である。別のを掛けると、今度は竹下登、という具合。そのたびに、

老用務員　あれ、これじゃあなかったたっけかな？　おかしいな？　はて？

と、つぎつぎに、宮沢喜一、田中角栄、土井たか子、宮顕、等々の遺影を掛けてみる。

左の男3　いや、漠然と第三世界なんてものがあるわけじゃなくて、天皇と天皇制と、それから日本人を、およそ人間だなどとは考えることのできない人びと——旧植民地や旧占領地域の、天皇制によって踏みにじられ収奪され殺され辱しめられた人びと、これが天皇制にとっての第三世界なんだ。
左の女3　それは現在についても言える。
左の男2　そういう人びとの視線で見るときはじめて、人間天皇制が見えてくる。
老用務員　はて、これだったたっけな？

と、裕仁の軍服姿の写真（黒リボン黒枠ではない、つまり遺影ではない写真）を掛け、

やはり納得しかねるように首をふりふり退場。

声 （右の写真がしゃべっているかのように、周知の声色で）わたしは思い出す、悩みのあとには楽しみが来ると。日も暮れよ、鐘も鳴れ、月日は流れ、わたしは残る！（最後の一節を、強く）

左の女1 人間天皇制の人間的な姿に親しみを感じさせられたり感激させられたりしちゃってる日本人は、暴力的な専制君主制や独裁者の圧政の下で強制的に隷従させられている被抑圧民衆なんかより、よっぽどグロテスクで漫画チックで悲劇的なのよね、ほんとは。

左の男1 でも、若い世代には、皇室なんかに関心ない――という層がひろがってるんだぜ。そのうち天皇制なんて、自然消滅するか、化石になっちゃう、って意見もあるわけであって……

左の女3 それは、「平和」なときの話よ。いったん非常事態になったら、そんな無関心なんて、いっぺんに吹っとんじゃうわよ。

そのとき、劇場内のあちこちのスピーカーから、サイレンの音。つづいて放送――

放送の声 こちら防災本部！　こちら防災本部！　ただいま首都圏ならびに東海地方に、大地震発生の警報が発令されました。すべての住民の皆さんは、ただちに非常携帯品だけを持って、所定の広域避難所に避難してください。なお、火の気は完全に消し、避難所へはクルマでなく必ず徒歩で行ってください。こちら防災本部……。

舞台の六人、いっせいに立って、あわてて舞台左手へ向かう。

放送の声 （短い雑音ののち、別の声で）こちら防災本部！　こちら防災本部！　ただいま一部地方に、大地震発生の警報発令につき広域避難所に避難するようにとの、放送が流されましたが、これは過激派と思われるものによるデマ放送ですので、住民の皆さんは、デマに迷わされることなく、平静に日常生活を続けてください。こちら防災本部……。

六人、また、さっきの椅子にもどろうとする。

放送の声（さっきより長い雑音ののち、また別の声で）　こちら防災本部！　こちら防災本部！　ただいま一部地方に、大地震発生の警報発令につき広域避難所に避難するようにとの放送はデマであるとの、放送が流されましたが、これは過激派と思われるものによる悪質なデマ放送ですので、住民の皆さんは、デマに迷わされることなく、ただちに広域避難所に避難してください。こちら、本当の防災本部……。

六人、またあわてて立つ。

放送の声（また別の声で）　こちら本当の防災本部！　こちら本当の防災本部！　地震警報はデマであります……

六人、立ちつくす。

左の男3　ちっくしょう、こういう事態は予想していなかった。

舞台、暗くなる。静寂。——しばらくして、舞台のあたりで巨大な閃光。音もなく、スポットライトが、原発事故を報じる新聞を照らし出す。

声（スピーカーから、詩の朗読）　秋の牧には毒がある　だが見る目には美しい　牡牛は草を食べながら　何時《いつ》とはなしに毒される　何時とはなしに　知らぬ間《ま》に　私の生活《くらし》が毒される……

第三場　冬きたりなば

詩の朗読が終わると同時に、それにたたみかぶせるような具合に、舞台（まだ暗いま
ま）で歌が沸きあがる。大勢で、このうえなく明るく、楽しげに。

歌声　しあわせは　おいらのねがい
仕事はとっても　くるしいが
流れる汗に　未来をこめて
明るい社会を　つくること
みなと歌おう　しあわせの歌を
ひびくこだまを　追って行こ

声（客席から）　おい、やめろよ、はずかしい。年齢《とし》がわかっちゃうじゃないか。

舞台、明るくなる。さまざまな服装の男女、腕を組んで横に二列に並んでいる。

男1　このように、ぼくたちはみんなで、戦後民主主義の時代をきずきあげた。
女1　しあわせをつかんだ。汗を流して。
女2　ゆたかになった。たたかいとった平和のおかげで。
男2　平和だった。ゆたかさのおかげで。

突然、舞台暗転。砲弾や銃撃の音。英語と朝鮮語の叫び声。舞台背景に戦火のシルエット。

女3　海のむこうで戦争があった、何度も。
女4　そのたびに、あたしたちはますます平和になった。
男3　ますます平和に自由にゆたかになった。
歌声　ひびくこだまを　追って行こ

歌声、急に遠ざかり、戦火のシルエット消えて舞台暗闇。やがて、背景に大都会の夜景のシルエットが浮かび上がる。登場する人物たちだけにスポットライトがあてられる。

声（スピーカーから。それとわかる例の声色で）　月日は流れ、わたしは残る。
女（公衆電話をかけている）　もしもし、シンチャン？　お母さん。きょう遅くなるからね、いつもみたいに、ひとりでラーメン食べといて。わかったわね？　冷蔵庫にコーラとウーロン茶の缶もはいってるでしょ？　あんまり遅くまでファミコンやってないで、早くねるのよ、いいわね？じゃあね。（退場）
男（同じく）　もしもし、あかねチャン？　お父さん、きょう残業だからさ、ポンくんと二人で晩ごはん食べなさい。セーユー行って、サラダとかオサシミとかハルマキとか好きなものいろいろ買って……そうそう、ホッカホカ弁当はダメよ、栄養かたよっちゃうからね。……ウン、そうそう、セーヨーケンのグルメ・ポタージュスープの缶詰が、まだあったでしょ？　あれ、あったためてさ。ポンくんとケンカしちゃだめよ、お姉さんなんだから。じゃ、わかったね、ハイチャ。
（退場）
老婆（登場）　今年もまた雪がやってきた（上から紙の雪が降ってくる）。あの冬も、雪が多かったっけ。瀬戸内にはめずらしく、何度も雪が降った。焼野原で、あたしは、それでもまだあきらめきれずに、あの子の死体をさがしつづけた。あの子が、ピカドンで、アッというまに影だけを残して消えちまったなんて、死体も残らなかったなんて、信じろっちゅうほうが無理じゃもん。焼跡にポツリポツリと家が建ちはじめると、あの子の死体をさがすあたしを、みんなは、気味悪がりはじめた。ビルが建ちはじめると、みんなはあたしを気狂い女と呼びはじめた。原爆ドームに観光バスが群らがるようになると、あたしは広島のハジだとののしられるようになった。じゃが、それはまだ我慢できんでもない。我慢できんのは、あたしを広島のハジだとののしる広島人を、他所者《よそもん》がとやかく非難がましい目で見ることよ。おまえら他所者に、広島がわかるか。広島の苦しみがわかるか。あたしは、こう言ってやりたい。今年もまた雪がふる。広島の雪は、よその雪とはちがうんじゃ。影だけを残して蒸発しちまったあの子のため息なんじゃ。（立ちつくす）

若い女（登場）　あたしは、ジャパユキさん。この春、ミンダナオ島からやってきた。あたしが来たのは、生きるため。でも、もうひとつ、ここがこの目で見たかったから。去年死んだあたしのおジイさんは、あたしがものごころついてから、死ぬその日まで、毎日、朝晩、口ぐせのようにくりかえしていた。あたしは、子守歌のようにこの言葉を聞いて育った。――日本に原爆が落ちたというニュースがフィリッピンに伝わったとき、おジイさんは、みんなと一緒に、おどりあがって喜んだ。なに、ヒロシマに落ちた？　ナガサキにもだと？　よくやった！　二つじゃ足りない！　もっともっと、もっともっと。キョートにもナゴヤにもヨコハマにも、センダイにもフクオカにも、トーキョーにも、トーキョーのどまんなかのテンノーの屋敷にも、どんどん原爆が落ちればよいのだ！――あたしは、これを、子守歌のように聞いて育った。おジイさんは、だんだん年をとって、日本軍から受けたひどい仕打ちのために早くから腰が立たなくなって、寝たきりの毎日をすごすようになっても、あたしの顔を見るたびに、言った――このまえの戦争で、いちばん悪かったことは、なあ、ファニータ、日本にたった二つしか原爆が落ちなかったことじゃよ。たった二つしか原爆が落ちなかったために、あいつらはまた立ちなおって、今度はファニータ、おまえらを苦しめにやって来るだろう、って。あたしは、おジイさんから子守歌のように聞かされてきたヒロシマとナガサキを、原爆が落ちればよかったキョートやトーキョーを、自分の目で見たくて、ここへやってきた。

老婆　ああ、めっきり年をとってしまって、近ごろじゃときどき、あの子のしゃべる声が聞こえるような気がする。五つで消えたあの子が、すっかり大きくなって、娘ざかりになって、そこでポツンと時がとまっちまったみたいに、あの子はいつも、若い、つやのある丸い声で、あたしに語りかける。――ほらまた、その声が聞こえる。

若い女　ジャパユキさんのあたしは、ジャパユキさん。日本人がいくらお金をくれても、いくら親切にしてくれても、ジャパユキさんのまま、あたしの時間はとまる。ここであたしを買う男たちは、海外ツァーであたしたちを買いに出かける男たち。ツァーに出かける男たちを笑顔で送り出す日本の女たちは、あたしのおジイさんたちを殺しにやってきた男たちを笑顔で送り出した日本の女たち。

老婆　おまえはすっかり大きくなって、かしこくなって、あたしを言い負かすほどになっちまったんだね。フィリッピンで戦死したお父さんが生きてたら、どんなに喜びなすったろう。

若い女　海外ツァーで殺されればいいのだ、日本の男たち。退屈してのたれ死ねばよいのだ、日本の女たち。

老婆　みんなが、あたしのことを、あの気狂い婆ァ、早くのたれ死にやがれ、と言ってるのを、あたしも知らないわけじゃない。じゃが、いくら広島の恥と言われようが、日本の恥と言われようが、おまえをさがし出すまで、おまえに会えるまで、死ぬわけにゃいかんのじゃ。

若い女　この目で日本を見て、このからだで日本を生きて、あたしは日本を知った。日本人たちは、自分が始めた戦争に負けると、今度は、日本が滅びるというので、戦争に反対する。戦争に反対しているうちに、日本人たちには、人類が滅びるのは戦争によってだけだ、という愚かな固定観念がこびりついてしまった。日本が滅びるのは、戦争によってなんかじゃない。日本であたしは、これを知った。日本が人類を滅ぼすのは、戦争によってなんかじゃない。わたしはジャパユキさん。わたしには、これが、からだでわかるの。

老婆　(依然として若い女がいることに気づかぬまま)　おまえ、だいそれたことをお言いでないよ。いくら大学を出たからって、それじゃ世間に通りませんよ。他人《ひと》を呪わば穴二つ、って言うじゃないか。他人《ひと》さまの不幸を待ちのぞむような考えじゃ、亡くなったお父さんにも申しわけないよ。

若い女　(老婆に気づいて)　あら、お婆さん、雪がふるのに、そんなかっこうで。きっと、帰るところがないのね。あたしのところ、みんなでザコ寝だけど、ひとりくらいどうにでもなる。さあ、あたしといっしょにいらっしゃいな。(二人、退場)

背景の都市夜景シルエット消える。しばらく暗闇ののち、背景に今度は原発のシルエット浮かび出る。まるで燃えているように、うしろの空が赤い。

声（スピーカーから）　月日は流れ、わたしは残る。しあわせは、おいらのねがい。（歌ではなく、例の声色で）

舞台は暗いまま。セリフを語る登場人物だけがスポットライトで照らし出される。

男1（観客に語りかける）　みなさんは、日本の戦争責任ということを、おっしゃりたいのでしょう？　しかし、冷静に考えてみていただきたい。この二十世紀の歴史をふりかえってみても、日本が戦争をしたのは、わずかに六年六カ月の間にすぎません。日露戦争が一年七カ月、第一次大戦で参戦した期間が一年三カ月、大東亜戦争が三年八カ月です。二十世紀の八十六年間の、わずか七・五パーセントにすぎません。百歩ゆずって、満州事変から大東亜戦争開戦までの十年三カ月、これは事変であって戦争ではないわけですが、かりに百歩ゆずってこの期間を加算しても、わずかに一九パーセントあまり、すなわち、今世紀八十六年間全体の二割にも満たぬ期間しか、日本は戦争をしていなかったのです。それを、あたかも日本が戦争国家ででもあるがごとき、好戦的な侵略国家ででもあるがごとき物言いは、ためにする第三国からの中傷ならいざ知らず、日本人自身のなかからそれがなされるなど、もってのほかではありませんか。みなさん、どうか、悪意の妄言に惑わされることなく、冷静にご判断くださるよう、お願いいたす次第です。

女1　僭越でございますが、あたくしもひとことと。近ごろよく、原発反対なんて声を耳にいたします。そりゃあ、仙人みたいにカスミを食べて生きてゆけるものでしたら、原発反対もけっこうでございますけど、あたくしたちしがない庶民は、その日その日を必死で生きているのでございます。洗濯機や電気釜が使えなくなったら、シワ寄せを引きうけさせられるのは、みな、あたくしたち女性なんでございますよ。第一、原子力のかわりに水力発電や火力発電でまかなえば、もっとひどい公害がまきちらされるじゃございませんか。水力発電は、もっとも大切な自然を破壊いたします。いまの生活水準を最低限維持してまいろうとするかぎり、原発は、望ましいとは申しませんが、必要悪なんじゃございませんでしょうか？

このころから、客席でビラが配られる。ひとつは、今世紀八十六年間の七・五パーセントないし一九パーセントにすぎない「戦時」に、どれだけの日本人と、アジアの人びとが日本の戦争のために殺されたかを示す統計資料をふくむ。もうひとつは、電力が足りないというキャンペーンに反論するビラ。原子力で作られた電気のうち、家庭用の消費は雀の涙にすぎないことを、具体的数値を明らかにして示している。この二種類のビラは、実際の運動体によって作成、配布されることが望ましい。

男2　いま、われわれは大きな曲がり角に立っている。資源の点でも、エネルギーの点でも、自然破壊や公害やいじめや子供たちの自殺という点でも、アメリカをはじめとする外圧が急速に増大しつつあるという点でも。いまこそわれわれは、この未曾有の困難に誤りなく対処するため、全社会のあらゆる知恵と力を結集し、一体となって立ちあがらなければならない。この大きな曲がり角を無事に曲がりきれるか、それとも破滅するかは、われわれが小異をすてて真に団結できるかどうかにかかっている。

女2　国民統合のシンボルという戦後民主主義憲法で定められた天皇の地位が、いまほど重要になってきているときは、かつてありませんでした。平和憲法を守る運動に粘り強くたずさわってきたあたくしたちは、いまこそ、民主天皇のまわりに固く団結し、平和と繁栄と自由のために、いっそう幅広いたたかいをくりひろげていかなくてはなりません。

男3　天皇制も重要ですが、日本が科学立国、平和立国で行くかぎり、ハイテクノロジーの開発と原子力の平和利用は、今後を占う鍵になると思います。天皇制に反対する人たちと同じく、原発に反対する人たちも、日本から出ていってもらいたい。

男123／女12（全員声を合わせ、観客に向かって）　あなたたち、もうそろそろ、子供じみたハンタイをやめて、団結しましょう！

声（客席から）　ファシスト、勝共連合は、帰れ！

女1　ほら、それだから、あなたたちは、いつまでたっても、社会を変えられないのよ。もっと柔軟な頭で、もっと現実的におなりなさいよ。

別の声（客席から）　原発の下請労働者の実態を、どう考えるのだ！

男1　きみらは、自分自身を安全なところに置いておいて、下請労働者だの、アジアの被抑圧人民だの、調子のいいお題目ばかり唱える。そういう欺瞞は、やめたまえ！

いくつもの声（客席のあちこちから）　なにが欺瞞だ！／われわれは少数派という困難な位置で活動をつづけている。安全なところがあったら教えてほしいものだ！／おまえらに、踏みにじられた人間の痛みがわかるか！／等々。

劇場後方の入口外で、突然、けたたましい軍歌。本物の右翼の装甲車がやってきたのだ。入口で押し問答する気配がつづいたあと、五、六人の戦闘服のヤクザ（チョビヒゲ、色眼鏡など、とりどりに）が乗り込んできて、舞台前面と客席の間に立ちはだかる。

右翼1（棍棒を両手で水平にかまえながら、うしろの舞台と客席を交互ににらみすえ、立ちつくしている舞台上の人物たちに）テメエら、こんな芝居やりやがって、ただですむと思ってんのかッ！

右翼2（舞台上の人物たちに）よしッ、おまえらの出番は、これまでだ。トットと消えちまいなッ！（他の右翼たち、笑う）

右翼3（客席をねめまわして）おめえら、これでもまだ文句あッカ！

声（客席うしろのほうから）文句あッゾ。暴力団は出て行け！（客席のあちこちから、これを支持する声、拍手）

右翼1　よしッ、非国民どもに正義の制裁を加えてやるッ！（客席になぐりかかる）

声（客席）警察を呼ぼう！

別の声（客席）ばかッ、警察がどっちの味方だと思ってんだ！

右翼4（ハンドスピーカーを持って）この観客のなかにも、日ッ本国民としての民族的誇りを持った良識ある市民も、いるだろう。オレたちは、そういう市民に手を出すつもりはない。しかし、こいつら国賊の過激派は、許しちゃおけない。こういう芝居だの映画だのをカクレミノにして、このウジムシどもは、わが日ッ本民族の民族的誇りを踏みにじり、国外共産勢力の奴隷にしようとたくらんでいるのだ。

声（客席から）　おまえらこそ、奴隷じゃないか！

右翼１２３、その声のほうへ飛んで行こうとする。右翼４はそれを制して、演説をつづける。

右翼4　この赤のウジムシどもの陰謀に乗せられたくない良識ある愛国市民は、オレたちとともに立ち上がってほしい。これからは、わが日ッ本民族と日ッ本の国体が、死ぬか生きるかの大事な瀬戸際だ。武闘の時代が始まるのだ。

声（客席から）　どこで習ってきたんだよ、そんなセリフ！

右翼4（野次を無視して）　わが忠烈なる勤皇同志連盟は、畏れ多くも天皇陛下を推戴したてまつり、共産革命の陰謀を打ちくだく尊皇革命、昭和維新を、断乎として遂行する決意であるッ！

（客席、笑い）

右翼3　おめえら、笑いごっちゃねえってことが、いまにわかるからな！

道化（舞台に登場）　いやあ、みなさん、お久しぶり。あの愛国的民族的一張羅をメチャメチャにされちゃったもんで、こんな服しかなくて（と、真ッ赤な道化服の両袖をひろげて見せる）。

右翼2　テメエ、じゃまだッ、引《す》っこんでろッ！

道化　すっこんでるわけにも、すっころんでるわけにもいきませんや、この大事な瀬戸際に。たかが道化の分際ですが、ねえ座長（と、うしろをふりかえり）、アタシが出なくて、だれが出るか、ってんだ。

右翼2と3、舞台にのぼって、道化をつかまえようとする。

道化 オットットト。ゴロツキにつかまるほどヒマなアタシじゃありません（と、たくみに舞台上を逃げまわる）。

その間に、客席から立った一人の男、右翼の横をすりぬけて舞台上手はしによじのぼり、客席に向かって——

男 みんな！ 黙って見ているのは、もうやめよう！ おれたち、このときのために入場料を払ったんじゃないか！ 天皇制右翼を叩き出そう！

客席からの反応より早く、右翼、その男を殴り倒す。次の瞬間、観客席から立った十数人の男女、乱闘のすえ、右翼を劇場の外へ叩き出す。——期せずして、客席から「インターナショナル」の大合唱が沸きおこる。歌（一番のみ）が終わったとき——

声（スピーカーを通して） みなで、紀元節を祝ってくれて、ありがとう。活力ある社会が、ここでも実現したことを、うれしく思います。これからも、億兆、力を合わせて、重畳する困難に立ち向かい、わが国の発展と世界平和のために尽くしてくれるよう、望みます。（ピーピーガーガーの雑音ののち、放送切れ、舞台暗くなる）

道化（舞台上、スポットライトをあてられて） とまあ、こういうわけで、この芝居も、ひらたくいえば、「受け手の参加」という、めでたいスタイルを実現して、終わるわけです。座長、最後にひとこと、お言葉を！（と、となりにいた座長に、マイクをつきつける）

座長（スポットライトをあびる。できるだけ突飛ないでたちで） えー、みなさまがたには、長時間にわたりまして、ひとかたならぬご協力をたまわり、厚く御礼申し上げます。ただいま道化も申しましたように、わが劇団の芝居は、つねに芸術革命文化革命の最先端を歩みつつ、群らがりよせる敵を切っては捨て、捨てては切り……

突然、舞台が明るくなる。出演者全員と、客席から駆け上がった観客たち、座長のお言葉を黙殺して、歌いはじめる。字幕「ここまで来たの歌」。

ここまで来たぞ　とうとう
たどりついたぞ　おれたち
でっかい日の丸　ひびく君が代
はれやかな目で　あおぐ大空

しあわせは　わたしのねがい　あわい希望や　夢でなく
いまのいまを　より美しく　つらぬきとおして　生きること
みなと歌おう　しあわせの歌を　ひびくこだまを　追って行こ

ここまできたぞ　やっぱり
たどりついたぞ　ほんとに
平和の日の丸　自由の軍旗
世界に冠たる　神国日本

道化 （すすみ出て）　じつは、たったいま、この芝居の作者からようやく脚本が届いたのですが、はて、どういたしましょうか？　いま届いた脚本によりますと、この芝居のすじは、全然、ちがっておりまして、日本にとうとう、やっぱり、革命が起ることになっているのですよ。すべての原発が停止されて、天皇とその一家は、最初の日本人搭乗員として、チャレンジャーで宇宙へ脱出いたします。もちろん、日本は、その結果、人類史上はじめての、本当の共産主義社会に向かって、歩み出します。まことにけっこうなすじになっておりまして、これなら、きっとみなさまにもご満足いただけるのではないかと、確信いたしておりますのですが。ま、ご用とお急ぎのないかたは、このあとの交流会のなかで、このすばらしい脚本による芝居をどうしたら本当らしく、夢物語でないように上演することができるか、みなさまのお知恵を拝借して討論いたしたいと存じますので、ぜひ、この場にお残りいただきますよう、お願い申し上げます。では、ひとまず、失礼。（退場）

――幕――

（一九八六・九・一一―一八記）

天皇への思いと歴史への無意識

1　「皇室の公的伝統行事」

一九八九年一月七日というひとつの日付がある。あるいは、まだ記憶に新しいかもしれない。昭和天皇裕仁《ひろひと》が死んだ、と発表された日だ。

死んだと発表された日であって、もちろん死んだ日ではない。こんな都合の良い日に死ぬなんて——と、思わず大笑いしたひともいたそうだ。まさか、じつはいまこの瞬間にもなお生きつづけている、などということはあるまいが、あの発表の朝よりずいぶん以前に死んでいただろう、という推測のほうが、ほかならぬあの朝に死んだと信じるよりは、よっぽど現実にそくしているだろうことは、まちがいない。

一九二六年十二月二十五日未明には、大正天皇嘉仁《よしひと》の死が発表された。その日もやはり土曜日だった。裕仁のばあいとはちがって、大正の死を報道する新聞には、死の直前までの、刻々と冷えていく体温と、徐々に衰えていく脈拍との数値が、掲載されている。それでも、発表どおりの十二月二十五日午前一時何分だかに本当に死んだのかどうかは、知るよしもない。

　裕仁が最初に吐血し手術がなされた、と発表された一九八八年秋から、いわゆるXデーの近いことが確実となり、とりわけ天皇制に否《ノー》を表明するものたちのあいだで、天皇の代替りにさいしては治安強化や管理抑圧体制の再編改悪がなされる危険のあることが、くりかえし予測され警告された。その根拠の主要なひとつは、大正天皇の死から昭和天皇の即位儀礼（「御大典《ごたいてん》」）にいたる「大正Xデー」期間中に、日本のその後の運命を決するような重大な政治的事件が支配者たちによって引きおこされた、という歴史的事実にあった。内に向かっては、共産主義者や宗教者たちにたいする大量弾圧（一九二八・三・一五共産党弾圧事件、ひとのみち教団不敬罪事件など）と治安維持法の改悪（天皇勅令による死刑・無期刑の導入）であり、外にたいしては二度にわたる山東出兵と済南占領と張作霖爆殺だった。

　裕仁の重体さわぎと死亡にともなう「自粛」や「弔意」のキャンペーンが一段落すると、天皇家の代替りは、予想されたような「ひどい」ものではないらしい、という気分をかもしながら進行したように見える。天皇主義右翼暴力団による長崎市長やキリスト教系大学学長への狙撃事件があり、爆裂弾系政治団体にたいする破防法（破壊活動防止法）適用の動きがあるにもかかわらず、「世間」は概して明るく、天皇家代替りの重圧はほとんど意識されぬまま、時間がすぎていったように見える。

　しかし、じつは、一九八九年一月七日から一九九〇年十一月の明仁即位儀礼までの一年十ヵ月は、一九二六年十二月二十五日から一九二八年十一月の裕仁「御大典」にいたる一年十一ヵ月と比肩しうるほどの、激動の一時期となったのである。「大正」から「昭和」への天皇家代替り期間の先例を引きついで、今度もまた日本国家は、海外派兵を断行したのだ。「何とか協力法」という法案が廃案になったとしても、すでに「医療」部隊は現実に派遣され、在外大使館付き武官の増員というかたちで、自衛隊の派兵は実行されたのである。より整備された派兵法案の再提出も確実と見られている。天皇家の代替りの期間に海外派兵を行なうという日本国家の伝統は、二代にわたって継承されたわけだ。

一九一二年七月三十日、明治「大帝」睦仁《むつひと》の死が発表された。大正天皇嘉仁の即位儀礼が行なわれたのは、一九一五年十一月だった。本来なら一九一四年秋に行なわれるはずだったが、一四年四月十一日、明治のつれあいだった昭憲皇太后が死んだため、また一年の服喪期間が生じて、即位儀礼はようやく「大正四年」、つまり一九一五年の十一月に実現したのである。

この代替りの期間に、では、何が起こったか?——年表を見ればすぐにわかる。年表を見るまでもなく、多くの人びとは常識として知っているかもしれない。一九一四年八月、セルビアの一青年がオーストリア皇太子を狙撃したことが直接のきっかけとなって、第一次世界大戦が勃発する。第一次世界大戦という名は、のちに第二次の世界大戦が起こってはじめて付けられたわけだから、当初はヨーロッパ大戦、日本語では「欧州大戦」と呼ばれた。この名前から明らかなとおり、その戦争は、日本から遙かに遠いヨーロッパの戦争だった。にもかかわらず、日本は海外派兵を行なった。イギリスとの同盟を口実としてドイツに宣戦布告し、中国山東省の青島《チンタオ》を攻撃、ここを武力占領した。青島はドイツの租借地で、日本は中国中央部への進出の突破口として、ここがノドから手の出るほど欲しかったのだ。それだけではない。ドイツ領南洋群島に派遣された日本海軍は、艦砲射撃を加えてドイツ守備隊を降伏させ、これらの島々を占領した。ドイツの敗戦で欧州大戦が終わると、赤道以北の旧ドイツ領南洋群島は、国際連盟による日本委任統治領、事実上は日本の植民地とされた。マーシャル、カロリン、マリアナ、パラオの諸島からなるこのミクロネシアの植民地がなかったとしたら、のちの「大東亜共栄圏」構想はそもそもありえなかっただろうし、太平洋の制空権、制海権のかなめとなるこの島々を日本が領有していなかったとしたら、太平洋戦争もまたあのようなかたちで行なわれることはなかっただろう。

　ともあれ、天皇家の代替り期間に海外派兵を決行することは、日本近代天皇制の全三代にわたる不退転の伝統なのだ。もちろん、これは歴史上の偶然にすぎない。一九九〇年、一九二七―二八年、一九一四年の三度の海外派兵が、たまたま、天皇家の代替りの時期、前天皇の死から新天皇の即位儀礼までの期間にあたった、というだけのことでしかない。

　はたしてそうか？――今回の即位儀礼に関連して、自衛隊の首脳部が「即位礼への自衛隊参加は士気高揚の絶好の機会である」と公言したことは、マスコミを通じて広く報道されている。同じく自衛隊幹部たちによって「昭和の自衛隊から平成の国軍へ」の飛躍がもくろまれていることもまた、報じられている。天皇家の代替りは、権力者たちにとって、まさしく新しい時代の始まりなのである。これまでは実行できなかったような画期的に新しい一歩を踏み出す好機なのだ。これは容易に理解できる。問題は、権力者たちにとってそうであるばかりでなく、「国民」もまた、新天皇の登場は新しい時代の始まりであるかのような、暗黙の了解を受け入れてしまっている、という点にほかならない。代替りごとの海外派兵は、天皇によって時代が変わり、天皇によって自分たちの生活が変わることを当然として疑わない「国民」の意識に支えられてきた、といって過言ではないかもしれない。

この意識は、「激動の昭和」にかわる「平和と民主主義の平成」が明仁「護憲天皇」とともに始まる、というようなマスコミの論調、即位式にさいしての平均的な論調によって代弁され、誘導されてきた。そしてこの意識は、「激動」の時代をふくめた現実の歴史にたいする根底的な無意識によって裏打ちされている。わたし自身、最近ある必要に迫られて年表を調べなおすまで、一九二七年と二八年の海外派兵はともかく、一九一四年の第一次世界大戦を、今回の「クウェート危機」にともなう日本軍の海外派兵問題と関連づけて見なおす視点など、持つべくもなかった。歴史上の過去をいまとつなぐ視線は、いたるところで遮蔽され曇らされている。天皇暦の元号による西暦の抑圧も、もちろんその元凶のひとつだろう。一九一四年夏を、いますでに多くの「国民」は、大正即位礼の前年として思い描くことなどできないのだ。

こうした歴史的無意識のおぞましい証言は、明治から大正への代替り期間に海外派兵の標的となったあの南洋群島だろう。この島々こそ、いま現在、日本の若ものたちが、新婚旅行やレジャー観光に押しよせている（アメリカ？　ヨーロッパ？――もう古いよ）まさにあの南海の島々なのである。しかも、あろうことか、サイパン、ロタ、パラオ（ベラウ）などで遊び呆《ほう》けて帰ってきたかれらは、「日本語が通じた！」と誇り顔で語る。日本国家の国際地位もここまで高まり、日本人は鼻が高い、とでも思っているのだろうか。「空港に日本語の歓迎看板が立っていた！」――

あたりまえだ。人びとから言葉を奪って日本語を強制したのは、朝鮮半島や台湾だけでの日本人のしわざではないのである。南洋庁本庁と官幣大社《かんぺいたいしゃ》南洋神社（祭神は天照大神）が置かれたコロール島（日本名「南洋松島」！）や、燐鉱石の宝庫だったアンガウル島など、パラオ諸島の島々も、アメリカ領グアム一島を除くマリアナ諸島のすべての島々も、日本人にとって、観光とレジャーの別天地としてそこにあるだけではない。日本人の側だけにある歴史的無意識の告発者としても、それらの島々はあるのだ。

余録その一

《二十余年間も南洋で、島民の教育に従事して居られる、サイパン公学校〔註＝義務教育課程の学校〕の校長先生のお話をうかがひますと、公学校の主な方針といふのは、島民を立派な日本国民にするやうに、教育することとあはせて、彼等がより幸福な生活が出来るやうに、知識を授けてゆくことです。それからとかく怠惰者《なまけもの》になりやすい彼等を、勤勉な性質の人間にするやうに、改め直すことださうです。

「毎朝五時には、全生徒が神社へ参拝して、それから、六時半校庭に集合整列し、宮城遙《きゆうじやうえう》拝《はい》を行つて、国旗掲揚と君が代斉唱を、することになつてゐます。」

といはれましたので、さつそく次の日朝早く、学校へ出かけてみました。

熱帯樹の葉を渡る朝風の、すがすがしい校庭で行はれる朝礼は、先生のきびしいお声や、整然と動作をするたくさんの生徒たちの姿にも、ほんたうに強い熱心さと、真面目《まじめ》さがあらはれてゐるのでした。
ことに日の丸の旗が空にあげられて、その下で君が代を歌ふ、島民の子供たちを見ますと、何か強い感動が胸の中にわいてくるのをおぼえました。》（久保喬『少年少女南洋旅行』、一九四一年十二月、改訂版＝一九四二年四月、金の星社）

余録その二

昭和天皇裕仁の誕生日は、その死後、「みどりの日」とされ、「国民の祝日」のひとつに居座りつづけることになった。一九一二年七月三十日に死んだとされる明治天皇睦仁の誕生日は、周知のとおり、十一月三日、いまでは「文化の日」ということになっている。敗戦まで（正確には一九四七年まで）それが「明治節《せつ》」だったことも、周知のとおりだろう。さて、ではその「明治節」は、いつ創設されたか？

昭和天皇のばあいの「みどりの日」と同じく、明治天皇の死後にきまっているではないか、という答えは半分しか正しくない。死後は死後でも、死のすぐあとの一九一二年十一月三日から明治「天長節」が「明治節」になったのではないからだ。これも年表を見ればわかるとおり、「明治節」制定が決められたのは、一九二七年一月の貴族院・衆議院の建議案可決を受けた同年三月三日の天皇詔書によってだった。つまり、これまた海外派兵や治安維持法改悪と同じく、昭和天皇裕仁の即位礼までの、代替り期間中の初仕事のひとつだったのである。「明治節」は、大正天皇の死後、昭和天皇への代替りにさいして、新設されたのだった。では、そのとき死んだ大正天皇嘉仁の誕生日、大正「天長節」は、どういう祝日に変わったのか?――どういう祝日にもならぬまま、大正天皇の死とともに消滅したのである。いったい、いまだれが、大正天皇の誕生日は八月三十一日だったなどということを、知っているだろうか。裕仁は、死んだ父親の記念日をつくるかわりに、十五年も昔に死んでいる祖父《ジイサン》の誕生日を新たな記念日「明治節」として制定したわけだ。大正天皇が病身だったことも、あるいは一因かもしれない。だがそれ以上に、「大正」という時代は、天皇制権力にとって、歴史から消し去るべきひとつの屈辱的な時代だったのだ。「明治……」といえば「……維新」を連想するように、「大正……」といえば、あなたは何を連想するだろうか?

2　「国民」と天皇の関係について

日本「国民」の歴史的無意識は、天皇との関係においてもっとも端的にあらわれているように思われる。天皇にたいするとき、日本「国民」の意識からも感覚からも、いや身体からさえも、歴史的な体験や追体験は、スッと消滅するのである。天皇制の歴史から大正デモクラシーが消滅させられたように。

かつて、一九三七年秋から大流行した歌謡曲の一つに、つぎのような歌があった。

一、心おきなく国のため　名誉の戦死たのむぞと

涙もみせずはげまして　吾子《わがこ》を送る朝の駅
二、散れよ若木の桜花《さくらばな》　男と生れ戦場に
銃剣とるも大君《きみ》のため　日本男児《にっほん》の本懐ぞ
三、生きて還ると思ふなよ　白木《しらき》の柩《はこ》が届いたら
出かした我が子天晴《あっぱ》れと　お前を母はほめてやる
四、強く雄々しく軍国の　銃後を護る母ぢゃもの
女の身とて伝統の　忠義の二字に変りゃせぬ

「軍国の母」と題するこの歌は、島田磐也作詞、古賀政男作曲、美ち奴《みやっこ》の唄で大ヒットした。美ち奴は、その当時「うぐいす芸者」と呼ばれた芸妓出身の歌手のひとりだったから、現在の概念でいうとこれは演歌の部類に入ると考えてもよいだろう。これが流行した一九三七年は、あらためて記すまでもなく、七月七日のいわゆる蘆溝橋事件によって日本が中国への本格的な軍事進出に踏みきった「北支事変」、のちに「支那事変」と呼ばれる中国侵略戦争の開始の年である。「軍国の母」は、中国へ派兵されるわが子を、「生きて還ると思うな」「名誉の戦死をたのむぞ」と、送り出したのだ。息子は母に、「大君《きみ》のために」死んで「白木の柩」になって帰れと、叱咤されて家を出ていったのだ。

翌一九三八年には、あまりにも有名な「日の丸行進曲」が流行する。

一、母の背中に小《ち》さい手で
振つたあの日の日の丸の
遠いほのかな思ひ出が
胸に燃え立つ愛国の
血潮の中にまだ残る

二、梅に桜にまた菊に
いつも掲げた日の丸の
光仰いだ故郷《くに》の家
忠と孝とをその門で
誓つて伸びた健男児

三、ひとりの姉が嫁ぐ宵
買つたばかりの日の丸を
運ぶタンスの抽斗《ひきだし》へ
母が納めた感激を
今も思へば眼がうるむ

四、去年の秋よ兵《つはもの》に
召し出《い》だされて日の丸を
敵の城頭高々と

一番乗りにうち立てた
手柄《てがら》はためく勝戦《かちいくさ》

（有本憲次・詞、細川武夫・曲）

この唄は、生きて還るな、天皇《きみ》のために死んでこい、と軍国の母に送り出された息子の側から、その生い立ちを歌ったもの、として受けとることもできるだろう。この若ものは、まだ小さな赤ン坊のころ、母に背負われて振った日の丸の小旗の思い出を、血潮のなかに宿して成長する。生育のひとこまひとこまが、日の丸の記憶と結びついている。そのかれが日の丸とともについに行きついたところは、どこだったか？――「去年の秋よ兵《つはもの》に」云々とあるから、中国侵略戦争の開始後まもなく、かれは応召したわけだ。中国に侵攻した日本軍は、一九三七年十二月、南京に入城し、あの大虐殺を行なう。この日の丸少年が一番乗りに高々と日の丸を打ち立てたのは、それゆえ、南京城だったかもしれないのである。この日の丸少年は、南京大虐殺の直接の下手人のひとりだったかもしれないのである。

「日の丸行進曲」が大流行しつつあった一九三八年、日本の軍事侵略は、短期決戦の見込みを失って泥沼に足を踏み入れていた。国内では四月一日に「国家総動員法」が公布（五月五日施行）され、社会生活は戦争遂行という至上命令にことごとく従属するように再編されていった。帰ってくる白木の柩《はこ》が次第にふえていくようになった。そしてその翌年、一九三九年の大ヒット曲は、「九段の母」だった。

一、上野駅から九段まで　勝手知らないじれったさ
杖をたよりに一日がゝり　せがれ来たぞや会ひに来た
二、空をつくよな大鳥居　こんな立派なおやしろに
神とまつられもったいなさよ　母は泣けます嬉《うれ》しさに
三、両手あわせて膝まづき　拝《おが》むはずみのお念仏
はっと気づいてうろたへました　せがれ許せよ田舎者
四、鳶《とび》が鷹の子産んだよで　いまぢゃ果報が身に余る
金鵄《きんし》勲章が見せたいばかり　会ひに来たぞや九段坂

（石松秋二・詞、佐藤富房・曲、塩まさる・唄）

この母は、上野駅に着いて、そこから九段の靖国神社まで、一日がかりで歩いてやってきた。新宿駅でも東京駅でもない、上野駅に着いたということは、この母が日本のもっとも典型的な貧しい農村地帯からやってきたということだろう。そして、空をつくようなあの大鳥居を見て母が泣くのは、悲しさや無念さからではなく、嬉しさのためなのだ。この歌ほど、当時の民衆のこころをたくみに歌ったものは、そう多くはない。なかでも、「両手あわせて」にはじまる三番は、現実味にあふれている。日本の民衆にとって、国家神道（神社神道）は、生活に根づいた素朴な信仰とはまったく無縁だったのである。もちろん、思わず口をついて出たお念仏にしても、江戸時

代までの民衆を仏教の寺の檀家とすることで土地に縛りつけた封建制度のくびきと、切りはなして考えることはできない。そのことを念頭においたうえでなお、この歌詞には、信仰をめぐる民衆の歴史が埋め込まれている。明治初期の天皇制権力が行なった廃仏毀釈《はいぶつきしゃく》の実践も、民衆のこころから仏教を殲滅することはできなかった、という事実ばかりではない。神社神道よりずっと古くからあった民間信仰——水には水の神が宿り、道路には道路の神、古木には樹の神、森には森の神が宿る、というアニミズム的な信仰を、天皇制明治政府は、これらの信仰の対象となったほこらややしろの暴力的破壊をもふくむ弾圧によって、人びとの生活から駆逐したのだった。桐山襲が中篇小説『風のクロニクル』で描いているその弾圧の歴史が、演歌「九段の母」のこの一節には歌い込まれているのである。皇軍兵士にとって最高の名誉とされた金鵄勲章が、この母の息子には戦死ののちにはじめて「下賜」された、という現実とともに、靖国神社のまえにぬかづいて念仏をとなえる母の姿は、笑い以上のものをさそわずにはいない。

「軍国の母」と「日の丸行進曲」の主人公たちの後日譚、その最終章ともいえるこの歌にもまた、他のふたつとまったく同じように、「国民」と天皇との関係が、はっきりと、誤解の余地なく描き出されている。ひとことで言えば、この母にとっては息子よりも天皇のほうが大切だったのだ。

さらに極端な言いかたをするなら、母であれ妻であれ恋人であれ、自分自身の息子や夫や恋人が天皇の軍隊にとられて行こうとするとき、「どうしても連れていくなら、わたしを殺してから連れていけ！」と、憲兵の銃口のまえに立ちはだかった女性は、日本にはひとりもいなかったのである。ひとりくらいはいたかもしれないが、闇に葬られるほど極少数だったことは、まちがいない。つまり、日本の女性たちにとって、自分自身のもっとも身近な、おそらくもっとも大切な男たちとの関係よりも、あの天皇とのきづなのほうが強かった、ということなのである。――これは、女性にたいする非難ではない。男性だけが社会的権力をもっていた社会でのことであって、日本の男たちは自分たちの女たちと、そのような関係しか結ぶことができなかった、という問題なのだ。

治安維持法や不敬罪・大逆罪があった時代のことだという事実を無視しているではないか――との反論は、当然ありうるだろう。それにたいしては、少なくともふたつの事実を直視しないわけにはいかない。ひとつは、愛する男たちが無理やり戦争にかりだされようとするとき、銃剣のまえに身を投げ出して殺されていった女たちは、日本民衆の歴史以外の他の諸民族の歴史には、いたるところに存在した、という事実である。そしてもうひとつは、なるほど、死刑または無期懲役という極刑をもつ治安維持法や、有罪のときは死刑以外にありえなかった大逆罪（刑法第七十三条）の下での先人たちの気持は、いまの現実に生きるものの想像を絶するかもしれないとしても、では、不敬罪も治安維持法も存在しない現在、事態は変わったのか、という反問である。現在と、あれらの歌がヒットし流行した一九三〇年代末の数年間とを根本的にへだてる何かが、はたして天皇にたいする「国民」の思いにかんしてあるのかが、問われざるをえない。

余録その三
一九三七年のヒット曲より

「人生の並木路」（古賀政男典ディック・ミネ唄）　泣くな妹よ、妹よ泣くな、泣けば幼い二人して、故郷をすてた甲斐がない……

「青い背広で」（古賀政男曲、藤山一郎唄）　青い背広で心も軽く、街へあの娘《こ》と行こうじゃないか、赤い椿で瞳《ひとみ》もぬれる、若い僕らの命の春よ……

「別れのブルース」（服部良一曲、淡谷のり子唄）　窓を開《あ》けれぱ港が見える、メリケン波止場の灯《ひ》が見える、夜風汐風恋風のせて、今日の出船はどこへ行く、むせぶ心よはかない恋よ、踊るブルースのせつなさよ……

「裏町人生」（阿部武雄曲、上原敏唄）　暗い浮世のこの裏町を、覗《のぞ》く冷たいこぼれ陽《び》よ、なまじかけるな薄情《うすなさけ》、夢もわびしい夜の花……

一九三八年のヒット曲より

「人生劇場」（古賀政男曲、楠木繁夫唄）　やると思えばどこまでやるさ、それが男の魂じゃないか、義理がすたればこの世は闇だ、なまじ止《と》めるな夜の雨……

「旅の夜風」（西條八十詞、万城目正曲、霧島昇／ミス・コロムビア唄。映画『愛染かつら』主題歌）　花も嵐も踏みこえて、行くが男の生きる路、泣いてくれるなほろほろ鳥《どり》よ、月の比叡《ひえい》をひとり行く……

「支那の夜」（西條八十詞、渡辺はま子唄）　支那《しな》の夜、支那の夜、港の灯《あかり》紫の夜に、上るジャンクか夢の船、ああ忘られぬ胡弓《こきゆう》の音《ね》、支那の夜、夢の夜……

「満洲娘」（石松秋二詞、渡辺はま子唄）　わたし十六、満洲娘、春よ三月雪解けに、迎春《インチユン》花《ホワ》が咲いたなら、お嫁に行きます隣村、王《ワン》さん待ってて頂戴ね……

一九三九年のヒット曲より

「長崎物語」（佐々木俊一曲、由利あけみ唄）赤い花なら曼珠沙華《まんじゆしやげ》、オランダ屋敷に雨が降る、濡《ぬ》れて泣いてるじゃがたらお春、未練な出船のあゝ鐘が鳴る、ララ鐘が鳴る……

「何日君再来《ホーリーチンツアイライ》」（長田恒雄詞、中国民謡、渡辺はま子唄、のちに李香蘭＝山口淑子＝のちの自民党参院議員・大鷹淑子が中国語で唄い、さらにヒット）忘れられないあの面影よ、ともしび揺れるこの霧の中、ふたり並んでよりそいながら、ささやきも、ほほえみも、楽しくとけあい、すごしたあの日、あゝいとし君《きみ》、いつまた帰る、何日君再来《ホーリーチンツアイライ》……

「名月赤城山」（菊地博曲、東海林太郎唄）男心に男が惚《ほ》れて、意気がとけあう赤城山、澄んだ夜空のまんまる月に、今宵《こよい》横笛たれが吹く……

「大利根月夜」（藤田まさと詞、田端義夫唄）あれをごらんと指さす方に、利根の流れをながれ月、昔笑うて眺めた月も、今日は、今日は涙の顔で見る……

一九四〇年（皇紀二千六百年）のヒット曲より

「誰か故郷を想わざる」（西條八十詞、古賀政男曲、霧島昇唄）花摘《つ》む野辺に陽は落ちて、みんなで肩を組みながら、唄をうたった帰り道、幼なじみのあの友この友、あゝ誰か故郷を想わざる……

「吉良《きら》の仁吉《にきち》」（山下五郎曲、美ち奴唄）海道《かいどう》名物数《かず》あれど、三河音頭に笛太鼓、ちょいと太田の仁吉どん、後ろ姿のいきなこと……

「湖畔の宿」（佐藤惣之助詞、服部良一曲、高峰三枝子唄）山の淋しい湖に、ひとり来たのも淋しい心、胸の痛みにたえかねて、昨日の夢と焚《た》きすてる、古い手紙のうす煙……

「目ん無い千鳥」（サトー・ハチロー詞、古賀政男曲、霧島昇／松原操唄。映画『新妻鏡《にいづまかがみ》』の主題歌）目ん無い千鳥の高島田、見えぬ鏡にいたわしや、曇る今宵《こよい》の金屏風、誰のとがやら罪じゃやら……

いずれも、いま現在、ニッポン大好きカラオケおやじならずとも広く知られている演歌である。わたし自身、村田英雄によって歌われた「人生劇場」や、だれか男性歌手が歌った「目ん無い千鳥」を、一九三〇年代のリバイバルだとは知らなかった。「長崎物語」や「人生の並木路」などは、戦後民主主義時代に、くりかえし聴いた記憶がある。もちろん、それらが最初にヒットした時代には、さきに挙げた母・日の丸・九段の三曲のほか、「進軍の歌」（雲わきあがるこの朝《あした》、旭日のもと敢然と正義に立てり大日本……）、「露営の歌」（勝ってくるぞと勇ましく、誓って国を出たからは……）、「暁に祈る」（あゝあの顔であの声で、手柄たのむと妻や子が……）などの、いわゆる軍歌もまた流行していた。しかし、世の中は、戦争一色ではなかったのである。戦争は海外派兵にすぎず、空襲や本土決戦はまだ言葉としてさえ存在しなかった。その時代の演歌が、いまの現実になお生きているように、その時代の現実は、いまの現実と、まったく別の顔をしていたわけではなかったのだ。

余録その四

《〔……〕原子力の平和利用――それは一九五三年の十二月八日、アイゼンハワー大統領が国連で「アトムズ・フォア・ピース」と宣言したときから始まったんですね。十二月八日というのは何の日であるか、これは言わなくてもみなさん御存知ですね。それしても十二月八日というのは何の日であるか。オシャカさまが悟りを開いた日であると、よく言われるが、それから来たのかな――真珠湾攻撃を十二月八日に決めた理由、ですよ――と思ったんだが、どうもそうではないという感じをぼくは最近もっています。というのは、去年からぼくは、昭和元年から昭和二十年までの新聞資料集を必死になって作ってまして、新聞をほとんど毎ページ読みまして、天皇に関連するのをずっと読んだんです。それで、十二月八日があった。何の日かといいますと、南京占領です。占領し終わったのは〔一九三七年〕十二月十三日になってますけど、「ついに南京占領」とデカデカと載って、天皇の大喜びの勅語がその下にバンとある。で、下のほうにどんなことが書いてあるか、「敵は卑怯なり、毒ガスを使用」と書いてある。毒ガスを使用したのがどちらなんか、いまや明らかでしょう。ぼくはそれを見てショックを受けて、真実とは何か――やはりわれわれがこんなとこで言っているのも真実かどうかわからんから――自分できっちり確かめる。それが一番だいじである。〔……〕》（京都大学全学教官有志発行。天皇葬儀＝国葬に反対し、いまこそ天皇制を俎上に！　89・2・24討論集会　全記録』所載の原子核研究者・荻野晃也の発言より）

十二月八日という日付が戦時下にもっていたこのような意味と好一対をなすいくつかの日付を、敗戦直後の日本はもっている。近ごろでは知る人びとも多くなったが、戦勝国側が極東軍事裁判のA級戦犯容疑者たちの起訴状を裁判所に回付したのは、一九四六年四月二十九日だった。南京大虐殺の責任を負う中国侵略軍指揮官、松井石根《いわね》がついに巣鴨拘置所（現・池袋サンシャイン）に収監されて東京裁判の準備が完了したのは、それよりさき、同年三月六日だった。東條英機や松井石根ら七名のA級戦犯が巣鴨で絞首によって処刑されたのは、一九四八年十二月二十三日のことだった。言うまでもなく、四月二十九日は当時の天皇裕仁の誕生日である。十二月二十三日は当時の皇太子、現在の天皇、明仁の誕生日である。そして三月六日は、そのころ皇后であり、現在は皇太后（もしまだ生きているとすれば）の、良子《ながこ》の誕生日にほかならない。平成天皇明仁は、死ぬまで、自分たちの身代りとなって殺された重臣たちの命日を忘れるわけにはいかないのだが、「国民」にとって、問題はそのことではない。問題は、七名のA級戦犯も、三千名に近いとされるBC級処刑戦犯も、ただのひとりとして、日本「国民」自身によって裁かれたのではない、という事実である、敗戦ののち、日本にだけは、戦争犯罪人を裁く法律そのものが、ついに制定されもしなければ、「国民」自身によって制定の要求がなされることさえも、ついになかったのである。

3　天皇と「国民」の関係について

「軍国の母」にせよ、「九段の母」にせよ、本心から息子に死ねと言い、息子の死を本心から喜んだはずなどない、という意見がある。こころで泣きながら、そうふるまわざるをえなかったのだ。天皇への忠誠は、いわばタテマエだったのだ――と。

そのことを否定しきることは、できないだろう。また、否定し去る必要もない。天皇制の下で生きることは、タテマエによって生きることを、ほとんど不可避の必要条件とするからだ。だからこそ、タテマエとは何か、ということを、はっきりさせておかなければならない。

わたしには、心の底から交通信号を守る気などない、と仮定してみよう（なにも、仮定でなくてもよいのだが、タテマエとして、こう仮定してみよう）。しかし、そのわたしも、ふつうはタテマエとして信号を守りながら暮らしている。そのほうが、概して自分の身の安全にとっても便利だからだ。こうして、これまでの人生でただの一度も信号を無視したことがないとする。内心では信号を尊重してなどいないのに。あるとき、自分にとってかけがえのないほど大切な、愛人なり子供なり飼い猫なり親友なりが、うっかり赤信号で道路を渡りはじめて、むこうから来る自動車に気づかず、わたしの目の前ではねられそうになる。わたしは、平素のタテマエを忘れて、とっさに赤信号の道路に飛び出し、その愛人なり愛猫なりをむこうに突き飛ばす――。もしも仮に、この瞬間にもなお、赤信号では停止して待つ、という平素のタテマエを守り通すとしたら、そのタテマエはもはやタテマエではなく、ホンネと区別などできないのである。「軍国の母」や「九段の母」が実践したことは、これだったのだ。この母たちは、いったい自分がだれと一緒にどのように生きたいのか、という根底的な問題を最後の一瞬にもなおタテマエに従属させることによって、タテマエとホンネとの境界そのものを無化してしまったのだ。少なくとも、残虐な弾圧法規や近隣の相互監視体制に屈従する程度のホンネしか、この母たちはいだけなかったのだ。しかも、くりかえして言えば、そうした弾圧法規は、現在は存在しない。

にもかかわらず、新聞には、その現在、たとえばつぎのような読者投書が掲載されている——

《一億国民が心を一にして祝福した昭和天皇の即位の御大典に比べ、六十余年の歳月の隔たりがあるとは言え、平成の即位の御大典の、国民の思想の変化は、これが同じ国民であるのかと激しい心の戸惑いを感じた。/即位祝賀のため来日された百六十ヵ国の王侯や顕官の前で非礼にして国の体面を汚辱した行為が数十件もなされたと思うと、慚愧（ざんき）に耐えない。爆竹を鳴らしたり、迫撃弾の発射である。これは皇室に対する反抗行為であるが、何故か、国賓を迎えての御大典に実行した意図が解し得ない。/昭和の即位の御大典は、京都を中心に行われ、街並みは奉祝一色に包まれ、市民の叫ぶ万歳の声は、こだました。警戒は厳重でも、京都駅から建礼門までの道の両側には、幾多の市民がお召し馬車や文武百官の姿を一目見ようと待ち受けたのである、/私も、建礼門前の芝生の一角に、学徒の一員として盛典を拝観した感激は、六十余年後の今も脳裏にある。御大典に対する警備に要した警察官は数万人にのぼり、その経費は数十億円と聞くが、天皇陛下もさぞ不本意な御大礼であったと感じておられることであろう。街並みの国旗の掲揚も意外に少なかったが、国旗の赤はあせても誠心に変化はないと確信している。》(「耐えられない即位への反抗」、男性・無職、77歳)

一九九〇年十一月二十五日付『京都新聞』からの引用である。『京都新聞』は、いわゆる全国紙であればおそらく遠慮するだろう種類の投書も、積極的に掲載する、という長所を保持している。この投書もその種のひとつだが、けっして例外的な少数意見ではない。全国紙を読みつけている人びとは、この投書を今回の即位儀礼がみじめな失敗だったことを皮肉っている、と読むかもしれないが、それは深読みにすぎるというものだろう。要するに、この投書の主《ぬし》は、焼かれなければ治《なお》らない隷従的臣民にすぎないのである。この投書が語っているただひとつの事実は、「軍国の母」や、「九段の母」の抑圧され抹殺された悲しみや無念さにたいする責任を、この男はいまなおただの一片たりとも負おうとはしていない、ということだけである。

では、女性はどうか。この男とほぼ同年輩の一女性の投書が、一九九〇年四月二十五日付の同じく『京都新聞』に載せられている。

《恒例のクラス会で「京都文化博物館」に行きました。たまたまその日は、天皇皇后両陛下がお成りとのことで、驚きました。順路に従い見学を続けて二階まで上がると、両陛下が歴史展示室にお入りになるところでした。／入口あたりでお待ちしていると、館長さんの先導で両陛下が歩いて来られ、私たちに視線を向けられ、話しかけられました。「どちらから来られましたか」と天皇さまの問いに、一番近くいた友は「京都ですが、昨日はクラス会をしました。私たちは昭和九年京都府女子師範を卒業しました」。皇后さまが「たくさんあつまれましたか」とにこにこしながら話しかけられました。「はい、二十人近くです」。さらに「遠くからも来られますか」と、お優しい目でした。「はい、京都府下と長野の方からも」とお答えすると、お二方は、うなずいて室内に入られました。／皇后さまの抹茶色のお服と同じ色のお帽子がよくお似合いでした。思いもかけぬ出会いに、幸運と思っていましたのに、私たちに話しかけていただき、夢うつつのようでした。私はお答えした友の側にいましたのでお二方のお声もよく聞きとれました。その後、一階で「くず切り」をいただいたけれど、思わぬ出来事に一同興奮さめやらず、歓談は延々と続きました。》(「両陛下と会いお言葉に感激」、女性・無職、74歳)

この女性たちのグループは入場料を払って入館したのだろう。明仁と美智子はタダで入ってきたのだろう。入館料を払った入館者が、タダで入ってきた連中に順路をゆずらされて、立って待たされることに、腹を立てるどころか、大感激しているわけだ。これまた、焼かれなければ治らないたぐいの標本のひとつとしか言いようがない。——とはいえ、この投書は、そういう老人の宿痾《しゅくあ》として片づけてしまうわけにはいかないのである。なぜなら、ここには、天皇と「国民」との関係の本質を示すものが、それこそ象徴的なかたちで表現されているからだ。

この老女性は、出会いそのものからして思いがけなかったのに、「話しかけていただき、夢うつつのようでした」と書いている。こういうとき天皇やその一族がかける「お言葉」なるものは、ふつうの人間関係のなかであれば、「このヤロウ、ひとをバカにするのか！」と怒られるたぐいのものである——という意味のことを指摘したのは、天野恵一だったが、この老女性が感激しているのは、まさしくそのたぐいのセリフにほかならない。「歓談は延々と続きました」どころではなかっただろう。家へ帰ったら家族に何十遍も語ってきかせ、知りあいや親類に電話をかけまくっただろうことは、推測に難くない。この女性（たち）は、おそらく、死ぬまで天皇夫婦との出会いや「お言葉」を忘れることはないだろう。

では、天皇や皇后のほうはどうか？　かれらの問いかけは、かれらの職業の一部でしかない。問いかけに、どんな応答が返ってこようが、かれらの人生に寸毫もかかわりはない。つぎの視察先では、もう、この七十四歳の老女たちのことなど、ほとんど思い起こすことはないだろう。少なくとも、老女たちの側のように、死ぬまでその一度の「出会い」を抱きしめつづけるなどということは、絶対にありえないだろう。天皇と「国民」の関係は、このような一方通交路なのである。「国民」に「親しく」かけられる天皇とその一族の「お言葉」なるものが、ほとんどすべて問いでしかない、という事実が、そのことを的確に物語っている。ふつうの社会的人間関係においても、人と人との出会いは、ふつう、問いで始まる（上役が新入社員にたいして「どうだね、そろそろ仕事に慣れたかね？」。新入社員が宴会で上役に酌をしながら「部長、ご出身はどちらですか？」等々）。だが、われわれの関係のなかでは、交わりが深まるにつれて、問いの関係は討論や共感の関係へと深まっていく。いや、言葉すら唯一のコミュニケーションのメディアではないことが、われわれの関係のなかで体験されていく。「お言葉」によって「国民」に対する天皇とその一族が発するセリフのなかで、ただひとつ問いではないものがあるとれば、「元気でがんばってネ」(裕仁)、「元気でがんばってください」(明仁)という一句であって、これは、「これでおしまい」というサインにすぎない。

このような「お言葉」を、「国民」は、天皇たちの「おやさしさ」、「思いやり」として、受けとってきた。あげくのはてに、「昭和天皇は、おやさしいお人柄だった」、「慈母のようなかたでした」というような人物評が、裕仁の死にさいしてマスコミでまことしやかに流された。いったいどうして、天皇とその一族の具体的だれかれが「やさしい」かどうか判断できるほどの関係を、「国民」が天皇たちと結ぶことなどできただろうか。ある人間が「やさしい」か否かは、現実の人間関係のなかでは、かなり親しい間柄でも、それほど容易に判断できるものではない。

京都文化博物館で天皇夫婦との出会いとその「お言葉」に感激した七十四歳の女性を、老齢のゆえに不問に付すことなどできない理由が、もうひとつある。この女性が同級生のセリフとして紹介しているとおり、この女性は一九三四年の京都府立女子師範学校の卒業生である。女性が選挙権ももたず、男性と家との従属物でしかなかった当時にあって、女子師範卒の女性はエリート中のエリートだった。それはさておくとして、女子師範を一九三四年に卒業するということは、どういう意味をもっていたか?――「日の丸行進曲」の流行のさなかに新進教員だった、ということにほかならない。もしもこの女性が男子学級を担任していたとすれば、日の丸少年を育て、戦場に送り出したのである。女子学級の担任だったとしたら、工場動員の女学生たちの死にたいして、この女性は責任の一端を負っているはずである。殺されていった子供たちの顔を思いうかべるかわりに、この女性は、明仁や美智子のやさしさだの、抹茶色のお服とお帽子だのに、感激してみせている。かつて戦前戦中においてのみならず、いま現在も、この女性にとっては教え子たちとのつながりよりも天皇とのきづなのほうが比較にならないほど強いのだ、と断言するのはあまりに酷《こく》だ、といわれるとしたら、酷だというほうが無理というものだろう。

「東アジア反日武装戦線」のメンバーたちが天皇処刑という極限的な決意を実践にうつそうとしたとき、かれらの爆弾は、この女性をはじめとする「国民」たちと天皇とのきづなを爆破することに、向けられていたのである。

余録その五

六〇年安保闘争を標的にしたミッチー・ブーム（明仁と正田美智子の結婚）、それにつづくナルちゃんブーム（浩宮徳仁《なるひと》の誕生）このかた、川嶋紀子と礼宮の結婚にいたるまで、「愛される皇室」、「国民に開かれた皇室」のキャンペーンと意識操作がなされ、天皇一族にたいする「国民」の気持は例えば芸能タレントや人気スポーツ選手にたいするファン感情のようなものだ、というイデオロギーが浸透させられている。つぎの投書も、その路線上のひとつだろう。

《ご成婚前からの紀子さまフィーバーは、すごいものである。マスコミの異常な報道ぶりにあきれながらも、ついテレビを見てしまう。そして、いつもさわやかな紀子さまの笑みは、見る者に好感を与え、心をなごませるのである。／人の表情が相対する者に、好感情や悪感情をいだかせるものだとつくづく思われる。紀子さまのお父様は「いつも紀子ちゃん笑いなさい」と言われたという。／紀子さまの顔の表情は、親切な、やさしい快活な心の状態を表しているのだろうけれど、あの笑顔は、もう習慣になっている。私も、現実をみつめれば、笑っていられなくても、あえてほほえみ、そして習慣にしたいもの。／世の人々がすべて、紀子さまのように、ほほえんであいさつをかわしたら、きっとすばらしい世の中になると思う。おこって、物が解決するならば、おこったらいいけれど、人に不快をふりまくだけ。一日一回、鏡の前で、笑顔の練習をして、「幸せだ幸せだ。きっとよいことが来る。ありがとう」とくり返すだけで、運命がよくなると書いた本を読んだ。そうだそうだ紀子さまの笑顔は、幸福を呼びこんでいるのだ。／私だって、もっとにこやかな顔になって幸せを呼びこまなくては、と思うのである。》（「見習いたい紀子スマイル」、女性・主婦、40歳。一九九〇年八月二十八日付『京都新聞』）

筆写するだけで胸が悪くなる投書だ。ひょっとすると高等なパロディなのではないか、とせめて思いたいが、無理だろう。ともあれ、ひとの好みは自由であって、わたしが虫酸《むしず》の走るほど嫌いなあの「笑顔」も、わたしより十歳若いこの投書女性にとっては快感をそそるものなのかもしれない、と思うしかない。だがしかし、はたしてこれは人気タレントにたいするファンの関係ということで、説明され納得されてしまうべきものなのだろうか。たとえば、わたしが松田聖子の熱烈なファンだとしよう。毎日、一日一回、鏡のまえで、なんとか松田聖子みたいなヤエ歯《ば》をのぞかせようと、猛訓練にはげむとしよう。それを知った中森明菜が、あのオヤジ、あほか、と半ばわたしを軽蔑し、自分（つまり明菜）の値打ちもわかってくれずに聖子に入れあげているわたしを見て、半ば聖子とわたしの関係に嫉妬するとしよう。そうだとしても、中森明菜は、だからといってわたしを人間として認めないとか、わたしが人間として生きることを許さないとか、そんなことは人気タレントとして考えることもなければ、その考えを実行に移すこともありえないだろう。松田聖子が明菜ファンに対するときも、やはり同じだろう。——ところが、天皇とその一族は、まったくそうではないのである。かれらにとっては、自分（たち）を崇拝し敬愛するもの以外は、人間としての生存など許容できない。かつて植民地朝鮮の人びとにたいして強要された「皇国臣民の誓詞」は、この事実を疑問の余地なく証拠立てている。天皇とその一族に忠誠を誓わない人間は、人間として生きさせない（もちろん精神的にだけではなく物理的にも）ということを、「誓詞」の強要は現実に実践したのである。今回の即位儀礼が国家行事として強行されたことや、「国民」を代表して首相・海部俊樹が叫んだ「天皇陛下万歳」は、それが過去のことではないことを示している。

4　だれとともに、どのように生きたいか？

わたしは、はずかしながら、天皇や天皇制から、身にしみるような被害や不利益をこうむった、という実感がない。一九四〇年に、しかも滋賀県で生まれ、そこで一九五〇年代初頭まで暮らしたため、空襲体験もなく、父親の年齢の関係から戦死した近親者もいない。農村でしかも国内有数の米作地帯だったため、戦争末期と敗戦後の食糧不足による飢餓感の記憶もない。天皇の名による戦争から、ほとんど損害をこうむったことがない。わたしと同年でも、東京や大阪や、そのほか空襲を受けた都市で幼時をすごしたものたちにとって、人生の最初の記憶は空襲の夜の赤く燃える空だったりするのだが、わたしには、恐怖感からはほど遠い防空壕の記憶と、高空を白い飛行機雲を描いてゆっくりと通過していくB29のキラキラ光る思い出しか残っていない。小学校入学は一九四七年四月で、このときから新しい戦後民主主義版の教科書が使われ、一九四一年三月一日の天皇勅令で「国民学校」と改称されていた小学校が、この四七年四月からまた小学校に復したので、あの有名な墨塗りの体験をも逸してしまった。衝撃的な体験だったにちがいない墨塗りを逸したことが、わたしにとって、「さきの戦争」にまつわる唯一の痛恨事であるくらいだ。

そのわたしにとって、つぎの新聞投書は、幾度読みなおしても、はらわたが煮え返るような思いを体験させてくれる。一九九〇年四月十一日の『京都新聞』に掲載されたものである。

《この九日、私は五男の入学式に出席した。式典が始まって、大変なハプニングが起きた。「起立」「国歌斉唱」といわれた時、私の隣にいた新入生の父母の一人が、音をたてて座り込んだのである。最近のニュース等で、一応は知ってはいたが、目の前で、国歌に対し、こうもあからさまな拒否反応を見せられたのは初めての光景で、何とも形容しがたい不安感におそわれた。／小学校の入学式の場である。子供は親をみて育つものである。わが子が、愛国心を欠くことなく、国旗・国歌に対し偏見を抱かずに育ってゆくことの見通しは、堅く信じているが、ひょっとして、あのとき座り込んだ父母は、外国人だったのでは、と考えた。それならば、なお失礼極まりなく、お粗末な心情ではないだろうか。／もし私やわが子がアメリカで、これから住んだとした場合、広島や長崎へ原爆を落とした憎い国であっても、その国の国旗を認めてやることはできる。そして、その国歌に緊張感をおぼえ、彼らの愛国心にふれたように思うはずである。／好きである「君が代」のどこに、愛国心を逆なでするような、何があるというのだろうか。三千年になんなんとする日本の歴史と文化への愛が「君が代」だと、私は子供たちにいってきかせているが、それが間違っているとでもいうのだろうか。》(「驚いた国歌拒否の光景」、男性・自営業、53歳)

この投書は、まず、幾重にも卑劣だ、とわたしは思う。その卑劣さは、「国歌」斉唱にたいして坐り込んだ父母に対する非難のしかたに、もっともよくあらわれている。投書者は、その父母のことを「ひょっとして……外国人だったのでは」と述べ、そのあとすぐにつづけて、「もし私やわが子がアメリカで、これから住んだとした場合」と記している。この文脈からすれば、そこで言われている「外国人」は「アメリカ」人を意味するかのようである。けれども、考えてみればわかるとおり、その父母がアメリカ人だったら、投書は、「ひょっとして……」などとは書かず、「見ると、やっぱり外国人だった」というふうに書くはずだ。ここでこの男が言っている「外国人」とは、かれの目からは「日本人」と見分けがつかない「外国人」にほかならないのである。そのような外国人が、なぜいまそこにいるのか、なぜ日本へやってきたのか、その人びとにとって「君が代」と「日の丸」はどのような意味をもつのか——こうしたいっさいのことを、「国旗・国歌に対し偏見を抱かずに」生きているこの投書者は、考えてみようともしない。「三千年になんなんとする日本の歴史と文化」には、そのような「外国人」の存在する余地などないのである。

とはいえ、このような歴史と文化への「愛」は、この投書者の個人的自由の範囲内にあるのだろう。かれの子供が親をみて育つのも、子供の人権の一部なのだろう。わたしがこの投書をことさらにとりあげるのは、そうしたことのゆえだけではない。この投書者は、五十三歳だという。「軍国の母」がヒットしたまさにそのころ、この男は生まれたのである。その年代は、小学校（国民学校）二年または三年のとき、敗戦を迎えたはずだ。教科書の墨塗りを体験したはずだ。一夜にして「日の丸少年」から民主主義の担い手へと跳躍する激変を、この男は小学校低学年で体験したはずだ。その後の数年は、わたし自身の個人的体験からしても、戦後民主主義のもっとも積極的な側面が学校においても実行された数年だった。いったい、この男にとって、敗戦と戦後民主主義とは、そもそも何だったのか？　そしてさらに、戦後民主主義とは、日本社会にとってそもそも何だったのか？

五十三歳男性のこの投書は、天皇との関係のなかでもっともあからさまな歴史的無意識におちいって恥じない日本「国民」の姿を、絵にかいたように見せてくれるものとして、貴重な史料というに値する。だが、この投書を読みなおすにつけても、このなかにわたしが見出すのは、おぞましさと卑劣さばかりではない。ここには、もうひとりの人間が描かれているのである。投書の文脈から推測すれば、おそらくたったひとりでだったのだろう、「音をたてて座り込んだ」というその「父母」（ひとりでも父母か!?）にほかならない。こういう人びとがいたるところに、もちろんほんの例外的な少数者としてにすぎないにせよ、いたるところに登場したことを、われわれはすでに知っている。この人びとは、天皇への思いによって生きることを、やめたのである。戦争であれ平和であれ、天皇によって自分（たち）の生きかたが決定されることに、否《いな》を表明したのである。天皇が「お言葉」で「平和と民主主義」を語れば世の中が平和になり民主主義になるかのような、そういう生きかたにたいする「あからさまな拒否反応」を、はっきりと表明したのである。自分（たち）がだれとともに、どのように生きたいのかを、生活のなかのさまざまな具体的問題と向きあうことを通して、見つめなおす手さぐりが、さまざまなところで試みられ、それらがたがいに接点をもちはじめている。そうした手さぐりのなかで、天皇とのきづなよりももっと大切なものがあることを、さまざまな人びとが発見しつつある。

「日本の歴史と文化」とは、三千年の昔に溶岩のように冷え固まったまま伝承されてきたものなどではない。「日本の歴史と文化」とは、だれとともに、どのように、というこのテーマをめぐる具体的な、生きた試行の営みのことでしかない。この営みのなかで、天皇とのきづなによる歴史的無意識もまた、歴史的関係の意識へと、みずからを解放していくのだ。

余録その六

今回の天皇家代替りの期間に、わたしの住む自民党王国、滋賀県でも、天皇制を論じ、あるいは天皇制に異議をとなえる小さな集りが、いろいろなところで行なわれた。そうした集りのいくつかに、ひとりの車椅子の青年が参加して、自分自身の体験を語った。

十数年前、「びわこ国体」なるものが滋賀県で開催され、例によって、それに出席した天皇裕仁が、その当時中学生だったこの青年の住む「障害者施設」にもやってくることになった。予定日の数日前、施設の便器がいっせいに新品と取りかえられた。「もったいないこと、するなあ」と少年は思った。「天皇って、施設中の便所でションベンしてまわるのだろうか?」と。天皇を迎える当日がやってきた。施設の「障害者」全員が一室に集められ、頭から噴霧器で消毒薬をかけられたのである。

これが、この青年の天皇体験の原点となった。天皇と天皇制からこれといった被害や不利益をこうむった体験や実感のないわたしにも、この青年の原体験の意味は理解できる。数年前、鹿川くんという少年が、「いじめ」によって自殺に追いこまれた事件があった。「きたない」「バイキン」「うつる」というののしりは、人間を死に追いやることさえできるのである。およそ人間が人間にたいして投げつける最大の侮辱を、天皇は「障害者」にたいして当然のこととしてなさしめるのだ。
わたしは、「障害者」の自立と共生のために何の仕事もしているわけではない。しかし、この青年が語ったことをここに記すことはできる。この青年のほうが、わたしにとってもまた、天皇よりは近い存在であらざるをえないからだ。

余録その七

一九七四年八月十四日、「東アジア反日武装戦線」のメンバーたちが昭和天皇裕仁を爆殺しようとしたとき、天皇や天皇制との関係で自分たち自身の生きかたを問いなおそうとする試みは、まだ例外的な少数者でしかなかった。あれから十六年、いま、この国家社会のいたるところで、この試みは、多様なかたちで社会的現実を動かしつつある。もちろん、やはり少数者にすぎないにせよ、その試みはもはや例外現象ではない。十六年の時間は、一九七四年八月十四日を起点にして考えるとき、十六年の長さ以上の重みをもってくる。

この一文は、昭和天皇裕仁の死が報じられてから明仁の「即位の礼・大嘗祭」が強行される前後までの時期に、さまざまな反天皇制集会で行なった断片的な発題や報告を、補充し再構成したものです。それらの集会の参加者のみなさんへの感謝を、ここに記させていただきたいと思います。

（一九九〇・一一・二五）

天皇制はどこへ行ったか?——期待される英霊たちに

1

日本の軍隊がイラクで戦闘を開始し、多くの人間を殺傷して、みずからの部隊にも死者を出すという事態が、現実のものとなりつつある。

信者の金で勲章と名誉博士号を買い漁《あさ》って蔵を建てることだけが生き甲斐の首領をいただく宗教団体政党に支えられた自民党政府が、反対の声を圧《お》し拉《ひし》いで国軍の派遣を強行したとき、かなり多くの人びとは「国軍に死者が出れば内閣はつぶれる」との思いをいだいたようだった。けれども、現実はもっと悲惨だろうと予測した人びとも少なくなかった。

その予測は、「悲しいことにこの日本国家の臣民たちは、人間の生命よりは死のほうを重要視するだろう」という危惧の念にもとづいていた。自衛隊という名の国軍——あのナチス第三帝国の、もっぱら侵略のための軍隊でさえも「自衛軍《ヴェーアマハト》」と称されていたのだが——その日本国軍に就職せざるをえなかった隊員たちの生命を、派兵を支持し容認したものたちのいったい誰が、ほんの爪の先ほどもいとおしんでいるだろうか。かれらは、はじめから、死ぬことを期待される存在だったのである。もちろん、重装備のかれらが、死ぬ前にイラクの人びとをできるだけ多く殺戮することは、あらためて言うまでもないとしても。

かれらが死ぬとき、かれらの死が鳴り物入りで報じられ論じられるのは、かれらの生命が重要だからではない。かれらの死こそが重要だからである。

かれらの死が重要なのは、それが悲しんでも悲しみきれぬほど決定的で取り返しのつかぬ喪失だからではない。かれらの死にたいして国家社会の全体を喪に服させ、有無を言わせず靖国神社・千鳥ヶ淵にかれらを祀《まつ》るために、かれらの死が必要不可欠だからである。かれらの死が重要なのは、こうしてさらに多くの死を用意するためなのである。

かつて、「満洲の土には日本人の血が染《し》み込んでいる」という言葉があった。日清戦争でも、日露戦争でも、ロシア革命にたいする干渉戦争のシベリア出兵でも、中国東北部のいわゆる満洲は、日本軍にとって最大の戦場となった。死んだのは、もちろん日本軍将兵ばかりではなかったが、死を生命よりも重視する日本臣民の心には、日本人の血がそこの土に染み込んでいるところとして「満洲」が刻み込まれたのだった。将兵たちが血を流す前にその流血を阻止する気などなかった日本臣民たちは、かれらの死を無駄にするな！　という煽動に乗って、つぎの派兵と殺戮を支持したのだった。日清戦争終結から三十六年ののち、二次にわたる「山東出兵」の撤兵からわずか二年四ヵ月後の一九三一年九月に始まる「満洲事変」は、こうして、それから十五年後の八月十五日にひとまず終わる中国とアジア全域にたいする日本の戦争の本格的な幕開けとなった。流された血を無駄にしないためには、後からあとから血が流され続けねばならなかったのだ。イラクで流された日本軍将兵の血を無駄にするな、イラクの砂には日本人の血が染み込んでいる——という近い未来のキャッチフレーズは、満洲の土に染み込んだ日本人の血という過去の標語を想起するとき、悲しいことに、根拠のない危惧ではないのである。

2

前世紀である二十世紀は、しばしば「戦争と革命とファシズムの世紀」という形容をもって語られる。戦争だけについて想い起こしてみても、たしかに、二十世紀は戦争とともに始まり戦争のうちに終わったのだった。

二十世紀が戦争のなかで終わったことについては、まだ記憶に新しい。イスラエルによるパレスチナ侵略戦争が世紀を越えて続いていたことは、だれの目にも明らかだった。だが、それだけではなかった。この戦争をもそのひとこまとするアメリカの世界制圧戦略が、一九九一年一月に始まる「湾岸戦争」によって決定的な段階に入っていたこと、それゆえ湾岸戦争は三ヵ月で終結したのではなかったことが、二十一世紀の幕開きとともに始まるアメリカ合州国中枢部への攻撃、いわゆる「九・一一」と、その四週間後のアメリカによるアフガニスタン侵攻によって、あらためて明白な事実となった。二〇〇三年春にいよいよ本格的に開始されたアメリカおよびその配下の多国籍軍によるイラク侵略戦争は、いまでは周知のとおり、戦争のなかで終わった二十世紀と、戦争のうちに始まった二十一世紀の連続性を、当然のことながら体現しているのである。

では、これよりも百年前、二十世紀が戦争とともに始まったというのは、どういうことだったのか？

西暦一九〇一年、二十世紀の最初の年が明けたとき、地球上のいくつかの地域は、戦争のさなかにあった。アフリカ大陸の南端では、イギリス領のケープ植民地と、その北に隣接するオレンジ自由国および南アフリカ共和国（トランスヴァール共和国）とを舞台にした戦争が行なわれていた。一八九九年十月に始まるこの戦争は「ボーア戦争」と呼ばれたが、ボーア人（ブール人）と称されたオランダ人入植者の子孫たちが建てたオレンジおよびトランスヴァールの両共和国は、この戦争が一九〇二年五月にイギリスの勝利で終わった結果、すでに一八二八年以来イギリス領だったケープ植民地と併合され、一九〇九年にイギリス領南アフリカ連邦となったのである。

アジアのフィリッピンでも、二十世紀の幕開きは戦争のなかだった。一八九九年一月以来、アメリカ合州国にたいする独立戦争がたたかわれていたのである。十六世紀半ばからスペインの植民地だったフィリッピンでは、一八九四年の武装蜂起によって対スペイン独立戦争が開始された。一八九六年にはリーダーのホセ・リサールがスペインによって捕われ処刑されたが、その二年後の九八年六月、おりからスペインと戦争中だったアメリカ合州国の支援を受けたエミリオ・アギナルドは、フィリッピンの独立を宣言し大統領に就任した。だが、対スペイン戦争に勝利したアメリカは、九八年十二月、パリ条約によってフィリッピンを自国の領土にしたのである。アギナルドはただちに反米独立の闘争を呼びかけ、独立派によってあらためて大統領に指名される。こうして、フィリッピンの独立戦争は世紀を越えて続けられ、一九〇一年三月、策略によって米軍に捕縛されたアギナルドは転向と帰順を強要されることになるが、その後もなおフィリッピン各地での反米ゲリラ闘争は一九〇二年半ばまで継続されたのだった。

　戦争の世紀としての二十世紀が戦争で始まったことを想起するためのこれら二つの事例は、いわば、世界史の領域でのことがらである。ところが、日本史の領域でもまた、二十世紀は戦争で始まっていた。

　一八九九年三月、中国（清国）山東省で「義和団」が蜂起した。日清戦争後の列強の中国侵略とその先遣隊であるキリスト教宣教師たちの専横に抗して、白蓮教という秘密結社的な団体を中核とする多数の民衆が「扶清滅洋」を旗印に起ち上がったのだった。たちまち勢いを加えた義和団は、翌一九〇〇年四月には北京に入り、各国の公使館を包囲するに至ったほか、各地で列強の軍隊と激しい戦闘を展開した。清国皇帝一族は北京を脱出し、列強の連合軍は北京を攻撃して、公使館を奪回したのち市内で掠奪、惨殺をほしいままにした。

　世紀を越えて展開されたこの戦争が、義和団を敵とした側からどのようなものとして見られていたかを物語っているのは、義和団について解説したつぎのような一文である。

> 明治三十三年、団匪事件を起した匪徒。清国白蓮教徒の一派にして義和拳といふ一種の拳法により弾丸を避け刀剣を防ぎ得ると信じた秘密結社。山東省に最も多く、外国宣教師の暴慢を怒つて蜂起し、義和団と称し、不逞の徒之に加はり宣教師・基督教徒を迫害、山東省より直隷省

に侵入更に北京に入る。清廷及び清兵之に合し遂に外国駐屯兵と交戦、明治三十三年事件即ち団匪事件となつた。

一九三四年六月から三六年十一月にかけて平凡社から全二十六巻で刊行された『大辞典』は、「義和団」という見出し語をこう説明している。「団匪《だんぴ》」という呼び名が用いられていることだけからでも、義和団にたいする評価の基本姿勢は明らかだろう。同じ辞典の「団匪」の語義は、「集団をなしてゐる匪賊。特に義和団に属する匪賊を指すことあり」となっている。

あらためて言うまでもなく、匪賊という呼称はもっぱら否定的な意味合いで使われているのである。同じ辞典によれば、それは「匪類の賊」または「匪徒」のことであり、匪徒とは、「王化に浴せずして世を害する悪者のやから。暴徒」にほかならない。前世紀の初めには、このような古色蒼然とした悪者集団が跳梁していたのである。二十一世紀の現在ではこれがカタカナの表記で呼ばれているだけにすぎない。

問題は、なぜ日本の日本語辞典が清国の「義和団」をこのようなテロリスト集団として説明しなければならなかったのか、ということだ。なぜなら、日本もまた列強の多国籍軍に参加して義和団民衆の鎮圧と掃討に、そしてそれに続く掠奪と大量虐殺に貢献したからである。義和団は大日本帝国の敵だったのだ。いや、大日本帝国は義和団民衆の敵だったのだ。この戦争が、日本の歴史教科書では「北清事変」と呼ばれており、日本史が教室でそこまでたどりついた高校生なら、北清《ほくしん》事変という言葉だけは知っている。しかし、二十世紀の幕開きが日本にとってもまた戦争の最中《さなか》だったということを、それどころか「北清事変」という歴史教科書上の一項目が上述のような侵略戦争であり、その敵が上述のような中国民衆にほかならなかったという歴史意識を、高校生は、われわれは、どれほどいだいてきただろうか。

3

客歳《カクサイ》清国ノ変乱アルニ当リ汝等《ナンジラ》戮力《リクリヨク》励精《レイセイ》機ニ応シテ動《ウゴ》キ以《モッ》テ其《ソ》ノ任務ヲ尽《ツク》シ嘗《カッ》テ戒飭《カイチヨク》セシ旨《ムネ》ニ遵《シタガ》ヒ軍紀ヲ重《オモン》シ風紀ヲ粛《シユク》ニシ欧米列国ノ軍ト協同シテ克《ヨ》ク戡靖《カンセイ》ノ績《セキ》ヲ挙《ア》ケ帝国陸海軍ノ光輝ヲ発揚セリ朕《チン》深ク之《コレ》ヲ嘉《ヨミ》ス汝《ナンジ》将校以下将来益々《マスマス》忠勤ヲ效《イタ》サムコトヲ望ム

明治三十四年七月十四日

（引用者の註）

客歳＝昨年

戮力＝力を合わせること

励精＝精を出して励むこと

機ニ応シテ＝機に応じて。臨機応変に　（濁点は用いられていない）

嘗テ戒飭セシ旨ニ遵ヒ＝以前から朕が軍人勅諭によって教え戒めてきた精神に従って

克ク戡靖ノ績ヲ挙ケ＝見事に殺戮平定の実績を上げて　（挙ケ＝挙げ）

朕＝天皇のみが用いる一人称代名詞。現在のワタクシと同じ意味
明治三十四年＝基督教暦一九〇一年のこと

七月十四日というのは、革命記念日とだけは限らないのだ。ここにその全文を引用したのは、「北清事変後陸海軍軍人ニ賜ハリタル勅語」と呼ばれる天皇の感状である。天皇というのは、大日本帝国の初代天皇、睦仁《むつひと》にほかならない。この初代天皇は、一八六八年三月十四日の「五箇条ノ御誓文」に始まって、「陸海軍軍人ニ賜ハリタル勅諭」（軍人勅諭）、「憲法発布ノ勅語」、「教育ニ関スル勅語」（教育勅語）、「清国ニ対スル宣戦ノ詔勅」、「露国ニ対スル宣戦ノ詔勅」、等々を経たのち一九一〇年八月二十九日の「韓国併合ノ詔書」に至るまで、じつに多くの勅語・勅諭を発したのだが、「北清事変後……賜ハリタル勅語」も、他のすべてと同じく、戦争か、もしくは戦争のできる国家体制かに関係した天皇発言のひとつだった。二代目の嘉仁《よしひと》も、先代の先例にならった。先代の死によって直ちに践祚《せんそ》した大正天皇嘉仁は、その瞬間に「践祚ニ際シ陸海軍軍人ニ賜ハリタル勅語」を発した。これに続くのが、数度にわたる「在郷軍人ニ賜ハリタル勅語」だった。「大正三年乃至《ないし》九年戦役」とは、欧州大戦（つまり第一次世界大戦）のことである。一九一四年八月に始まった大戦は一九一八年十一月に終結したが、日本は、これまた多国籍軍の一員として、治安維持の名目で、ロシア革命を鎮圧するための占領軍を一八年八月から西伯利亜《シベリア》および満洲に派遣していた。「大正三年乃至九年戦役後……賜ハリタル勅語」は、世界大戦の戦後

処理がヴェルサイユ条約批准で一段落し、この条約が日本で公布された一九二〇年一月十日に、「平和回復ノ詔書」とともに発せられたのだった。だが、このとき、戦争は現実には終わっていなかった。それからさらに三年近くを経て、日本はついに、シベリア出兵と呼ばれる反革命侵略戦争に敗退して軍を撤退させざるをえなくなる。天皇は一九二二年（大正十一年）十一月十一日、「西伯利亜撤兵ニ際シ……賜ハリタル勅語」を発して将兵をねぎらい、かれらの奮闘と殺戮を讃えた。そしてもちろん、三代目の昭和天皇裕仁も、前二代にならって同様の勅語を頻発することになるのである。

　だが、天皇の勅語は将兵たちの奮闘と殺戮をねぎらっただけではない。「明治二十七八年戦役後陸海軍軍人ニ賜ハリタル勅語」では、日清戦争（「明治二十七八年戦役」）に従軍した将兵たちにたいして、「朕ハ帝国陸海軍ノ進歩茲《ココ》ニ至リタルヲ欣《ヨロコ》ヒ汝等カ深ク五箇条ヲ服膺《フクヨウ》シテ敢《アエ》テ失墜セス命《メイ》ヲ重《オモン》シ生《セイ》ヲ軽《カロン》シ以《モツ》テ能《ヨ》ク朕カ股肱《ココウ》タルノ職ヲ尽シタルヲ嘉《ヨミ》ス」と述べているが——濁点と句読点を省略したこの文章の意味は、以下のとおりである。「ワタクシは、大日本帝国の陸海軍がここまで進歩したことを喜ばしくおもいます。ミナサンは、ワタクシが与えた五ヵ条の御誓文を拳々服膺《けんけんふくよう》して、つねづね崇め奉り、おろそかにすることがありませんでした。命令（命《いのち》ではない）を重んじ生命（命《いのち》）を軽んじ、よくワタクシの手足となって働く臣下としての職責を尽くしてくれたことを嬉しくおもいます。」——と述べているが、それに続けて、こうも言われているのである、

独《ヒト》リ鋒鏑《ホウテキ》ニ斃《タフ》レ疾病ニ死シ然《シカ》ラサルモ病廃トナリタルモノニ至《イタリ》テハ朕深ク其事《ソノコト》ヲ列《レツ》トシテ
其人《ソノヒト》ヲ悲マサルヲ得ス

（しかしながら、鋒《ほこ》や鏑《やじり》によって〔!〕殺され、あるいは病死し、またそうならぬまでも社会復帰がかなわぬような身体になったミナサンにたいしては、ワタクシはその壮烈さに思いを致し、その人たちについて悲しまずにはいられません。）

同様のことは、日露戦争の終結にあたっても述べられている。第二代大正天皇も、先代の例にならって、たとえば第一次世界大戦でドイツに勝利したのち、「朕ハ深ク汝等ノ忠誠勇武ニ由《ヨ》リ能《ヨ》ク宣戦ノ目的ヲ達シタルヲ懌《ヨロコ》ヒ切《セツ》ニ戦《タタカヒ》ニ死シ病《ヤマヒ》ニ斃《タフ》レ傷痍《シヤウイ》シテ廃痼《ハイコ》ト為リタル者ヲ悼《イタ》ム」と述べた。そして第三代昭和天皇は、一九四五年八月十五日の「詔書」のなかでさえ、「帝国臣民ニシテ戦陣ニ死シ職域ニ殉シ非命ニ斃レタル者及其ノ遺族ニ想ヲ致セハ五内為《タメ》ニ裂ク」と、自分が始めた戦争で、自分だけが始めることができた戦争で死んだ「帝国臣民」たちの死を、悼み悲しんだのだった。

第四代の平成天皇——この呼び名は、本来は死後になってから与えられるのだが——は、もちろん、まだそのような勅語《おことば》ヲ賜ハル機会を持ってこなかった。このことはしかし、第四代明仁《あきひと》も、そのあとに予定されている第五代徳仁《なるひと》も、そのような勅語とは無縁な時代に生き、無縁な位置に身を置いている、ということを必ずしも意味するものではない。

明仁は、これまではなお、もっぱら「戦乱に苦しむイラクの人々」なるものに「お心」を痛めていればよかったが、こうした一般的な「悲しみ」では裂けるまでもなかった「五内」、つまり五臓六腑は、「戦陣に死し、職域に殉じ、非命に斃れた」ものたちが、このすべてを一身に兼ね備えたものたちが、「帝国臣民《ミナサン》」のなかから現われるとき、千々《ちぢ》に張り裂けずにいられるだろうか。そして徳仁は、これまではまだ、雅子の人権が無視されたと、まるで皇太子妃に人権があると思い込んでいたとしか思えないようなタワゴトで私事《ワタクシゴト》を話題にしていられたとしても――なにしろ、ひとたび自分が人間であることを自分の意思で否定して皇太子妃となった雅子は、皇太子が皇室典範によって皇籍離脱を禁じられている以上、もはや徳仁ともども人間に還ることは永久にできないのだから――つぎに自分が話題にできる可哀相な人間は、これまた人権を蹂躙されて戦死させられた自衛官たちくらいしかいないことを、たちまち思い知らされることになるだろう。戦乱に苦しむ人びとを話題にした抽象的・平和愛好的な勅語《おことば》は、そのとき、命《メイ》を重んじ生《セイ》を軽んじて鋒鏑《ホウテキ》に斃《タフ》れた国軍将兵の忠誠勇武を、明仁が三代の先帝と同じく切望してきた国際平和のために流された尊い血として、悼み悲しむ勅語へと、変身を遂げずにはいない。いまだに民主化が妨げられている皇居内での苦闘にたいしてなされた身近な人権無視を憤る徳仁の感情は、そのとき、世界全体の民主化のために団匪との苦戦を展開する国軍将兵の犠牲を憤る言葉へと、喜劇的な転回を遂げることだろう。

三代の天皇が体現した陸海軍の統帥権を、四代目が回復することなどありえない。最期にそう叫ぶものと決められていた「天皇陛下万歳！」を、死ぬことだけを期待されて中東に派遣された現在の国軍兵士たちが、たてまえとしてだけでも叫ぶことなど、もはやありえない。けれども、天皇制が現存しているかぎり、靖国神社が消失せずに建っているかぎり、天皇が戦死者を哀悼する勅語《オコトバ》ヲ賜ハルという役割は、まだ消えていないのだ。

4

日本という国家社会は、その構成員の総意とは無関係であるにせよ、政権掌握者たちの無惨な思惑によってアメリカ合州国のイラク侵略戦争に加担している恥ずべき徒党の一員である。

この状態を恥ずべきものと見なしているのは、しかし、自衛隊という名の国軍の存在を認めず、そもそも戦力を行使することも保有することも肯《がえ》んじず、国際紛争を軍事力で解決することや平和のために戦争をすること自体に反対する、そういう人間たちばかりではない。国軍の存在を合法的に正当化する必要を主張し、正義のための戦争を是認し、必要とあらば国のために国民が生命を捨てることを称揚する人びとの多くもまた、現在のイラク戦争への日本国家の加担を、恥ずべきものと見なしている。この後者の人びとのうち少なからぬ部分は、日本国家が国家としての独立性を獲得するうえで、現行憲法の改訂はもちろん、天皇と皇室が国民統合の拠《よ》りどころとなるべきことを、陰に陽に主張している。

自衛隊に就職した若者たちとはまた別の生業《なりわい》の道を右翼暴力団に求めた連中が、アメリカ合州国に臣従することでアラブの利権のおこぼれに預かろうとしている政教非分離の日本政府に天誅を加える根性さえ微塵も持たぬまま、ましてやアラブの地に装甲街頭宣伝車を連ねて乗り込み、

「有《ア》ルガ良《イ》ーダ」という名の国際的国賊ども団匪どもと刺し違えて死ぬ勇気など薬にしたくも無いまま、事実上アメリカの子分のそのまた下働きに成り下がっているのと比べれば、古くは「新しい歴史教科書を！」とか、新しくは「侵略戦争に加担する国家の国民は恥を知れ！」とか唱えている人びとは、まだしもいくぶんか独立心に富んでいるように見える。

だが、日本という歴史的文化圏における独立心とは何か？――かりに、その構成員が人間としての自立性をめざすこころを、独立心という言葉で表現するとすれば、それは、外国との関係のなかにだけあるものではないのだ。いや、外国との関係のなかでそれをとらえるのであれば、われわれはまず、他者の独立心を蹂躙したみずからの歴史体験を、直視しなければならないだろう。それを直視するうえで、われわれ自身がみずからの社会の構成員として独立した存在でありえなかったからこそ、みずからの国が外国との関係においてそのような蹂躙を行なうことを許した、という事実から、目をそらすことはできないだろう。一個の人間としての独立心を、そしてともに生きる人間のひとりとしての独立心を、われわれがもっとも端的に喪失してきたのは、そしていまなお喪失するのは、みずからの「国」と向かい合うときである。

古くは「新しい歴史教科書」の創出を唱え、新しくは自国の政府と国民の古色蒼然たるアメリカ追随を糾弾する独立心にあふれた人びとは、みずからの「国」と向かい合うときには必ず独立心を喪失するという紋切り型の常道を歩んでいるだけのことにすぎない。この常道は、十九世紀と二十世紀にナショナリズムと呼ばれた道の一変種なのだが、この人びとがその道を歩む日本という現実のなかでは、世界一般の国民国家とは違って、「国」はただ単に国であるだけではない。

それ以上にまず「国家」なのである。「社稷《しゃしょく》」なのである。八紘をもって一宇となした存在なのである。それは、いわば、「ホームレス」が生まれることなどありうべくもない空間なのである。新しい歴史教科書とアメリカ追従糾弾の人びとがその前で独立心を放棄するみずからの「国家」は、アメリカの臣下のそのまた下働きであるゴロツキ右翼暴力団が身を寄せ合っている何とか一家とそっくりそのままの「一家」であり、それは社（土地の神）と稷（五穀の神）の家庭《いえにわ》そのものであって、つまり全世界（八紘）をもって一家（一宇）となしていると言ってもさしつかえないわけであり、そこでは、国＝家を離れて生きるということなど考えられない。家庭解体はもちろんのこと、ホームレスという概念そのものが存在しえず存在してはならないのだ。

つまり、かつて新しい歴史教科書を主張し、いま反米独立を主張する人びととは、日本固有のナショナリストというよりは、日本に固有の家族主義者というにふさわしい人びとなのである。かれらこそは、祖国喪失者もしくは国賊という古いレッテルの対立概念というよりは、ホームレスの対立概念にほかならない。マイホームの崩壊とホームレスの存在とのあいだにある現実的関連、いや、「国家」のありかたとホームレスとのあいだに現存する客観的関連は、かれらがマイホームとする八紘一宇の社稷には存在するはずもない。存在してはならない。なぜなら、かれらの国家はその字義通りに社稷であって、土地と五穀があまねく一家をうるおし、人類みな兄弟、世界は一家という古典的なマイホーム主義が実現されているがゆえに、ホームレスが生じるとしたら生じる本人が悪いのだ。――簡潔に言えば、かれらは、マイホームの崩壊と不可分の関連を有しているホームレスの存在をマイホーム主義者が認めないように、国家の解体と不可分に関連している非国民の存在を認めない。もろろん、マイホームの解体がホームレスの究極の根源ではなく、マイホームの崩壊そのものにもさらにその根源があるように、国家の解体が非国民の究極の根源ではなく、国家の解体にもさらにその根源があるのだが、マイホーム主義者も国家を拠りどころにする人びとも、さらにその奥にある根源については問わないことで一致している。それどころか、両者はともに、ホームレスがマイホーム崩壊の原因であるかのように見なすことにおいて、非国民が国家解体の元凶であるかのように信じることにおいて、根源に向かって遡《さかのぼ》るのとは逆の方向をたどって現実に行き着こうとする。

　この逆行を正当化する唯一の方途は、根源に発する流れの方向を逆方向に変えることである。下流に向かって歩んでいる自分の歩みを、上流に向かっていることにしてしまうことである。かれらはこうして上と下とを逆転させる。一家である国家におけるこの逆転の実践は、具体的には、かれら自身も熱烈に否定する現行の日本国憲法とまったく同じ轍を踏んで、「国民の権利及び義務」よりも「天皇」を優先させることである。本来それ自身に何の価値も生命もなく原理的に代替可能であるものを、それ自身として血と生命を持ったそれぞれ固有の代替不可能な存在であるものよりも、上位に置くことである。それは命《メイ》を生《セイ》よりも上に置くことであり、まさしく命令を重んじ生命を軽んじるという嘗テ戒飭《カイチョク》セシ旨《ムネ》ニ遵《シタガ》フことにほかならない。

　古い新歴史教科書のこの人びとが、いまアメリカ合州国の侵略戦争に日本国家が追随左袒《さたん》することに反対するのは、日本国家が戦争することに反対しているのではない。日本国家が自前で戦争することのできる国家になるために、戦争を戦争とも公言できぬまま戦争を給水事業と言いくるめなければならない現在の屈辱に反対しているのだ。イラクの砂にとっては焼け石に水の水運びなどではなく、イラクの砂に血を染み込ませるような戦争に、ゲームセンターやパソコンゲームで知っているような本物の戦争に、臣民たちが、壮丁《そうてい》たちが、堂々と出征していけるような国家こそ、かれらの究極の夢なのだ。――そのためにこそ、かれらは、上と下とを逆転させて、代替不可能な固有の生命である個々の人間よりも、代替可能な役割存在に過ぎない天皇とその一家を上に置き、こうして、かれらが否定する日本国憲法と軌を一にしながら、天皇とその一家に国民統合の象徴としての役割を切望する。

5

象徴とは、基本的・原理的に、代替可能な存在である。たとえばブラジル連邦の憲法は、その第一条で「国家の象徴は国旗、この憲法の公布の日に使用される頌歌および法律によって定められるその他の象徴である」と規定している。フィリッピン共和国憲法第七条では「フィリッピンの大統領は国の象徴的元首である」となっている。国旗は旗屋に行けば買えるし、多くの場合は紙に色を塗ってでも自分で作れる。きょうまでの大統領は、選挙で別の候補者が当選してしまえば、もう大統領ではない。ある特定の国の国旗を焼くという行為がしばしばなされるのは、国旗はいくらでも複製が可能で、その国旗に敬意や共感をいだかない人間が破壊を唯一の目的として購入したり製作したりすることさえできるからである。選挙で選ばれる大統領が独裁者よりも圧倒的に低い比率でしか暗殺されないのは、次回の選挙で別の大統領を選出するという可能性が残されているからである。

世界各国の憲法を読んでみれば明らかなとおり、国の「象徴」なるものを明文で規定しているのは、ごく少数にすぎない。それを「象徴」という言葉で表現しているかどうかは別として、前述のブラジルやフィリッピンの憲法における「象徴」に相当するのは、多くは国旗であり国歌であり、あるいは国章である。まれに人間の場合、ほとんどが大統領である。ドイツ連邦共和国の基本法（憲法にあたる）では、「連邦国旗は黒・赤・金色とする」（第二二条）となっている。もはや存在しない旧ソ連の憲法では、国章および国旗はつぎのように定められていた――「ソヴィエト社会主義共和国連邦の国章は、太陽の光線の中に描かれ、かつ麦穂で囲まれた地球の上の鎌と槌からなり、連邦構成共和国の各国語で〈万国の労働者、団結せよ！〉という銘文を有する。国章の上部には、五尖の星がある」（第一四三条）。「ソヴィエト社会主義共和国連邦の国旗は、旗竿の側の旗布の上隅に、金色の鎌と槌を描き、かつその上部に金色にふちどられた赤色の五尖の星を描いた赤い旗である。幅と長さとの割合は、一対二である」（第一四四条）。まだ存在している中華人民共和国の憲法では、こうなっている――「中華人民共和国の国旗は、五星の赤旗である」（第一〇四条）。「中華人民共和国の国章は、その中央が五星の照り輝く天安門で、周囲は穀物の穂と歯車である」（第一〇五条）。

ドイツ連邦共和国の国旗がわざわざ憲法で「黒・赤・金色」と定められているのには、歴史的な根拠がある。第一次世界大戦での敗戦によって崩壊するまでのかつてのドイツ帝国の国旗は、

「黒・白・赤」の三色旗だった。革命によって（正確には、その革命を圧殺し簒奪することによって）成立したヴァイマル共和国は、これを廃して「黒・赤・金」に変えた。反共和派は、それを容認せず、「黒・白・赤」を自分たちの象徴として掲げつづけた。そして、一九三三年一月に国家権力を掌握したナチスは、共和国のシンボルである「黒・赤・金」を破棄してふたたび「黒・白・赤」の三色に変えたのである。第二次大戦後のドイツは（東西ともに）ヴァイマル共和国の三色を復活させたのだった。旧ソ連と中国の国旗や国章が、その社会の基本理念を象徴するものになっていることは、あらためて言うまでもない。これは、フランス共和国の憲法が「青・白・赤」の三色を国旗の色とし、「ラ・マルセイエーズ」を国歌と定め、「自由・平等・博愛」を共和国の標語として明記していることにも、示されている。

では、「日の丸」とは何か？「君が代」とは何か？「天皇」とは何か？

「日の丸」の旗は三歳の幼児にも作れるだろう。それを焼き捨てても、代わりはいくらでも調達できるだろう。だが、そのとき、三歳の幼児は、どんな理念を紙の旗に描いているのか？焼き捨てられるのは、何の理念なのか？——大革命によって標榜された自由・平等・博愛でも、これまた大革命によって実現されようとした労働者・農民による資本主義廃絶の試みでもない。大ドイツ帝国の覇権主義にたいする自己否定の志向と、ナチズムによるその志向の蹂躙という歴史の内実でもない。「日の丸」によって体現され象徴されている一国家の理念とは、いったい何なのか？

たとえばフランス共和国の場合のように、あるいはもはや存在しないとされる社会主義国の場合のように、その社会が理想とし目標とするものを、「日の丸」が象徴していると、いったい誰が夢にも想像できるだろうか。これが象徴しているものがもしあるとすれば、それは、ドイツの場合にはただひとつ国旗の色にだけ体現されている歴史認識とは、まったく裏返しのひとつの歴史認識である。ナチス体制崩壊後の西ドイツは、ほとんどあらゆる遺産をナチズムから引き継いで「奇蹟の経済復興」を実現したのだが、国旗の色だけはヴァイマル共和国の旗に倣《なら》った。ナチズムとはまた別種の権力機構を構築したのち西に併合されて終わった東ドイツも、みずからの国旗の色にはヴァイマルの三色を選び、それに労働者と農民の協同を象徴する穀物の穂と歯車の絵を付け加えた。「日の丸」には、この程度の歴史的羞恥心さえ象徴されていない。それが象徴しているのは、「なによりダメなドイツ」以上に、いや以下に、ダメな国家社会がこの地上にはある、という事実である。

そしてもちろん、「君が代」についても事態は変わらない。それどころか、いっそう歴然としている。「うつくしい日本語」たる自分たちの言語の意味を解さないふりをする政府筋の公式見解の愚劣さとは対照的に、その歌詞の意味があまりにも明瞭であるがゆえに、この歌は、同じくアメリカの下僕たる政府に甘んじている連中が唱える「神が国王を援け給わんことを《ゴッド・セイヴ・ザ・キング》！」とまったく同程度どころかそれ以上に、「君」と「臣民」との関係を一直線に象徴しているのである。国家にたいして独立心を持たない人間たちの国家によって独立を蹂躙された人びとにとっては、「日の丸」が、歴史的に「天皇」と直結しているとすれば、「君が代」は、国家に対して独立した存在であったことがない臣民たち自身にとっては、「天皇」の命《めい》の前には命《いのち》を棄てることを強要されて恥じないことを誇りにする赤心《まごころ》の象徴なのだ。

憲法を持たない「連合王国」（合州国の下僕の筆頭であることを恥じないイギリスの日本国家による正式訳名）は別として、代替不可能な生物《せいぶつ》を国の象徴としている稀有な国家が日本である。もう一度くりかえすなら、ある犯罪国の国旗が焼かれるのは、それが代替可能な象徴にすぎないからだ。ある国の象徴たる大統領が、専制君主や独裁政治家に比べれば暗殺される比率が低いのは、それが代替可能な象徴だからだ。日本国憲法によって唯一の「象徴」とされている天皇は、それゆえ、これが象徴する理念や歴史認識に抗議する人びとによって焼き捨てられてしかるべき存在なのである。あるいは、この憲法によって主権者とされる人間たちによって交代させられてもよい存在でしかない。――もちろんこれは、世間一般の普通の国での常識によれば、の話であって、一家たる八紘為宇の日本国家では、そうではない。「日の丸」と「君が代」が恥を誇る臣民精神の象徴として法律によって「国旗」および「国歌」とされているこの国家では、唯一の象徴たる天皇は、死なないかぎり、殺されないかぎり、交代不可能なのであり、そのかぎりでは、暗殺される比率が高い独裁者と同等で、およそ「象徴」の名に値しない存在でしかない。

では、天皇が象徴であることは無意味なのか？　こんな象徴など、あってもなくても、主権者とされている生きた人間にとっては関係ないのか？

象徴であるということは、本質的に、そのもの自体ではないということを含意している。焼かれる国旗は、それが象徴する理念それ自体ではない。選出された大統領は、百万人なり一億人なりの選挙民それ自体ではない。象徴の実践、いわば象徴行為は、それ自体ではないものがそれを体現することである。それゆえ、象徴としての実践の極致は、生命のないものが生命を体現することである。また逆に、生命のあるものが死を体現することである。生物的な死でしかない死に、その死とは正反対の生命という意味を与え、悲しみ以外の何ものでもない死に、悲しみとは対極にある英雄的な意味を与えること、これこそは、象徴行為の本質とかかわる実践なのだ。

慰霊が天皇の重要な役割であるというこの国家の歴史的な特性は、明治憲法下の天皇制とだけ関わる事実だったのではない。かつてのナチズム・ドイツでも現在のアメリカ合州国でも、正義のための戦争で死んだ将兵たちの棺が、黒・白・赤の三色に代わって国旗に定められた鉤十字《ハーケンクロイツ》の旗なり、次第に星の数を増やした星条旗なりによって覆われるように、国の象徴は死を生に変え、喪失を功績に変えるのである。日本軍隊において軍旗たる聯隊旗が将兵の生命よりも重かったことは、さまざまなエピソードによって語られているが、それより遥か下位にある分隊旗に名誉の戦死を誓い合ったというエピソードも、少なくない。ましてや、天皇のための死は、かつてこの国家の臣民にとっては、生きることの唯一の意味だった。その死者にたいする慰霊は、だからこそ、天皇の責務でもあったのだ。それはしかし、天皇が個別の死者の個別の霊を弔うということではない。国家のための死なるもの一般を臣民なるもの総体の生の唯一の意味に変える象徴行為として、天皇は慰霊を行なうのである。明治憲法下においても、その行為を行なう天皇は、象徴以外の何ものでもなかったのだ。

かつて天皇は、国家の唯一の主権者として、生命よりも命令を上に置くべきことを臣民に命じた。それを命じることは、天皇にしかできなかった。その命令によって死んだ臣民の慰霊は、当然ながら天皇が行なうべき重要な象徴行為だった。いま、天皇は、臣民に国家のための死を命じる権限を法的には持たない。それにかわって、主権者とされている臣民たちの内部から、国家のために生命よりも命令を上に置くべきであるという民意形成が進められようとしている。それどころか、命令を待つまでもなく自発性《ボランタリー》によって、生の意味を国家のための死のなかに見出していくことが、奨励されようとしている。

いま、天皇に残されている象徴行為は、もっぱら慰霊である。この行為において、天皇は、憲法で象徴とされている他の国々の大統領とは、まったく異質であらざるをえない。憲法では象徴とされていない「日の丸」と「君が代」が、下位の法律によって法制化されているからだ。法制化されているだけでなく、国にとっての非国民を、国家にとってのホームレスを、要するに匪徒たち団匪たちを選別し排除し帰順させるための象徴として、この旗と歌が実用化されているからだ。この旗が象徴する歴史と、この歌が象徴する理念は、天皇と、天皇とのみ、結びつくものだからだ。

かつて、それがどの程度まで信じられていたかはさておき、死を生よりも上に置くことは天皇の命令だった。天皇にしか下せない命令だった。いま、生よりも死を上に置くことは、強制的な命令を待つまでもなくボランティア精神によってそれがなされる基盤を、天皇の命令とはまったく無関係に着々と与えられつつある。どちらがいっそう悲惨な現実かを論じても空しい。しかし、自分が国民である屈辱どころか臣民である悲惨のなかにいるという意識さえ持つことができない人間は、象徴でしかない自己の存在を「人間天皇」であると信じさせられてきた存在に劣らず、靖国の英霊となることでしか、英霊を慰霊することでしか、自己の存在の意味を見出すことができないのだろう。どちらもがこの道をさらに歩みつづけることをやめるためには、天皇制をやめなければならない。

（二〇〇四・六）

初版あとがき

「一度朝鮮に入れば人悉《ことごと》く白し」と、一九〇九年（明治四十二年）九月二十八日、夏目漱石は日記に書いている。九月六日に大連に到着したかれは、三週間の満洲漫遊を終えて、この日、「小蒸汽で鴨緑江を渡」り、韓半島に入ったのだった。

この旅の紀行である『満韓ところ〴〵』には、後半の朝鮮旅行については（日本人の発明した人力車にたいしてまったく「尊敬を払はない引き方をする」朝鮮人車夫についての不平を除いて）何も記されていない。『朝日新聞』紙上の連載が、満洲の部分だけでちょうど年末を迎えたため、あまり反響がかんばしくなかったこの作品は、区切りよく打ちきりにされたからである。それゆえ、夏目漱石の朝鮮紀行は、覚え書き風の簡単な日記の記述と、残されているほんの数通の手紙とからしか、うかがうことができない。十月九日付の野村伝四あて絵はがきには、こう書かれている――「今京城に来て朝鮮人を毎日見てゐる。京城は山があつて松があつて好い処だ。日本人が多いので内地にゐると同様である。」

たしかに、十月十三日に京城（ソウル）を発って船に乗るまで、漱石は丸半月を朝鮮ですごし、「朝鮮人を毎日見てゐ」たのである。だが、本当にかれは、朝鮮と朝鮮人を見ていたのだろうか？

われわれはいま、たとえば歴史年表によっても、夏目漱石が朝鮮半島に滞在していた半月のあいだに朝鮮で何が起こっていたか、より厳密に言えば、朝鮮と日本との関係において何が起こりつつあったか、手にとるように知ることができる。日清・日露の両戦争に勝利して韓半島および中国東北部（満洲）における権益を大々的に確保した大日本帝国は、すでに一九〇五年十二月には、「韓国統監府」を置き、伊藤博文を初代統監に任命して、韓国を植民地化するための確実な一歩を踏み出していた。翌一九〇六年二月には、駐韓日本憲兵が行政警察および司法警察を担承することが定められた。これはさらに、一九〇九年七月にいたって、韓国司法および監獄事務委託に関する日韓覚書調印となり、韓国の司法・監獄権を完全に日本が掌握するところまで進む。一九〇九年という年は、翌一〇年八月の「韓国併合」に向けての最後の詰めがなされつつあった年であり、ほかならぬその九月から十月にかけて、つまり夏目漱石が朝鮮半島で旅枕を重ねていたまさにそのとき、全羅道を中心とする韓国各地では、植民地化に抵抗する広範な民衆運動にたいする「大討伐」が展開されていたのである。

「宿に竹があつた。満韓を旅行して始めて竹を見る。／午飯後又町を散歩。髪を刈る。朝鮮人がえんやらやと云つて道をならしてゐる。あれは朝鮮人の掛声かと聞いたら左様ですと答へた。本町通りと云ふ所を通る。巡査に右へ右へと云つて叱られた。」（十月一日の日記）のどかな旅の光景がどのような現実の表象であるのか、漱石にはまったく見えなかったのだ。右側通行を守れとかれに注意した巡査が、じつはその権限の元綱を誰に握られているか、労働の掛声すらもやがて奪われようとしている人びとの胸のうちがいまどのようなものであるか——漱石は推測する必要すら感じなかった。同じ日の日記には、「鈴木より写真帖〔韓国の風物を写したものか〕をもらふ。天皇陛下に献上したるもの丶由。」とあり、翌日の記述にはまた、こうある、「十二時二十分の汽車で仁川に之く〔……〕仁川は京城より調へる日本町あり。去れどもさびれて人通り少なし。大神宮より月尾島と小月尾島を望み。《(ママ)》ワリや《(ママ)》ツク〔日露戦争のとき沈没したロシアの軍艦のワリヤツク号〕の沈没せる所を見る。」

韓国併合の立役者だった伊藤博文（言うまでもなくかれはまた、天皇制確立の大貢献者でもあった）が、ハルビン駅頭で安重根に射殺されたのは、漱石が同じハルビン駅に降りたった九月二十二日からわずか五週間後のことだった。つまり、このような時期に夏目漱石は朝鮮と満洲を旅して歩いていたのである。そして、何ひとつ、そこで起こりつつある激動、そこに生きている人びとの内部を、見ることができなかったのである。そして、さらに重要なことに、このような旅行をしていた時期の漱石は、日本近代文学の傑作のひとつ、『それから』を書きあげたばかりの、ほかならぬその漱石だったのだ。『三四郎』『門』とともに漱石の中期の三部作のひとつとして声価の高い『それから』は、日本の知識人の自立への模索と苦悩、それに真に自覚的な男女関係への一歩を描く、まさに記念碑的な作品だった。この小説を脱稿してからわずか半月後、いわばそこに傾注した全精力をいやすために、かれは満韓の旅にのぼったのである。『朝日新聞』に六月末から連載されていた『それから』は、かれが東京に帰りつく直前に完結し、すぐその一週間後の十月二十一日から、つづいて『満韓ところ〴〵』の連載が開始される。つまり、『それから』と『満韓ところ〴〵』は、文字通り、直接つながっているのだ。

　このふたつの作品の連続性、あるいはむしろ断絶に、わたしはこだわらざるをえない。これは、夏目漱石という一作家、一知識人の特殊なケースではないと思うからだ。『それから』では自分自身と日本の知識人と（そしてその家庭関係と）を、自覚的に深く描くことができた漱石が、『満韓ところ〳〵』では、対象をも自己をも、あのように無惨にしか見つめることができず描くことができなかった——これは、漱石ひとりの問題性ではなく、日本の近代、明治以降のわれわれのありかたを、如実に示しているのではないか。

本書に収められたいくつかの発言のなかで、くりかえし漱石の『満韓ところ〳〵』に言及したのも、このような思いのうえに立ってのことだった。そしてこの思いは、そのまま、こうしたわれわれの近代、こうしたわれわれの明治以降のありかたが、いまあらためて問題になっている〈天皇制〉とわれわれとのかかわりにとっても、重要なひとつの契機をなしているのではないか、という思いとつながっている。

本書の基本的なモティーフは、簡単に言えばそういうものである。もとより、〈天皇制〉は、それがわれわれの生活の全領域とかかわるものである以上、あらゆる側面からのアプローチがなされなければならない。そしてまた、そうした種々のアプローチは、敗戦後の四十数年間はもちろん、戦前の時代にもすでに、さまざまになされてきている。本書でのわたしの乏しい試論は、こうした多様な対決の蓄積と遺産に、屋上屋を重ねるどころか、ほとんど何ひとつ付加するものをもたないかもしれない。それにもかかわらず、とりあえず本書を編むようにとの、社会評論社の長沼東一郎さんのすすめに応じてしまったのは、この機会に、今後の自分なりの模索の方向を、立ちどまって考えてみたかったためでもある。

ふりかえってみると、この五年ほどの間に、さまざまな運動に触発されて、直接間接に〈天皇制〉とかかわるテーマで書いたり話したりする機会が、ずいぶん与えられた。それらのうちから、比較的まとまったものを集めて再構成したのが、本書である。かつて、イタリアのマルクス主義者アントニオ・グラムシは、ファシストの牢獄のなかで、ニコライ・ブハーリンの『史的唯物論の理論』との綿密な対決を行なったさい、ソ連共産党の代表的理論家と目されたブハーリンが実践運動のなかでの講演をもとに構成したこの本にたいして、「〔この本の〕沢山の欠陥が〈演説調〉に由来していること」を批判した。「著者は、序文で、ほとんど名誉称号として、自分の作品が〈講話〉をもとにしてつくられたと指摘している」が、「しばしば即興的におこなわれる弁論を、出版物にだすまえに再吟味しない著述家たちの責任」は免罪できない、とグラムシは指弾し、「最悪なのは、この口頭での実践において、容易に満足する精神力が凝固し、批判のブレーキがもはやきかないときである」と述べている（西川一郎訳「一般的諸問題」、合同出版『グラムシ選集』第二巻）。あるいは、本書に収録されたわたしの発言のなかにも、グラムシが言うような欠陥がふくまれているかもしれない。しかし、本書に収めるにあたって、「再吟味」し加筆や削除をほどこすことは、敢えてしなかった。ひとつには、具体的な場での発言の具体性をことさらに一般化して書きなおすことは、ほとんど不可能だからであり、もうひとつには、ある時点での視線の限界をもふくめた実態を、記録にとどめるべきだ、と考えたからである。それゆえ、いまは語ることができるが当時はまだ見えなかった問題や視点を、いまの時点から加筆することは避けた。また逆に、いまから見れば誤りであると思われる点についても、削除せずにそのまま残した。その場では了解可能でも活字にするにあたっては説明を加えなければ理解できない、と思われる数カ所についてのみ、説明的文言を付け加えるにとどめた。ただ、ほぼ五年にわたるこれらの発言は、時期の推移につれて前言への自己批判や修正をおのずから含んでいるので、いまあらためて個々のことがらについて訂正や補足をほどこす必要は、ないと思う。なお、本書で論じられたいくつかのテーマや問題は、同じ出版社から刊行された拙著『ふあっしょファッション』の内容とも、密接に関連している。読み比べていただければ望外の幸せである。

前述のように、それぞれの発言や文章は、さまざまな運動に刺激され触発されて生まれたものであり、本書ではそれぞれの末尾に日付と発表の場を付記したが、あわせてここに、それらが最初に収録された印刷物を記しておきたい。

それぞれの反天皇制を！――『破防法研究』54号、一九八六年四月号。

戦前・戦中の文学表現にあらわれた〈天皇〉――京都「天皇制を問う」講座編『戦後の民衆意識と天皇制』、一九八三年四月二十四日発行。

解放としての侵略――同志社大学宗教部『月刊チャペルアワー』123号、一九八四年十一月二十日発行。

繁栄と解放の使者、日本人！――毛沢東思想学院『学院ニュース』255号、一九八六年四月一日号。

小説『パルチザン伝説』によせて――『反天皇制連絡会機関誌』1号、一九八四年四月二十日発行。

やっていない俺に何ができるか――反日を考える会（宮城）発行の同題の小冊子、一九八五年一月十九日発行。

「反日！」とは言えない私でも……――『インパクション』34号、一九八五年三月十五日発行。

最長不倒無印良品人間天皇――『クライシス』臨時増刊号、一九八六年五月十五日発行。

天皇制の現在――『反天皇制連絡会機関誌』7号、一九八六年七月十三日発行。

唱和晩年残菊抄――書き下ろし。

これらの文章のうち、「講演」のかたちをとったものは、いずれも、録音テープから起こして文字化される段階で、集会主催者のかたがたの大きなお力ぞえをいただいている。ご自分でテープ起こしとタイプ印字を短時日のうちにしてくださった荒井幹夫さんご夫妻（獄中の荒井まり子さんのご両親）はじめ、それらのかたがたに、こころから御礼をのべさせていただきたい。あわせて、本書への再録を快くおゆるしくださったことにたいしても、感謝したい。もしも万一、本書が、〈天皇制〉についての今後の討論のなかで、資料としてであれ問題提起としてであれ、何らかの役に立つようなことがあるとすれば、それは、これらのかたがたや集会参加者、それに雑誌編集者、さらに本書の産婆役となってくださった長沼東一郎さん、新孝一さんはじめ社会評論社のみなさん、扉絵を描いてくださった貝原浩さん、そして、印刷・製本を担当されたかたがたのおかげである。

一九八六年十月五日

池田浩士

増補改訂版へのあとがき

本書の初版が刊行されてから、十八年に近い歳月が経過した。天皇の在任期間を尺度とする歴史観で言えば、「大正」という時代は正味十四年と五ヵ月足らずだったから、その全時期が過ぎてなお余りある時間がすでに経過したことになる。その間に、侵略と殺戮の責任を取ろうともしないまま一人の天皇が死に、もう一人の天皇がそのあとを襲って、すでに自分の祖父の時代よりも長い在位年月を重ねている。その十八年のうちに、天皇制をめぐるこの国家社会のありかたは、どう変わっただろうか。

天皇制はあってもなくても大差はない、それどころか、この時代遅れはやがてそのうち自然消滅するにちがいない——という一部の予測は、もちろん的中しなかった。昭和天皇がその在位期間の初めの三分の一で果たした役割は、もちろん現天皇の役割ではない。だが、先代があとの三分の二の期間に演じた役割を、現天皇は演じつづけてきた。それどころか、先代の後半生にはほとんど思いも寄らなかった戦争国家の再生という現実のなかで、この天皇が新たな任務を果たすときは目前に迫っている。天皇の名において他者の生命を奪い自己の生命を捨てる人間は、あるいはもはや現われないかもしれないにせよ、平和と民主主義のための正義の戦争で殺し殺された臣民の慰霊を天皇に委ねるという現実は、もはや想像の段階ではない。

昭和晩年に刊行された本書が、いま十八年ののちに再刊されることに、もしもわずかでも意味があるとすれば、それはまず、かつてといまとのあいだの距離を測る素材としての意味だろう。距離の大きさは、十八年前に本書で描かれた諸問題が少なからず古くなった、という点にだけ表われているのではない。むしろ、それらの問題の多くが解決されておらず、それどころか十八年前には萌芽でしかなかったものが、いまでは成熟した問題となりきっている、という点にも表われている。それゆえ、本書の各文章は、過去の時代の史料にすぎないと同時に、いまなお未解決の課題を体現する巡り合わせになっている。

史料の側面を強くおびているいくつかの章については、いまでは若干の解説を要することがらも少なくない。たとえば、「序にかえて　それぞれの反天皇制を！」に出てくる「公衆ファックス」がそのひとつである。この文章が書かれた当時、電話線を用いたファクシミリ（ファックス）は、まだ一般の家庭には普及していなかった。もちろんわたしの家にもそんなものはなかった。日本電信電話公社（のちのＮＴＴ）の電話局――民営化と合理化によっていまではほとんど姿を消したが――に行って、そこで局員に原稿を渡して送信してもらうのが、最新式の高速文書送達システムだったのである。したがってもちろん、通信の秘密は局員によって破られることを覚悟しなければならなかった。かなり長いあいだ、Ｂ４判一枚ファックスするのに百円が相場だった。四百字詰めの原稿用紙（もちろん手書き）で五十枚、百枚というような原稿は、経済的にも時間的にも「公衆ファックス」で送れるはずはなかったから、それ以外の方法としては、航空便か新幹線便が、望みうる最速の原稿送付手段だった。京都堀川五条の日通航空に早朝九時までに持参すると、午後四時ごろ東京新橋の日通航空に到着する。それを編集担当者に受け取りに行ってもらうのである。新幹線便は、家から二時間かけて新大阪駅まで持っていき（京阪地区ではそこでしか取り扱っていなかったのだ）、それが乗せられるひかり号を確認して出版社に電話をし、到着時刻に東京駅の所定の窓口まで、これまた受け取りに行ってもらう。締め切りを大幅に越えてようやく送り出した徹夜明けのわたしが、往路よりも時間をかけて家に帰り着くころ、原稿は無事編集担当者の手に渡るのだった。

登場する固有名詞や団体名にも、いまでは馴染みの薄いものが少なくないだろう。しかしそれらについては、たとえば日本史の本に聖徳太子や福沢諭吉という固有名詞もしくは関東軍防疫給水部（七三一部隊）や自衛隊給水部隊（サマーワ占領軍）という団体名が出てきた場合にわざわざ説明するまでもないのと同様、ここでも説明の煩を避けることにしたい。ただ、ひとつだけ註釈を加えれば、「昭和晩年残菊抄」に登場する詩、「月日は流れ、わたしは残る」云々と「秋の牧《まき》には毒がある」云々は、ともに堀口大学訳のギヨーム・アポリネールの詩にもとづいている。十八年前と比べていまではこんな詩を読むものの人口は激減していると思われるので、これだけは付記しておこう。

この新版では、新たに巻末の二篇を加えた。そのうちのひとつ、「天皇への思いと歴史への無意識」は、東アジア反日武装戦線への死刑・重刑攻撃とたたかう支援連絡会議の編になる『反日思想を考える——死刑と天皇制』（一九九一年一月、発行＝軌跡社、発売＝社会評論社）に収載されたものである。もうひとつの「天皇制はどこへ行ったか？——期待される英霊たちに」は、今回この増補版のために書き下ろした。

日本国家の軍隊が海外に侵攻し、侵略戦争によって破壊されつづけている外国の「復興支援」を侵略軍の一翼を担いながら完全武装で行なうなどということは、十八年前には空想の領域でさえも想い描くことはできなかった。いま、反テロ戦争の名目のもとにそのような「人道支援」が可能になっているのである。かつて海外進出先の「匪賊」や「赤匪」を討伐し「匪襲」を鎮圧するために、日本国家は天皇の名の下に殺戮と破壊と掠奪を重ねた。いま、殺戮と破壊と掠奪が天皇の名によって正当化されることはないだろう。だが、アラブに民主主義を根付かせるという驚くべき口実の下に進められているアメリカの侵略戦争の下働きとして死ぬ日本軍将兵たちの慰霊が、天皇によってなされる——という想定は、もはや空想の領域ではない。天皇制は、日本が戦争国家となったいま、新しい段階に入ったというべきだろう。教育再編、憲法改定、議会制民主主義にたいする嘲笑、福祉の最終的な切り捨て、そしてボランティアという名の動員体制による労働力と戦闘力の収奪——一挙に噴出するこうした策動のなかで、天皇とその一族は新しい役割をおびて再登場するだろう。もはやかつてのような神という装いを捨て、徹頭徹尾、人間として。人間である象徴として。

この歴史的な一時点に本書があらためて立ち会い、新たな読者諸姉兄との対話を試みる機会を与えてくださった社会評論社社長の松田健二さんと、初版につづいて編集を担当してくださった新孝一さん、そして病気療養中にもかかわらず装幀を引き受けてくださった貝原浩画伯に、ここから御礼を申し上げたい。

二〇〇四年六月十日

池田浩士

池田浩士（いけだひろし）

1940年大津市生まれ。
1968年から2004年3月まで京都大学勤務。
2004年から京都精華大学勤務。

著書：『似而非物語』（序章社、1972年）、『初期ルカーチ研究』（合同出版、1972年）、『ルカーチとこの時代』（平凡社、1975年）、『ファシズムと文学――ヒトラーを支えた作家たち』（白水社、1978年）、『教養小説の崩壊』（現代書館、1979年）、『抵抗者たち――反ナチス運動の記録』（TBSブリタニカ、1980年。同新版、軌跡社、1991年）、『闇の文化史――モンタージュ　1920年代』（駸々堂、1980年。同新版、インパクト出版会、2004年）、『大衆小説の世界と反世界』（現代書館、1983年）、『ふぁっしょファッション』（社会評論社、1983年）、『読む場所　書く時――文芸時評1982-1984』（境涯準備社、1984年）、『隣接市町村音頭』（青弓社、1984年）、『死刑の［昭和］史』（インパクト出版会、1992年）、『権力を笑う表現？』（社会評論社、1993年）、『［海外進出文学］論・序説』（インパクト出版会、1997年）、『火野葦平論――［海外進出文学］論・第1部』（インパクト出版会、2000年）、『歴史のなかの文学・芸術』（河合文化教育研究所・河合ブックレット、2003年）、『虚構のナチズム』（人文書院、2004年）

主要編訳書：『ルカーチ初期著作集』全4巻（三一書房、1975-76年）、『論争・歴史と階級意識』（河出書房新社、1977年）、エルンスト・ブロッホ『この時代の遺産』（三一書房、1982年。文庫版・ちくま学芸文庫、1994年）、『表現主義論争』（れんが書房新社、1988年）、『ドイツ・ナチズム文学集成』全13巻（柏書房、刊行中）

主要編著：『カンナニ――湯淺克衞植民地小説集』（インパクト出版会、1995年）、『戦争責任と戦後責任』コメンタール戦後50年第3巻（社会評論社、1995年）、『「大衆」の登場』文学史を読みかえる第2巻（インパクト出版会、1998年）

科学技術という妖怪　池田浩士・天野恵一編

拭い難い幻想を与えつづける現代人最後の信仰としての科学・技術。科学理論自体に内在する問題、産業化・体制化し巨大化した現実のあり方、医療事故・原発事故、利用側受け手側の心性など。　2000円

［戦後］を発掘する　池田浩士・天野恵一編

日本人を一挙にカオスへとたたきこんだ敗戦と戦後体験とはなんだったのか。カストリ文化、肉体の思想、戦後地図などさまざまな視角から、個人的体験を通じて「戦後」をたぐりよせる。　2330円

思想としての運動体験　池田浩士・天野恵一編

敗戦から半世紀、政治闘争と社会運動、新左翼と全共闘運動の担い手が、その体験を個人史として検証しなおす。増山太助、吉川勇一、武藤一羊、塩川喜信、菅孝行、伊藤公雄、杉村昌昭ほか。　2330円

戦後の始まり　栗原幸夫編

天皇の戦争責任の回避とひきかえに広がった〈解放空間〉。その限りない可能性と限界性を刻みこんだ時代の空気を、あらためて読みなおされるべき文章群を通じて浮き彫りにする。　3700円

大衆社会と象徴天皇制　天野恵一編

「封建遺制的天皇制打倒論」から「大衆天皇制論」、そして象徴天皇制の儀礼という「政治」の分析へ。戦後社会に浮上してきた問題としての天皇制をめぐる議論をあとづける。　3700円

＊表示価格は本体価格（税抜き）です。

反戦平和の思想と運動　吉川勇一編

生々しい戦争の記憶を背景とした反戦平和運動の高揚。ベトナム反戦運動を契機に、大きく変わった運動の質とスタイル。再評価されるべき不戦・非武装の理念を再読する。　3700円

性と家族　加納実紀代編

日本の敗戦、それは文字どおり女性の解放を意味した。そして70年代、リブの女たちによる男への糾弾は、解放の道行きを共に歩もうという女たちのラブコールでもあったのだ。　3700円

労働・消費・社会運動　小倉利丸編

日本の反体制運動にとって60年代はまさに分水嶺だった。伝統的〈運動〉から逸脱し、思いがけない課題をもって展開される社会運動の展開。それを受け止められる思想的枠組みの再構築が問われていたのだ。　3700円

科学技術とエコロジー　天野恵一編

敗戦直後、科学技術はバラ色の未来を約束するかに見えた。しかし、高度成長の矛盾の中で、科学技術信仰は崩壊の道をたどる。これに対する〈代案〉として登場したエコロジー。その不可逆的なコースとは。　3700円

憲法と世論　伊藤公雄編

天皇制強化・再軍備・家制度復活を掲げた復古的改憲論は衰退し、戦後これに反対してきた「護憲派」もまた変化しつつある。改憲の動きが高まりつつある現在、市民生活の側から憲法を論じねばならない。　3700円

文化の顔をした天皇制　池田浩士〈象徴〉論集

2004年6月30日　初版第1刷発行

著　者　池田浩士
装　幀　貝原　浩
発行人　松田健二
発行所　株式会社社会評論社
東京都文京区本郷2-3-10　お茶の水ビル
TEL.03-3814-3861/FAX.03-3818-2808
http://www.shahyo.com/
印　刷　スマイル企画＋平河工業社＋東光印刷所
製　本　東和製本

ISBN4-7845-1440-6